L'année où j'ai appris à mentir

Lauren Wolk

L'année où j'ai appris à mentir

Traduit de l'anglais (États-Unis)
par Marie-Anne de Béru

l'école des loisirs
11, rue de Sèvres, Paris 6e

Titre de l'édition originale : «Wolf Hollow»
(Dutton Children's Books, Penguin Young Readers Group, New York)
Loi n° 49.956 du 16 juillet 1949 sur les publications
destinées à la jeunesse : mai 2018
Dépôt légal : mars 2021
Imprimé en France par CPI Firmin Didot
à Mesnil-sur-l'Estrée (162348)

ISBN 978-2-211-31280-6

À ma mère

Prologue

L'année de mes douze ans, j'ai appris à mentir.

Je ne parle pas ici de ces petites histoires que les enfants inventent. Je parle de vrais mensonges, nourris par de vraies peurs, je parle de choses que j'ai dites et faites et qui m'ont arrachée à la vie que j'avais toujours connue pour me précipiter dans une nouvelle vie.

C'est à l'automne 1943 que mon existence, jusque-là paisible, s'est mise à tourbillonner, non seulement à cause de la guerre qui avait entraîné le monde entier dans la violence et les hurlements, mais à cause de la fille au cœur noir qui arriva dans nos collines et changea tout.

Parfois, j'éprouvais une telle confusion que je me sentais comme le fuseau d'un rouet pris dans le fracas et le mouvement, mais, pendant toute cette période d'incertitude, il m'était impossible, je le savais, d'aller me cacher dans la grange avec un livre et une pomme, puis de laisser les événements s'enchaîner sans moi. Il m'était impossible de fêter mon douzième anniversaire et de ne pas gagner mon pain – par là j'entendais mériter ma place, ma petite parcelle d'autorité, la possibilité de compter pour quelque chose.

Mais ce n'était pas tout.

L'année de mes douze ans, j'ai appris que mes paroles et mes actes avaient des conséquences.

Des conséquences telles que, parfois, je n'étais plus certaine de vouloir porter un tel fardeau.

Mais je l'ai quand même pris, et je l'ai porté de mon mieux.

1

Tout a commencé avec la tirelire en porcelaine que ma tante Lily m'avait offerte pour mon cinquième Noël. C'est ma mère qui a remarqué sa disparition.

– Est-ce que tu as caché ta tirelire, Annabelle ?

Elle était en train de récurer le plancher de ma chambre pendant que je rangeais mes habits d'été. Elle avait dû remarquer que la tirelire n'était plus là parce qu'il n'y avait pas grand-chose dans ma chambre, à part les meubles et la fenêtre, un peigne, une brosse et un livre posé à côté du lit.

– Personne ne va te prendre tes affaires, tu n'as pas besoin de les cacher.

Elle était à quatre pattes et frottait si fort que tout son corps bougeait sous l'effort. Je voyais les semelles de ses chaussures de travail, ce qui était inhabituel. J'étais heureuse qu'elle ne puisse pas voir mon visage.

Je pliais une robe du dimanche horriblement rose qui, je l'espérais, serait trop petite pour que je la remette au printemps suivant. Mon visage devait être de la même couleur.

À mon retour de l'école, ce jour-là, j'avais fait tomber mon petit cochon de porcelaine en le secouant pour en faire sortir un penny. Il s'était brisé en mille morceaux. Les pièces que j'économisais depuis des années s'étaient éparpillées. Il devait bien y en avoir pour plus de dix dollars. J'étais allée enterrer les morceaux de porcelaine au-delà du potager et j'avais mis les pièces dans un vieux mouchoir dont j'avais noué les coins avant de cacher ce petit paquet dans une botte fourrée, sous mon lit, avec la pièce d'un dollar en argent que mon grand-père avait prélevée sur sa collection et qu'il m'avait donnée pour mon dernier anniversaire.

Je n'avais jamais mis ce dollar dans ma tirelire car je ne le considérais pas comme de l'argent. C'était comme une médaille que j'imaginais porter un jour, tant la femme représentée sur une des faces me paraissait belle, resplendissante et sérieuse, sous sa couronne ornée de piques.

J'avais décidé que je donnerais un penny, peut-être plus, à la fille malveillante qui m'attendait sur le chemin de la combe aux Loups, mais que je ne me séparerais pas de ce dollar en argent.

Chaque jour, j'allais à l'école à pied avec mes frères, Henry, neuf ans et James, sept ans. Nous descendions le chemin et traversions la combe aux Loups. Le soir, nous faisions le trajet en sens inverse pour rentrer. Et c'est là qu'une fille, plus âgée que moi, grande et cruelle, m'avait dit qu'elle m'attendrait après l'école.

Cette Betty, une fille de la ville, avait été envoyée chez ses grands-parents, les Glengarry, dont la ferme s'élevait au-dessus de la berge de Racoon Creek, au bout de la route qui menait à notre ferme. Depuis qu'elle avait débarqué à l'école, trois semaines auparavant, elle me faisait peur.

On murmurait qu'elle avait été envoyée à la campagne parce qu'elle était *incorrigible*, un mot que j'avais dû chercher dans le gros dictionnaire de l'école. Je ne savais pas si vivre à la campagne avec ses grands-parents était censé être une punition ou un remède mais, quoi qu'il en soit, je trouvais injuste qu'on nous ait infligé sa présence, à nous qui n'avions jamais rien fait de très grave.

Elle était arrivée en classe un beau matin, sans tambour ni trompette, et sans guère d'explications.

Nous étions déjà presque une quarantaine d'élèves dans une petite école qui n'avait pas été construite pour en accueillir autant. Certains devaient partager un bureau, s'asseoir à deux sur un banc prévu pour un, se retrouver côte à côte pour écrire et faire leurs opérations sur un pupitre incliné, et entasser deux séries de livres dans le petit coffre sous l'abattant profondément entaillé.

Cela ne me dérangeait pas trop parce que je partageais une place avec mon amie Ruth, une petite brune aux lèvres rouges et à la peau pâle qui parlait d'une voix douce et portait des robes toujours impeccablement repassées. Ruth aimait lire autant que moi, nous avions donc quelque chose d'important en commun. Et comme nous étions toutes les deux fluettes et que nous prenions des bains régulièrement (ce qui n'était pas le cas de tous les élèves de la classe), s'asseoir côte à côte n'était pas si désagréable.

Lorsque Betty est arrivée ce matin-là, Mrs Taylor, notre institutrice, lui a dit bonjour. Betty est restée debout dans le fond de la classe, sans répondre, les bras croisés.

– Les enfants, voici Betty Glengarry.

On aurait dit un nom tiré d'une chanson.

Il était d'usage de répondre « Bonjour », ce que nous avons fait. Betty, elle, nous a regardés sans un mot.

– Nous sommes un peu serrés, Betty, mais nous allons te trouver une place. Va accrocher ton manteau et ta gamelle.

Nous avons gardé le silence, en attendant de voir où Mrs Taylor allait faire asseoir Betty, mais avant qu'elle ait eu le temps de lui désigner une place, une fille maigre nommée Laura, qui avait dû avoir un pressentiment, a ramassé ses livres et est allée se glisser à côté de son amie Emily, ce qui a libéré un pupitre.

Ce pupitre est devenu celui de Betty, juste devant celui que je partageais avec Ruth. Au bout de quelques jours, j'avais des boulettes de papier mâché collées dans les cheveux et de minuscules marques rouges et douloureuses sur les jambes parce que Betty se penchait en arrière pour me piquer avec son crayon. La situation était pénible mais j'étais soulagée qu'elle m'ait choisie comme souffre-douleur plutôt que Ruth, qui était plus petite et plus frêle que moi. Et puis j'avais des frères qui m'avaient infligé bien pire, alors que Ruth était fille unique. Pendant la semaine qui suivit l'arrivée de Betty, je décidai de faire le dos rond en espérant que ses petites attaques passeraient avec le temps.

En d'autres circonstances, le professeur aurait sans doute remarqué ce qui se passait, mais Mrs Taylor n'avait pas le choix: elle considérait que ce qui se déroulait dans son dos ne méritait pas son attention. Comme elle était la seule institutrice, elle faisait venir chaque niveau, l'un après l'autre, sur les chaises installées au premier rang près du tableau, pendant que les autres élèves restaient assis à leur place et travaillaient en attendant leur tour.

Certains garçons, les plus âgés, passaient le plus clair de la journée à somnoler. Quand ils se réveillaient pour prendre leur tour près du tableau, ils manifestaient un tel dédain que j'avais l'impression que Mrs Taylor écourtait leur leçon. Ces grands gaillards qui pouvaient se rendre utiles à la ferme de leurs parents ne voyaient pas l'intérêt d'aller à l'école où l'on n'apprenait ni à semer, ni à récolter, ni à élever du bétail. Ils savaient pertinemment que, si la guerre continuait jusqu'à ce qu'ils soient assez grands pour partir combattre les Allemands, l'école ne leur servirait à rien. Être fermier ou éleveur et nourrir ainsi les soldats, c'est cela qui leur éviterait peut-être de partir à la guerre, ou les rendrait suffisamment forts pour se battre, mais pas l'école.

Mais pendant les mois d'hiver, les travaux qu'on leur demandait de faire chez eux étaient monotones et pénibles : réparer les clôtures, les toits des granges et les roues des charrettes. Entre passer une journée à somnoler et à chahuter avec les autres garçons à la récréation, ou travailler dans le vent glacial, ils choisissaient généralement l'école – si leur père était d'accord.

Lorsque Betty arriva en ce mois d'octobre, le temps était encore doux et ces voyous ne venaient pas régulièrement. Si elle n'avait pas été là, l'école aurait été un endroit paisible, du moins jusqu'à ce que tout s'effondre en ce terrible mois de novembre et que je sois obligée de réciter tout mon catalogue de mensonges.

À l'époque, je ne connaissais pas le terme qui aurait décrit Betty avec précision ou qui aurait dit ce qui la rendait différente des autres enfants. En moins d'une semaine, elle nous avait appris une dizaine de mots que nous n'aurions pas dû savoir, elle avait renversé une bouteille d'encre sur le chandail d'Emily, et elle avait dit aux plus petits d'où venaient les bébés, quelque chose que ma grand-mère venait juste de m'apprendre au printemps précédent avant la naissance des petits veaux. Ma grand-mère avait abordé le sujet avec la délicatesse et l'humour d'une femme qui avait eu plusieurs enfants auxquels elle avait donné la vie sur le lit qu'elle partageait encore avec mon grand-père. Mais pour les petits de l'école, la chose ne s'était pas faite avec douceur. Betty le leur avait dit de façon cruelle. Elle les avait terrifiés. Pire encore, elle leur avait dit que s'ils en parlaient à leurs parents elle les suivrait dans les bois après l'école et les frapperait, comme elle l'a fait plus tard avec moi. Peut-être même qu'elle les tuerait. Et tout comme moi, ils l'avaient crue.

Quand je menaçais mes frères de les tuer et de leur arracher bras et jambes, ce qui pouvait m'arriver dix fois par jour, ils me riaient au nez et me tiraient la langue, alors que Betty, d'un seul regard, les clouait sur place. Ils n'auraient donc sans doute pas pu faire grand-chose s'ils avaient été à mes côtés le jour où, traversant la combe aux Loups, j'ai vu Betty surgir de derrière un arbre et me couper le chemin.

Plus petite, j'avais demandé à mon grand-père pourquoi on appelait cet endroit la combe aux Loups.

– Autrefois, les gens y creusaient des trous très profonds, pour attraper les loups, me répondit-il.

Avec lui, nous étions huit à habiter cette ferme qui appartenait à notre famille depuis un siècle, trois générations rassemblées sous un même toit après que la grande crise eut forcé tout le monde à se serrer la ceinture et qu'elle eut fait de notre ferme le plus bel endroit sur terre. Maintenant qu'une nouvelle guerre mondiale faisait rage, beaucoup de gens cultivaient des « potagers de la victoire » pour subvenir à leurs besoins, mais chez nous, c'était toute la ferme qui était un immense potager de la victoire auquel mon grand-père avait consacré sa vie.

C'était un homme sérieux qui me disait toujours la vérité, ce qui n'était pas toujours ce que je voulais entendre ; mais parfois, je la lui demandais quand même. Le jour où je l'avais questionné sur la combe aux Loups, il m'avait répondu, malgré mes huit ans.

Il était assis sur une chaise près du poêle dans la cuisine, les coudes appuyés sur les genoux, les mains pendantes, les pieds nus et tout blancs, prêt à enfiler ses chaussures. À d'autres moments de l'année, il avait l'air d'un jeune homme, les yeux grands ouverts, mais ce matin-là, même si l'on n'était qu'en juin, il avait l'air épuisé. Le haut de son front était aussi blanc que ses pieds, mais son nez et ses joues étaient bruns comme ses mains et ses bras, jusqu'à l'endroit où il relevait ses manches. Il avait beau passer une bonne partie de la journée assis à l'ombre à faire de menus travaux, je savais combien il était fatigué.

– Pourquoi les gens voulaient-ils attraper des loups ?

On ne pouvait pas traire un loup, ni l'atteler à une charrette, ni le manger pour son dîner, ou du moins, je ne le pensais pas.

– Parce qu'ils étaient trop nombreux dans les environs.

Il ne me regardait pas. Il fixait ses mains tannées comme du cuir, mais sur lesquelles il avait pourtant, à la base du pouce, une ampoule à vif après avoir aidé mon père à repiquer des semis.

– Ils mangeaient les poulets ? demandai-je.

Parfois, je me réveillais le matin en entendant ma mère pousser des cris pour chasser un renard qui s'était introduit dans le poulailler. Je n'étais pas certaine qu'elle s'y serait prise de la même manière contre un loup. Mon grand-père se redressa et se frotta les yeux.

– Entre autres. Il n'y avait plus assez de chasseurs de loups, alors ils devenaient trop hardis, et trop nombreux.

J'imaginai un puits rempli de loups.

– Les gens, ils les tuaient après les avoir fait tomber dans le trou ?

Mon grand-père poussa un soupir :

– Ils les tiraient au fusil et rapportaient les oreilles pour toucher la récompense. Trois dollars pour deux oreilles.

– Les oreilles ? Et si c'étaient des louveteaux, est-ce qu'ils les gardaient pour les apprivoiser ?

Quand mon grand-père riait, il restait presque silencieux et se contentait de secouer les épaules deux ou trois fois.

– Tu crois qu'un loup s'entendrait bien avec des chiens ?

Il y avait toujours de nombreux chiens à la ferme. Je ne pouvais m'imaginer l'endroit sans six ou sept chiens courant dans tous les sens. Parfois, l'un d'eux disparaissait, mais au bout de quelque temps, il en arrivait un autre qui le remplaçait.

– Ils auraient pu dresser les louveteaux pour en faire des chiens.

Mon grand-père passa ses bretelles sur ses épaules et se pencha pour enfiler ses chaussettes.

– Un loup n'est pas un chien, et il n'en deviendra jamais un, quelle que soit la manière dont tu le dresses.

Quand il eut fini de lacer ses chaussures, il se leva et posa l'une de ses grandes mains sur ma tête :

– Ils tuaient aussi les louveteaux, Annabelle. Probablement sans même y penser. Souviens-toi, cela ne t'a pas dérangée du tout que j'écrase ce petit serpent cuivré au printemps dernier.

Le corps du serpent avait gardé la marque de sa semelle, comme s'il avait été en argile.

– Les serpents cuivrés sont venimeux, c'est différent.

– Pas pour le serpent, non, ni pour le Dieu qui l'a créé, m'avait-il alors déclaré.

2

C'est à ce serpent que j'ai repensé lorsque je me suis retrouvée sur le sentier à la sortie de la combe aux Loups, face à Betty qui m'attendait. Mes petits cheveux sur ma nuque se sont dressés, et, pendant un instant, je me suis sentie proche des loups qui étaient morts en ce lieu. Betty portait une robe vichy, un chandail bleu comme ses yeux et des chaussures en cuir noir. Ses cheveux étaient attachés en queue-de-cheval. Mis à part l'expression de son visage, elle semblait inoffensive.

Je me suis arrêtée à trois mètres d'elle.

– Bonjour, Betty.

Je tenais contre moi un livre serré au creux de mon bras droit. C'était un livre d'histoire si ancien que l'Arizona n'y figurait pas encore en tant qu'État, mais il pesait quand même assez lourd et je pensais que je pourrais peut-être le lui lancer à la figure si elle s'approchait trop près. Ma gamelle était trop légère pour être vraiment utile, mais je la balançais au bout de mon bras gauche pour lui montrer que je n'étais pas complètement désarmée.

– C'est quoi comme prénom, ça, Annabelle ?

Elle parlait d'une voix grave, presque comme un garçon. Elle me regardait fixement, la tête légèrement baissée comme un chien qui se demande s'il va mordre, un demi-sourire aux lèvres, les bras ballants. Elle a penché la tête sur le côté. J'ai haussé les épaules. Je ne comprenais pas de quoi elle voulait parler.

– T'es la petite fille riche. Annabelle, c'est un prénom de riches.

J'ai jeté un coup d'œil pour voir s'il y avait quelqu'un derrière moi sur le chemin. Quelqu'un de riche.

– Tu penses que je suis riche ?

Qu'on puisse dire cela ne m'était jamais venu à l'esprit, même si ma famille habitait la région depuis longtemps, qu'elle avait donné des terres pour construire l'église et l'école, et qu'elle en possédait encore suffisamment pour que notre ferme soit une grande ferme. Mes ancêtres reposaient sous les plus belles pierres tombales du cimetière et notre maison était assez grande pour que trois générations y vivent, bien qu'un peu à l'étroit. Nous avions l'eau courante. Deux ou trois ans auparavant, Mr Roosevelt nous avait apporté l'électricité et nous avions eu les moyens de l'installer dans la maison. Nous avions un poste de téléphone accroché au mur de notre salon, ce que nous considérions encore comme un petit miracle.

Deux fois par an, nous allions aussi au restaurant, le Lancaster, à Sewickley. La chose la plus extraordinaire que nous possédions, c'étaient les cabinets que mes parents avaient récemment installés dans la maison, maintenant que mes grands-parents étaient assez vieux pour mériter ce confort. Mais nous n'étions pas riches.

– T'as une fenêtre violette, a déclaré Betty.

Je ne comprenais toujours pas. D'un seul coup, je me suis souvenue de la vitre teintée de la fenêtre de l'entrée, l'une des choses que j'aimais le plus dans notre maison. Cette fenêtre, les pignons pointus, et les ardoises du toit qui ressemblaient à des plumes argentées. Les grandes cheminées dans chaque pièce. Et les fenêtres aussi hautes que des portes.

– Ma grand-mère m'a parlé de ta fenêtre violette, a repris Betty. Je ne savais pas que ça existait, sauf dans une église ou dans un royaume. Y a que les riches qui ont une fenêtre violette.

Je ne savais pas quoi répondre, alors je suis restée muette. Betty a ramassé une branche cassée qui traînait sur le bord du chemin. C'était du bois mort, mais on voyait à la façon dont elle la tenait qu'elle était encore lourde.

– Demain, tu vas m'apporter quelque chose ou je te frapperai avec ce bâton.

Elle a prononcé ces mots d'une voix si calme que j'ai eu l'impression qu'elle disait cela pour rire, mais lorsqu'elle a fait un pas vers moi, j'ai ressenti une vague de chaleur, et mon cœur s'est mis à battre à tout rompre.

– Quoi par exemple ? lui ai-je demandé.

Je me suis imaginée, traînant la fenêtre violette à travers bois.

– N'importe quoi. Un truc à toi.

Je ne possédais pas grand-chose, à part ma tirelire, les pièces qu'elle contenait, mon dollar en argent et mes livres. J'avais aussi un manchon en castor que mon grand-père avait confectionné pour ma grand-mère et qu'elle m'avait donné parce que les mites l'avaient abîmé, un col de dentelle que j'attachais sur mes robes du dimanche, une paire de gants en coton blanc, trop petits, une petite broche que j'avais empruntée à ma tante Lily et qu'elle ne m'avait pas réclamée.

J'ai fait la liste de mes biens dans ma tête, mais je n'étais pas convaincue de donner quoi que ce soit à Betty jusqu'à ce qu'elle me dise :

– Si tu ne viens pas, j'attendrai tes frères.

C'étaient des petits garçons costauds, mes frères, mais ils étaient plus jeunes que moi, et je devais les protéger. Je suis restée silencieuse. Betty a posé le bâton contre un arbre et s'est éloignée en remontant le sentier.

– Et ne dis rien à personne ou je lancerai un caillou sur le petit.

James. C'était à James qu'elle pensait. Le petit.

J'ai attendu qu'elle ait disparu puis je me suis remise à respirer, imaginant ce que cela ferait si elle me frappait avec cette branche morte.

Un an plus tôt, Henry m'avait jeté à la figure un crapaud grand comme une assiette. Pour l'éviter, j'avais trébuché sur un chien et je m'étais cassé le bras. J'avais dû me brûler une ou deux fois. Un jour, j'avais marché sur une houe dont le manche était venu me cogner la tête. Je m'étais foulé la cheville en trébuchant sur un trou de marmotte. C'était à peu près tout, mais au cours des onze années de mon existence, je m'étais blessée suffisamment souvent pour savoir qu'un coup de bâton ne me tuerait pas.

Cependant, en passant devant la branche morte, je l'ai traînée le plus loin possible dans les fourrés. Il y avait plein de branches cassées sur le sol mais je me suis sentie un peu mieux après avoir mis celle-ci hors de portée de Betty.

En remontant lentement le sentier, je suis parvenue à la conclusion que Betty ne s'en prendrait ni à Henry ni à James avant de m'avoir mise à l'épreuve. J'attendrais donc pour voir si elle mordait véritablement ou si elle ne faisait qu'aboyer avant de dire quoi que ce soit à mes parents, ce qui l'aurait rendue encore plus furieuse. Mais je devais reconnaître que j'avais peur, comme jamais je n'avais eu peur auparavant.

Je n'avais jamais ressenti de vraie peur de toute ma vie, sauf à cause de la guerre… J'avais peur qu'elle dure toujours au moment où mes frères seraient assez grands pour partir combattre les Nazis… même si les fermiers étaient souvent épargnés… Même si un camp aurait bien fini par gagner. Mais de cela aussi j'avais peur – qui serait le vainqueur ? qui serait le vaincu ?

Avec les filles du Club des Jeunes Citoyens*, nous avions confectionné un drapeau qui était accroché dans l'église et nous cousions une étoile bleue à chaque fois qu'un homme de notre ville partait à la guerre. Quand l'un d'eux mourait, nous remplacions l'étoile bleue par une étoile dorée. Deux seulement, jusqu'à présent, mais j'étais allée à leur enterrement et je savais que «seulement» ne voulait rien dire en ces occasions.

Parfois le soir, après avoir fait la vaisselle, je restais assise avec les grandes personnes et j'écoutais la radio. Pendant les actualités, tout le monde gardait le silence. Ma mère écoutait, la tête baissée, les mains posées sur son raccommodage. On parlait de camps de concentration. Au début, j'avais cru qu'il s'agissait d'un endroit où les gens allaient pour réfléchir à des choses compliquées.

– Si seulement, m'avait dit mon père. Mais ce n'est pas cela, Annabelle. Ce sont des lieux où Hitler fait enfermer les gens qu'il n'aime pas.

J'avais du mal à imaginer pourquoi Hitler détestait autant de personnes.

* Mouvement de jeunesse fondé en 1902 sous l'égide du Département de l'Agriculture, qui visait à faire des jeunes des campagnes des citoyens responsables.

– Il aime qui, alors ?

Mon père réfléchit un moment avant de répondre :

– Les gens blonds aux yeux bleus.

Je fus contente d'avoir les cheveux bruns, et les yeux aussi.

Nous écoutions parler de bombes et de sous-marins. Nous échangions des sourires à l'annonce que les Américains étaient sur le point de reprendre l'Italie. Les autres nouvelles nous inquiétaient.

– Il n'y a pas de raison d'avoir peur, Annabelle, me disait ma mère, en me caressant le dos.

Pourtant j'avais peur.

Pas de ma mère, même si elle était parfois très dure. Elle avait oublié ce que l'on ressent lorsqu'on s'élance sur une balançoire jusqu'au ciel, lorsqu'on s'arrête de désherber parce qu'on sent qu'on va avoir une ampoule, lorsqu'on s'attend à ce que la réalité soit plus facile qu'elle n'est. Elle avait dix-sept ans l'année où je suis née, elle n'avait que vingt-huit ans celle où j'ai appris à mentir – elle était encore très jeune, mais elle avait la charge de trois générations et d'une grande partie du travail de la ferme. Mais même les fois où elle s'énervait, je n'avais pas peur d'elle.

Je n'avais pas non plus très peur de ma tante, qui était pourtant inquiétante parfois. C'était une grande femme, maigre et laide, qui aurait pu être belle si elle avait été un homme. Elle passait ses journées à travailler au bureau de poste local et ses nuits à prier, à lire la Bible et à s'exercer à danser sur le petit espace de plancher au pied de son lit. Elle m'invitait parfois dans sa chambre pour écouter *Pierre et le loup* sur le phonographe et, de temps à autre, elle glissait un penny dans la tirelire qu'elle m'avait donnée. Mais ses grandes dents carrées et sa piété frénétique m'effrayaient.

Et puis il y avait les jours où j'avais peur de la maladie de cœur de ma grand-mère, qui l'obligeait à monter l'escalier à l'envers, assise, marche par marche. Elle était parfois si faible, si pâle… Elle n'était plus la femme forte et active qu'elle avait été. Quand nous le pouvions, nous nous asseyions sur la balancelle et nous jouions à « Devine ce que je regarde », en décrivant les papillons qui voletaient dans le jardin, en espérant voir un faisan sautiller hors du bois pour venir voler le grain qu'elle répandait pour les passereaux. Elle les aimait, ces petits oiseaux. Elle les aimait beaucoup. Même ceux dont le plumage n'était pas brillant. Surtout ceux-là. Rien chez ma grand-mère ne me faisait peur, sauf la pensée qu'elle allait bientôt mourir.

Mais c'était une peur que je partageais avec toute ma famille.

Alors que la peur que m'inspirait Betty, j'étais seule à la ressentir. Et j'ai décidé que je devais être seule à l'affronter. Si j'en étais capable. Par moi-même.

Mais sur le moment, je n'ai ressenti que du soulagement parce qu'elle était partie et j'ai poursuivi le chemin si lentement que, lorsque je suis sortie du bois, elle avait disparu. J'ai traversé le champ désormais désert où ne restaient que ses empreintes, profondes et nettes, comme si elle avait été chargée d'un lourd fardeau.

3

Beaucoup de gens traversaient notre propriété pour aller de la combe jusqu'aux maisons qui s'élevaient de l'autre côté de nos champs au lieu de suivre la route qui partait de l'école et faisait tout le tour de la colline. Cela ne m'avait jamais dérangée. Nous connaissions tous nos voisins à des kilomètres à la ronde. Mais j'étais parfois un peu inquiète quand, de temps à autre, je voyais un vagabond passer par là.

À cette période, pas si éloignée de la Grande Dépression, il y avait des gens qui étaient partis sur les routes et qui, coupés de leurs racines et de leur famille, ne savaient pas comment s'arrêter et ne restaient jamais quelque part bien longtemps. Et puis il y avait ceux qui étaient revenus de la Première Guerre mondiale si secoués, si silencieux qu'ils semblaient ne plus savoir qui ils étaient, ni d'où ils étaient.

L'un d'eux, un homme nommé Toby, s'était fixé dans le voisinage.

Il n'était pas comme les autres. Il ne demandait ni nourriture ni argent. Il ne demandait rien du tout. Mais au lieu de poursuivre son chemin comme les autres, il errait sans fin dans les collines. Je dois admettre qu'au début je le craignais un peu. Mais c'était avant que j'apprenne à le connaître.

Je l'ai cherché du regard en rentrant chez moi ce jour-là, scrutant le grand champ drapé comme un châle râpeux tout autour de la colline. Je le voyais souvent quand je partais à l'école ou quand j'en revenais, debout au loin, à l'orée du bois, aussi immobile qu'un arbre, ou planté tout au sommet de la colline, sa silhouette se détachant sur le ciel.

Nous ne savions pas d'où venait Toby, d'ailleurs nous ignorions presque tout de lui, sauf qu'il avait été fantassin et qu'il avait fait la guerre contre les Allemands en France. Une vingtaine d'années plus tôt. C'est ce que nous avions entendu dire en passant, à l'église ou au marché, et nous le tenions pour vrai.

Sa main gauche, couverte d'horribles cicatrices, semblait confirmer cette histoire, mais personne ne savait vraiment d'où il venait. Peut-être s'était-il fixé dans ces collines parce qu'elles lui rappelaient son pays, ou que c'était le genre de paysage où il avait toujours voulu vivre.

Beaucoup de gens s'inquiétaient quand ils voyaient Toby arpenter les bois et les vallées, vêtu de son long imperméable noir, de ses grandes bottes noires, avec ses longs cheveux et sa barbe noire, portant dans le dos trois fusils en bandoulière. Ils ne savaient que penser de cet homme silencieux qui semblait marcher sans cesse, du matin à la nuit tombée, tête baissée, d'un pas toujours égal, ni plus rapide ni plus lent que la veille.

Parfois je l'imaginais, tapi dans une tranchée pendant que des milliers d'Allemands couraient tout autour de lui, baïonnette au fusil, casque à pointe sur la tête, le regard sanguinaire. Même si je n'avais que onze ans, j'en savais suffisamment pour conclure qu'être terrifié, corps et âme, suffit à rendre quelqu'un bizarre pour toujours. C'était ce que Toby était devenu. Bizarre.

– C'est difficile à dire, mais parfois il faut plus que la peur ou que le choc d'un bombardement pour qu'un homme devienne comme lui, m'a dit un jour ma grand-mère, peu après l'arrivée de Toby dans nos collines. Il n'était sans doute encore qu'un gamin quand il est parti faire cette horrible guerre. Mais il a dû voir ou faire des choses qui auraient abattu un homme solide.

On disait que Toby occupait un ancien fumoir à viande dans le vallon de Cobb, en contrebas de la ferme des Glengarry, près de l'endroit où nous cultivions des pommes de terre et du maïs. Ce fumoir n'appartenait plus à personne depuis que Silas Cobb était mort et que sa vieille ferme, frappée par la foudre, avait brûlé. Il était à une certaine distance des fondations carbonisées de la maison, presque entièrement caché dans les arbres et les fourrés qui avaient poussé tout autour. C'était une petite baraque bien calfeutrée, bâtie en pierre et en bois, recouverte d'un toit en tôle. Je l'avais découverte le jour où une de nos vaches s'était égarée et que nous nous étions dispersés dans les bois pour la retrouver.

Je savais qu'il ne valait mieux pas entrer dans les vieilles bâtisses qui n'étaient pas sur notre ferme, anciens abris de pompes à pétrole, fumoirs à viande ou poulaillers abandonnés – tous de vrais repaires à serpents. Mais j'avais exploré la petite baraque avant que Toby ne s'y installe. À part l'odeur de viande et de fumée encore très forte, c'était un endroit assez agréable pour un homme comme lui. Il y avait un vieux puits près de la maison de Cobb – guère plus qu'un trou dans le sol, à côté du bâtiment en ruine – mais cela lui permettait d'avoir de l'eau les jours où le ruisseau voisin était gelé.

J'imaginais Toby au chaud dans le fumoir, un feu allumé là où on avait alimenté de grandes flambées pour fumer la viande. Peut-être utilisait-il les crochets à viande fixés aux poutres pour suspendre son imperméable et ses fusils quand il ne les portait pas, ou son chapeau noir, ou encore son appareil photo.

Nous avions tous été surpris lorsque Toby nous avait demandé s'il pouvait nous emprunter notre appareil, qui était plus ou moins devenu le sien. Il était étonnant qu'il nous ait adressé la parole, qu'il se soit suffisamment rapproché de l'un de nous pour faire une telle demande, qu'il ait soudain semblé s'enthousiasmer pour quelque chose, surtout quelque chose comme des photos. Mais c'est bien ce qu'il avait fait, et tout cela par hasard.

Quand j'avais sept ans, Henry, cinq ans, et James, trois ans, ma mère nous avait emmenés chez Horne, le grand magasin de Pittsburgh, pour faire notre portrait. Ma mère ne possédait qu'une seule photo d'elle, prise avec toute sa famille peu avant la mort de sa propre mère. Elle la gardait glissée entre les pages de la Bible familiale, un cliché bruni comme la poussière d'été.

Mon père avait de nombreux portraits de ses ancêtres, tout un groupe de farouches Écossais aux sourcils broussailleux, aux lèvres pincées et au regard fixe. Mais nulle part dans notre maison il n'y avait de photos de nous, souriant, bras dessus, bras dessous. Ma mère en voulait une de ses enfants et c'est pourquoi elle nous emmena tous les trois chez Horne et nous fit prendre la pause côte à côte. C'est alors que le photographe lui apprit que tous les portraits pris ce mois-ci participeraient à un concours où l'on pouvait gagner un appareil Kodak, ainsi que le développement gratuit de pellicules offertes pendant toute la vie du vainqueur.

– Mais quand est-ce que j'aurais le temps de faire des photos ? lui répondit-elle avec un sourire pendant qu'elle le payait.

Lorsque, trois semaines plus tard, un colis est arrivé pour ma mère, nous avons été stupéfaits de découvrir qu'il contenait non seulement notre portrait, sur lequel nous avions l'air bien plus mignons qu'en réalité, mais aussi une lettre nous disant que nous avions gagné le concours. L'appareil était là, dans le colis, avec une dizaine de rouleaux de pellicules pour que nous puissions nous y mettre, et des enveloppes spéciales pour les renvoyer au laboratoire qui les développerait.

C'était comme si on nous avait donné un minuscule vaisseau spatial ou une machine à remonter le temps, tellement ce cadeau était extraordinaire.

Le bruit s'est vite répandu, et bientôt nos voisins sont venus nous rendre visite le dimanche après-midi, dans leurs beaux habits, pour se faire prendre en photo. Ma mère était trop occupée pour leur rendre ce service. Tante Lily était partante, mais elle était si autoritaire et si critique que sur ses clichés les modèles avaient toujours l'air d'avoir la grippe. Quand les gens voyaient le résultat, ils réclamaient un autre tour avec un autre photographe. C'était une perte de temps et un gâchis de pellicule. J'ai essayé moi aussi de les prendre en photo, mais j'avais tendance à couper les têtes.

Au bout d'un moment, les gens ont arrêté de venir. L'appareil est resté sur une étagère à prendre la poussière jusqu'à un certain après-midi où les pêchers en pleine floraison et le soleil à contre-jour avaient métamorphosé le verger. J'ai attrapé l'appareil et je suis sortie pour essayer d'immortaliser cette vision.

Je suis allée me poster au bout du verger et j'ai pris photo sur photo, abaissant l'appareil entre chaque prise pour relâcher ma respiration et inspirer l'air rose et frais.

Au bout d'un moment, je me suis aperçue que Toby était là, sur le côté, près des arbres les plus éloignés et qu'il me regardait. Je ne lui avais jamais adressé la parole. Nous avions toujours été séparés par la largeur d'un champ et je ne l'avais jamais vu regarder qui que ce soit comme il me regardait. Ni rester si longtemps immobile à un endroit.

Lentement, je l'ai visé avec l'appareil, m'attendant à ce qu'il bouge pour l'éviter, comme s'il s'agissait d'un fusil, mais il est resté immobile. Je l'ai pris en photo même si, à travers la lentille et à une telle distance, il n'était qu'une tache sombre surmontée d'un chapeau.

Quand il s'est dirigé vers moi, j'ai attendu. Il faisait encore grand jour et j'étais chez moi. Je n'avais aucune raison de m'inquiéter. C'est ce que je me suis dit. Mais je n'avais que neuf ans alors et j'étais trop jeune pour être vraiment courageuse. Toby était un homme de grande taille, qui ne souriait jamais, qui parlait rarement, qui avait ces terribles cicatrices sur la main, et trois fusils dans le dos.

J'entendais des coups de marteau, probablement mon père en train de réparer les murs de la grange. Le son m'a fait rester sur place alors que Toby s'approchait de moi. Lorsqu'il n'a plus été qu'à quelques mètres, j'ai senti l'odeur de fumée et de viande qui se dégageait de lui, mêlée à sa propre odeur. Ce n'était pas franchement désagréable, mais cela se mélangeait à la puanteur du pétrole qu'il utilisait pour sa lampe. Dès que des chiens s'approchaient de lui, ils secouaient la tête et éternuaient.

Il a jeté un coup d'œil à l'appareil puis m'a fixée.

– Il est à toi ?

– À ma mère, ai-je répondu, avant de réfléchir un instant. Et à moi aussi.

Après tout, c'était ma photo qui avait remporté le concours. La mienne, et celle de James et de Henry.

Toby a remonté la bandoulière de son fusil sur son épaule. J'avais déjà tenu un fusil. Trois fusils, ce devait être très lourd. Il portait son manteau noir, raide et long, dont le col relevé le faisait paraître plus grand qu'il n'était, comme certains animaux dont la fourrure se hérisse au moment où ils vont attaquer.

– Tu prends des photos des fleurs ?

J'ai fait signe que oui.

– Et de vous, juste une. Vous la voudrez, quand elle sera développée ?

Toby a secoué la tête.

– Je sais à quoi je ressemble.

Je me suis demandé depuis combien d'années il ne s'était pas regardé dans une glace.

Il a fixé l'appareil. J'ai ôté la courroie de mon cou.

– Vous voulez essayer ?

Je lui ai tendu l'appareil.

Par deux fois, Toby m'a dévisagée, puis il a détourné les yeux. Il a regardé les fleurs de pêcher, jeté un coup d'œil par-dessus son épaule vers les champs que l'on venait de labourer avant les semailles. Vers une rangée d'épicéas bleus qui cachait l'horizon au loin sur plus d'un kilomètre. Il s'est rapproché, a pris l'appareil, puis a fait un pas en arrière.

– Je le rapporterai demain, si c'est d'accord.

J'étais un peu inquiète. Il ne m'avait jamais dit un mot et maintenant, là, il prenait cette liberté. C'était étonnant. Mais je ne savais pas dire non, pas à une grande personne, et je pensais que ma mère ne dirait rien. Elle confectionnait souvent un pain ou un pot de confiture en plus pour Toby. Elle n'avait pas peur de lui. Cela lui serait égal qu'il emprunte l'appareil pour un jour.

Et c'est ainsi que notre vie a commencé à changer. Si nous n'avions pas gagné le concours Kodak, si la floraison des pêchers avait été moins belle cette année-là, si Toby était allé marcher ailleurs ce jour-là, si je m'étais enfuie en le voyant, si je lui avais dit non, Toby n'aurait pas appris à faire les photos qu'il a faites, et l'appareil ne serait pas devenu le sien. Je n'aurais pas non plus fini par le connaître comme je l'ai connu, ni lui comme il m'a connue.

Nous n'aurions pas eu autant d'ennuis si nos chemins ne s'étaient pas croisés ce jour-là. Mais il est important de regarder comment tout s'est terminé, et pas seulement ce qui s'est passé entre-temps.

4

Le lendemain matin, pendant que je me préparais pour partir à l'école, ma mère m'a regardée d'un air curieux et m'a demandé :

– Quelque chose ne va pas, Annabelle ?

J'ai failli tout lui dire au sujet de Betty. J'aurais été soulagée de pouvoir lui confier le problème.

Pourtant, même s'il ne restait que les pommes, les betteraves, les pommes de terre et quelques potirons à rentrer avant l'hiver, et même si elle était la femme la plus débrouillarde et la plus forte du monde, j'étais bien décidée à lui épargner ce combat-ci. J'y avais longuement réfléchi : si je lui racontais ce qui se passait, tout, elle serait obligée d'aller voir ses amis, les Glengarry, pour leur dire que leur petite-fille était une peste, ce qu'ils savaient déjà certainement. Mais cela ne leur plairait pas de l'entendre de la bouche d'une voisine.

Elle avait beau résoudre tous les problèmes de notre vie, ma mère ne pouvait pas me promettre que Betty, encore plus furieuse si je rapportais, ne s'en prendrait pas de nouveau à moi, ou, pire, à mes frères. J'avais appris ce que voulait dire *incorrigible*. Une réprimande n'allait rien changer, et jusqu'à présent Betty n'avait rien fait pour mériter davantage.

C'est pourquoi j'ai répondu « Non, maman », et je suis partie pour l'école. Dans ma poche, le penny de ma tirelire pesait aussi lourd qu'une enclume.

Henry et James m'attendaient dans la cour, ce qui ne servait à rien puisqu'ils sont partis en courant dès qu'ils m'ont vue. Avant même que nous ayons perdu la ferme de vue, ils avaient remonté la moitié de l'allée en se lançant des mottes de terre et en soulevant une traînée de poussière qui les poursuivait comme deux petits génies échappés de leurs lampes.

J'ai remonté l'allée et traversé seule le champ moissonné. Tous les champs par ici avaient été labourés et j'ai parcouru du regard les crêtes des sillons à la recherche de pointes de flèches. Parfois, du haut de la colline, je me laissais surprendre par l'apparition d'un cerf: l'instant d'avant, les champs en contrebas étaient déserts. L'instant d'après, il y avait soudain là un cerf, presque invisible sur la terre labourée.

Il en fut ainsi avec Toby ce matin-là. La crête sur ma droite était déserte. Puis soudain, il apparut là, tout droit, au loin, immobile. Il regardait dans ma direction. J'ai sursauté. Puis j'ai agité la main pour le saluer. Il ne m'a pas répondu et je ne m'en suis pas étonnée : cela signifiait juste qu'il n'était pas comme les autres. Toby gardait ses distances, mais un jour il avait été bon avec moi alors que rien ne l'y obligeait

C'était le jour où, en contournant un champ récemment semé, mon pied avait glissé dans un trou de marmotte et je m'étais tordu la cheville si fort que je ne pouvais plus marcher. Il n'y avait personne aux alentours. J'avais quand même appelé à l'aide et essayé d'avancer en clopinant. Et c'est là que Toby était arrivé.

J'étais plus jeune à l'époque, et moins lourde, mais cela n'avait pourtant pas dû être si facile de me porter comme un bébé jusqu'en haut de la colline, puis de redescendre ainsi jusqu'à la ferme. J'étais serrée contre lui et je respirais son odeur : il sentait moins l'ancien fumoir où il vivait que le chien mouillé, ou la senteur des bois après le dégel. Une odeur forte, mais pourtant pas désagréable, très différente de celle de la crasse.

Pendant tout le temps, je répétais en boucle : *Merci. Je suis désolée. C'est gentil de m'aider.* Lorsque nous avons atteint la porte de l'arrière-cuisine où nous laissons nos bottes, je lui ai demandé :

– Voulez-vous entrer pour boire un verre d'eau ?

Il n'a pas dit un mot, mais son silence n'était pas hostile. Il n'est même pas entré boire un verre d'eau. En fait, il m'a laissée sur le seuil et a tourné les talons, repartant par où il était venu. Le temps que ma mère vienne voir qui frappait à la porte, il avait déjà disparu.

Une autre fois, alors que mon père s'était fait mal au dos et avait dû rester allongé quelques jours au beau milieu de la saison des citrouilles, nous sommes arrivés un matin dans le champ, ma mère, mon grand-père et nous, les enfants, pour finir la récolte sans lui. Là, nous avons découvert que la remorque que nous avions laissée vide le soir précédent était chargée de citrouilles prêtes à partir pour le marché. Personne ne s'attribua le mérite de cette bonne action, mais moi, je savais que c'était lui.

Je l'imaginais dans l'obscurité, au clair de lune et sans lanterne, s'acharnant à transporter les citrouilles jusqu'à la charrette. Certaines étaient si grosses qu'il aurait fallu s'y mettre à deux pour les porter. Il avait dû trimer toute la nuit.

Le lendemain, ma mère a confectionné une tourte à la citrouille et m'a demandé de l'apporter en haut de l'allée, dans l'espoir de le voir. La tourte était encore chaude. J'ai attendu qu'elle refroidisse avant de la déposer dans une caisse où parfois nous laissions de la nourriture ou de vieux vêtements à son intention, quand il n'était pas dans les parages.

Deux jours plus tard, j'ai vu qu'il avait remis l'assiette, toute propre, dans la caisse, ainsi qu'un bouquet de morelles douces-amères et d'asters sauvages noués par une tige de chiendent.

*
* *

Je descends le coteau et prends le sentier qui entre dans le bois, sans être sur mes gardes. Mes frères devant moi ont fait suffisamment de bruit pour mettre en fuite n'importe quel ours, les serpents se trouvent dans des endroits chauds et ensoleillés, et je ne pense pas voir Betty avant d'arriver à l'école. Soudain, elle apparaît devant moi sur le sentier, comme la veille.

Le bâton qu'elle tient à la main est moins gros que celui d'hier, ce qui m'inquiète. Elle avait choisi le précédent pour m'impressionner. Celui-ci a la bonne taille pour s'en servir. Et c'est du bois vert, ce qui veut dire qu'il est bien dur. J'ai peur, je le reconnais.

– Bonjour, Betty.

Je fais mine de poursuivre mon chemin. Elle se met en travers et tend la main :

– On va aller à l'école ensemble. D'abord, ce que t'as apporté, donne-moi-le.

Je suis tentée de corriger ses fautes de grammaire mais je n'en fais rien. Je suis aussi tentée de la repousser et de passer mon chemin, mais je suis presque certaine que je n'y arriverai pas. Alors je lui dis, comme si je voulais au moins mettre une chose au point :

– Nous ne sommes pas riches. J'ai que dalle à te donner.

En prononçant ces derniers mots, je me surprends moi-même, et cela me blesse. Une partie de mon esprit a pensé que de m'abaisser à parler comme elle me donnerait peut-être plus de force, mais je comprends sur-le-champ qu'il n'en est rien.

Avant que j'aie seulement le temps de réagir, Betty brandit le bâton et lui fait décrire un arc de cercle, petit mais vigoureux. Elle vise ma hanche, peut-être parce que là un bleu ne se verra pas. Je serre les dents pour lui cacher combien le coup m'a fait mal.

– Allez, donne-moi-le.

Cela me fait horreur d'avoir à lui donner quoi que ce soit, ne serait-ce que le penny que j'ai dans la poche.

– Tu n'auras rien d'autre, lui dis-je, en lui présentant le penny dans ma paume ouverte comme j'ai appris à le faire pour nourrir un chien. Pas la peine de me demander autre chose. Je n'ai plus rien.

Betty jette un regard sur la pièce, la prend du bout des doigts et me dévisage :

– Un penny ?

– Tu peux t'acheter deux berlingots avec cela.

– Je ne veux pas de berlingots.

Elle lance le penny dans le sous-bois.

– Demain, faut m'apporter quelque chose de mieux que ça.

– Je n'ai rien d'autre à t'apporter, Betty, et je trouve que c'est méchant d'agir comme tu le fais. Nous pourrions être amies, tu sais. (Je sens que je n'ai pas l'air convaincue.) Si tu arrêtais d'être aussi méchante.

Pour toute réponse, Betty brandit de nouveau son bâton et me frappe au même endroit, déjà très douloureux, encore plus fort cette fois-ci. Je me retrouve à genoux sans comprendre ce qui m'est arrivé. Quand je relève les yeux, je la vois qui me regarde fixement, le visage inexpressif, la bouche légèrement ouverte. Elle me fait penser aux vagabonds qui traversent parfois la ferme sans être repérés par nos chiens.

Je la vois resserrer sa prise sur le bâton et je sais qu'elle va me frapper de nouveau. Des larmes jaillissent de mes yeux. Ses doigts se relâchent. Son regard s'éclaircit.

– T'es qu'un gros bébé stupide. Rappelle-toi ce que je t'ai dit. Si tu dis quelque chose à quelqu'un, le petit va payer. Dégage, maintenant.

Je me relève et je me laisse mener par la pente de la colline jusqu'à l'école. Au tournant du sentier, je jette un coup d'œil par-dessus mon épaule. Je vois Betty, penchée au-dessus de l'endroit où elle a jeté la pièce, qui écarte la végétation à deux mains.

Quand je suis entrée dans la chambre de ma tante Lily ce soir-là, elle était en train de se brosser les cheveux – une de ses occupations familières. Comme de se mettre du rouge à lèvres et de l'enlever.

– Qu'est-ce que tu veux, Annabelle ?

Elle me regardait dans son miroir. J'avais les mains derrière le dos.

– Eh bien, je me demandais si je pouvais de nouveau t'emprunter ta broche, lui ai-je demandé, tout en sachant qu'elle était encore dans ma chambre. Celle qui a des petites pierres brillantes sur le dessus.

Il en manquait une, et c'était sans doute pour cela que tante Lily me l'avait prêtée. De plus, c'était une vieille broche un peu tordue, qui ne valait plus rien. Tante Lily jouait du bout des doigts avec le contenu du panier à couture qu'elle gardait sur sa commode.

– Ma broche ? Mais tu l'as déjà, Annabelle. Je l'ai pas vue depuis que je te l'ai prêtée, n'est-ce pas ?

Ce « n'est-ce pas » m'a donné un peu d'espoir.

– Vraiment ? ai-je demandé.

Ceci n'était pas un mensonge : comment une question pouvait-elle être un mensonge ?

– Non, je ne crois pas. Et je ne me souviens pas que tu me l'aies rendue. (Elle pivote sur son tabouret pour me regarder directement.) Et si je ne l'ai pas, je ne peux pas te la prêter de nouveau, n'est-ce pas ? Va donc voir si elle n'est pas quelque part dans ta chambre.

Elle s'est retournée vers son miroir, une pince à épiler à la main. Au moment où j'allais sortir, elle m'a lancé :

– Tous tes chandails ont des boutons, Annabelle. Tu n'as pas besoin d'une broche.

J'ai haussé les épaules. Tous ses chandails à elle aussi avaient des boutons.

– C'est parce que c'est joli.

– Joli ? Ce qui est joli n'a aucune importance aux yeux de Dieu, Annabelle.

Ce soir-là, nous avons eu un bon dîner : des côtelettes grillées, des pommes de terre au four et de la salade de chou à la crème et aux oignons doux.

Après le dîner, pendant que nous rangions la cuisine, ma mère a enveloppé deux petits pains, une côtelette et une pomme dans un carré de toile cirée dont elle a noué les coins.

– Emporte cela en haut du chemin, m'a-t-elle dit, et si tu ne vois pas Toby, laisse-le dans la caisse. Mais fais attention à bien refermer le couvercle pour que les chiens ne le mangent pas.

Parfois ma mère disait à Toby qu'il était « bien trop maigre » ou qu'il avait besoin de « reprendre des couleurs », et elle m'envoyait lui donner quelque chose à manger. Elle n'osait pas demander ce service à mes frères, qui en auraient profité pour faire les fous dans le noir jusqu'à ce qu'ils n'aient plus le temps de faire leurs devoirs, et à peine celui de prendre leur bain.

– La viande d'écureuil, ça ne nourrit pas son homme, a-t-elle ajouté en me tendant le petit ballot.

– Mais il y a plein de fruits invendables dans le verger, et des pommes de terre et des betteraves non loin de sa cabane. Je ne sais pas pourquoi il est si maigre.

Elle m'a jeté un regard.

– Penses-tu vraiment que Toby prendrait quelque chose sans notre permission ? Certainement pas.

J'ai réfléchi à ce qu'elle venait de dire.

– Alors pourquoi est-ce que nous ne lui permettons pas ?

– Ce n'est pas à toi d'en décider. (Elle se retourne vers l'évier.) Vas-y, maintenant, ou il sera trop tard et tu ne verras plus où tu mets les pieds.

– Et pourquoi ne nous le demande-t-il pas ? ai-je insisté, même si je savais que, quand ma mère nous tournait le dos, cela signifiait habituellement que le sujet était clos.

– Ce n'est pas à toi d'en décider, a-t-elle répété, sans se retourner. Va maintenant, avant qu'il ne fasse nuit noire.

5

À mesure que je remonte l'allée, je vois apparaître la silhouette de Toby, morceau par morceau – d'abord son chapeau et sa tête, puis petit à petit tout son corps, et enfin ses bottes au moment où j'atteins le replat en haut de la côte. S'il n'avait les bras ballants et trois fusils en bandoulière dans le dos, on pourrait le prendre pour un épouvantail.

Il me voit approcher mais n'en laisse rien paraître. Toby ne vient jamais à la rencontre des gens.

– Bonsoir Toby, maman m'a envoyée vous apporter quelque chose à manger. Nous en avions trop pour nous.

Cette dernière phrase sort, sous l'impulsion du moment.

À l'ombre de son chapeau, le visage de Toby est aussi calme et doux que celui d'un vieux chien.

Je remarque l'appareil photo qu'il porte autour du cou :

– Vous avez des pellicules à faire développer ?

C'est nous qui les postons pour lui. Nous donnons les pellicules à ma tante Lily puisqu'elle tient le bureau de poste et va y travailler chaque jour. Quand les photos reviennent, je les garde dans ma poche jusqu'à ce que je croise Toby. Nous n'avons jamais ouvert les enveloppes même si je suis parfois tentée de le faire. Si Toby veut nous montrer ce qu'il a photographié, c'est lui qui nous le propose.

Une fois, il m'a montré une série qui comportait une buse à queue rousse tenant un lapin dans le bec, un gros nuage d'orage brillant dans la lumière du soleil couchant, un cerf endormi dans un bosquet de pommes de mai. Je n'ai jamais rencontré personne de suffisamment silencieux pour s'approcher d'un cerf endormi. Ni d'homme affamé qui préfère prendre un animal en photo plutôt que le tirer.

Il sort un petit rouleau de pellicule de sa poche et me le tend. Je lui donne le paquet de victuailles.

– Avez-vous encore des pellicules ?

Il hoche la tête. Chaque fois que les photos nous sont renvoyées, il y a deux rouleaux vierges dans l'enveloppe. Kodak tient sa promesse.

Il rajuste ses fusils sur son dos mais ne se retourne pas immédiatement pour repartir comme il le fait d'habitude. Il plonge la main dans sa poche.

– Ceci est à toi, me dit-il en me tendant un penny.

La pièce est tiède dans la paume de ma main.

Je me souviens de Betty fouillant le lierre près du sentier qui mène à l'école. Toby a dû observer la scène, caché dans les arbres. Je mets le penny dans ma poche.

Toby reste immobile, comme s'il espérait quelque chose. S'il sait que c'est mon penny, alors il a vu Betty me frapper. Peut-être a-t-il entendu ses menaces. Mais il n'est pas intervenu. Attend-il que je lui en parle, que je lui demande de m'aider ? Je ne peux rien dire, je ne sais pas quoi penser de tout cela.

Avec un dernier petit signe de tête, il tourne les talons et s'éloigne, ses bottes et ses fusils produisant leur petite musique habituelle. Comment fait-il pour se rendre silencieux quand il le veut ? Cela me paraît incroyable, à moi qui ne suis jamais parvenue à surprendre une vache, alors ne parlons pas d'un cerf.

Je reste un moment à le regarder traverser le champ labouré entre la fraiseraie et les bois, escaladant et redescendant les crêtes des sillons comme un petit bateau qui tangue sur une mer houleuse.

Sur le chemin du retour, je fais une pause dans l'obscurité croissante pour regarder ma maison éclairée de l'intérieur, en me demandant si Toby s'arrête parfois au même endroit pour regarder le même spectacle. Je touche du bout des doigts le penny que j'ai remis dans ma poche, et je me dis que cela doit lui arriver.

*
* *

J'ai trouvé mon père assis sur les marches de l'arrière-cuisine. On aurait dit qu'il m'attendait toujours là quand j'allais porter son dîner à Toby.

– Et comment il va, ce soir, Toby ? m'a-t-il demandé, en rentrant dans à la maison.

– Comme d'habitude, il ne dit rien.

– C'est ce que j'apprécie chez lui, mais il faudrait que tu me dises, s'il fait quelque chose qui te dérange.

Cela m'a inquiétée.

– Comme quoi, par exemple ?

Mon père a haussé les épaules.

– N'importe quoi.

– Tu veux dire, s'il a l'air malade, ou blessé ?

Pour toute réponse, il a posé sa main sur le sommet de ma tête et esquissé un sourire.

– Va faire tes devoirs maintenant.

Mais avant cela, je suis partie à la recherche de ma tante Lily qui enverrait la pellicule que Toby m'avait donnée, sans que nous sachions ni l'un ni l'autre que, sur ce petit rouleau, un autre drame n'attendait qu'à être révélé.

Quand je me suis déshabillée ce soir-là, j'ai examiné ma hanche : à l'endroit où Betty m'avait frappée, il y avait une marque rouge, douloureuse au toucher, grosse comme un concombre et qui n'avait pas encore viré au bleu. J'ai alors décidé qu'elle n'aurait pas la broche de Tante Lily. Il était impossible qu'une fille comme Betty me fasse plus de mal que cela, à moi ou à mes frères, ce n'était pas des choses qui arrivaient. Et le fait de savoir que Toby était dans les parages m'avait redonné un peu de courage. J'étais certaine qu'il empêcherait que quelque chose de grave ne m'arrive, à moi ou à mes frères. S'il était là au bon moment. Et s'il voyait ce qui se passait.

Et si je recevais un autre coup et un autre bleu, je le dirais ma mère et elle saurait quoi faire.

Lorsque, le lendemain matin, mes frères sont partis en courant devant moi, je me suis mise aussi à courir pour ne pas les laisser me distancer et pour rester proche d'eux. Nous avons remonté le chemin puis nous sommes redescendus de l'autre côté de la colline pour traverser les champs vers la combe aux Loups. Plus d'une fois, ils se sont arrêtés pour me regarder. À un moment, Henry m'a dit :

– Tu cours vite, pour une fille.

Un peu plus tard, James m'a demandé de ralentir et de les laisser tranquilles :

– On peut y aller tout seuls, à l'école, a-t-il lancé, en accélérant le pas.

Ce qui était exact, mais précisément ce que je voulais éviter. Au moment où nous avons atteint la combe aux Loups, je les ai rattrapés et j'ai retenu James par le bras.

– Je voudrais faire le reste du chemin avec vous.

James s'est dégagé en ricanant, mais Henry m'a demandé :

– C'est quoi, le problème ?

– Rien. Sauf qu'hier j'ai vu un gros serpent sur le chemin.

Henry, qui sait que je déteste les serpents, a eu l'air de me croire. James a écarquillé les yeux :

– Un serpent-roi ?

– Le plus gros que j'ai jamais vu.

– Des clous, Annabelle. Je serais revenu jeter un coup d'œil si tu me l'avais dit hier soir.

– C'est bien pour cela que je ne t'ai rien dit, mais si nous avançons doucement, nous le verrons peut-être.

Et c'est ainsi que nous étions tous les trois ensemble sur le sentier quand Betty a surgi de derrière un arbre. Les garçons se sont arrêtés si brusquement que je me suis cognée à eux.

– Salut, Betty, a lancé Henry.

James est resté silencieux. Je les ai contournés et j'ai poursuivi le chemin :

– Allez, ou on va être en retard à l'école.

Je ne me suis pas retournée. Les garçons m'ont emboîté le pas. Au premier tournant, je les ai fait passer devant moi et ils sont partis en courant, tout comme moi, pour redescendre la colline et rentrer dans l'école.

– Je ne l'aime pas, cette Betty, a dit James, pendant que nous enlevions nos manteaux et suspendions nos bonnets. Elle me fiche la trouille.

– C'est juste une idiote, a répondu Henry, mais à voix basse et en jetant un coup d'œil par-dessus son épaule.

C'est alors que Betty est arrivée. Elle ne nous a pas adressé un seul regard.

Elle a regardé son pupitre, où s'était installé un des garçons les plus âgés, Andy Woodberry. J'aimais bien son nom de famille – Woodberry, comme « fruits des bois » –, mais lui, je ne l'aimais pas. Personne ne l'aimait. Pas même les autres grands, même s'ils faisaient tout ce qu'il leur disait de faire.

C'était la première fois qu'Andy venait en classe depuis l'arrivée de Betty. Son père et ses oncles exploitaient des fermes mitoyennes non loin de chez nous : ils élevaient principalement des vaches laitières, mais cultivaient aussi du maïs, des pommes de terre et du fourrage. Ils avaient leurs potagers, quelques moutons qui leur donnaient de la laine et des agneaux au printemps, pour le repas du dimanche, des poules et quelques chèvres – bref, tout ce qu'on trouve sur une exploitation laitière.

Depuis la fin du mois d'octobre, Andy venait en classe de temps à autre, principalement pour changer d'air, selon moi. Il ne s'intéressait pas du tout aux leçons, ni à Mrs Taylor.

– C'est ma place, lui a dit Betty.

Même assis, il était presque aussi grand qu'elle, debout devant lui, mais elle n'avait pas l'air intimidé du tout. Les autres élèves se sont tus et les ont regardés. Mrs Taylor, qui écrivait au tableau, n'avait encore rien remarqué.

Andy a toisé Betty :

– Qui es-tu ?

– Betty Glengarry. Et toi, qui es-tu ?

– Andy Woodberry.

Elle l'a jaugé, les mains sur les hanches :

– *Wood*berry ? T'habites dans les bois ?

– Non.

– Wood*berry* ? T'es un fruit, alors ?

– Non.

Il s'est redressé :

– Et toi, Betty *Glen*garry ? T'habites dans une vallée ?

– Il se trouve que oui.

Ce qui l'a un peu désarçonné.

– Glen*garry* ? Alors, tu es une…

Et là, lui aussi a compris qu'il était coincé. Betty a esquissé un sourire :

– … une *garry* ? Non, je ne suis pas une *garry*, sauf si une *garry*, c'est une fille qui pense bien s'asseoir là où tu as posé ton derrière.

Andy avait l'air si estomaqué que j'en ai conclu qu'aucune fille ne lui avait jamais parlé sur ce ton.

Pas même sa propre mère. Si on m'avait demandé mon avis, j'aurais dit que Betty se retrouverait avec du poil à gratter dans les cheveux avant la fin de la leçon, ou pire encore, mais je me serais trompée.

Sans un mot, Andy s'est levé et a attendu que Betty s'asseye à sa place, puis il est allé se poster au-dessus de Benjamin, le petit qui occupait la place à côté de Betty jusqu'à ce que Benjamin ramasse ses affaires et aille se glisser, en soupirant, à côté de quelqu'un d'autre.

Andy s'est assis et a étendu les jambes. Sur le revers de son pantalon et sur ses lacets, plein de petites graines collantes étaient restées accrochées.

Quand Mrs Taylor s'est retournée et l'a vu assis dans la salle de classe à sa nouvelle place, elle a haussé lentement les épaules puis s'est tassée un peu sur elle-même.

– Bonjour, Mr Woodberry. Avez-vous apporté vos livres ?

– Pas besoin de livres, a-t-il répondu en se tapotant le crâne. Tout est là-haut.

J'étais assise derrière Betty. Quand elle s'est retournée vers Andy, elle souriait :

– Il peut suivre avec moi, Mrs Taylor, cela ne me dérange pas.

– Merci, c'est gentil, a dit Mrs Taylor.

– Oui, c'est gentil, ça c'est vrai, a repris Andy.

À voir la façon dont Betty regardait Andy, j'ai pensé qu'elle allait me laisser un peu plus tranquille.

Le reste de la matinée s'est déroulé sans encombre, bien qu'Andy se soit assoupi à un moment et que ses ronflements aient ponctué la leçon. Pour le réveiller, Betty a posé la main sur son bras nu. Quand il a ouvert les yeux, Andy s'est ébroué, il a bâillé bruyamment et il a croisé les bras comme un pacha.

C'était un assez beau garçon, plus propre que certains, mais aucune fille avant Betty ne s'était intéressée à lui. La soudaine attirance qu'ils avaient éprouvée l'un pour l'autre m'a donné à penser. Je l'avais déjà constaté: l'arrivée d'un nouveau chien à la ferme déclenchait parfois une bagarre, sans que l'on puisse savoir pourquoi. Parfois, c'était tout le contraire.

6

Pendant quelques jours, Betty a semblé m'ignorer. J'allais à l'école et j'en revenais sans incident, je passais mes récréations à jouer avec mes amies, je suivais les leçons que Mrs Taylor donnait au tableau sans être perturbée tandis que Betty et Andy, recroquevillés derrière leur pupitre, chuchotaient et ricanaient dans son dos. À la récréation, ils disparaissaient et revenaient en retard. Ils quittaient l'école ensemble et arrivaient ensemble le matin.

Tout le monde avait remarqué leur manège, ce que j'appelais « se faire la cour », si étrange que cela puisse sembler puisque Betty était très jeune – elle n'avait que quatorze ans. Mais ma propre mère s'était mariée à seize ans, et je n'allais pas perdre mon temps à critiquer une situation qui détournait de moi son attention.

Cependant, la scolarité d'Andy était, au mieux, épisodique et j'ai vite compris que même Betty ne pouvait rivaliser avec une belle journée d'été indien.

Ce matin-là, le trajet vers l'école avait été un moment de pur bonheur. La terre était douce et odorante, les oiseaux, bavards et le soleil, voilé comme s'il avait enfilé un bas de soie. Avant d'entamer la longue descente qui menait à la combe aux Loups, j'ai enlevé mon manteau et mon bonnet pour les suspendre à un pêcher qui refusait de perdre ses dernières feuilles, toutes dorées par l'automne. Je ne savais pas où étaient mes frères et cela m'était égal. J'avais l'impression que le moindre effort me permettrait de m'élever, le dos chauffé par le soleil, et de survoler les collines et les bois dont le feuillage flamboyait.

Peut-être étais-je en train de siffloter ou de chantonner quand je suis entrée dans le bois, je ne m'en souviens pas. Ce qui est survenu a fait disparaître tout ce qui m'environnait, ne laissant que la présence de Betty.

Peut-être avait-elle attendu Andy, qui n'était pas venu, ce qui l'avait énervée et lui avait donné du temps à perdre. Ou peut-être cela faisait-il trop longtemps qu'elle n'avait pas exercé sa domination, même sur quelqu'un de petit. En tout cas, elle s'était préparée à me voir arriver, alors que moi, j'ai été totalement prise au dépourvu.

Et elle avait choisi une arme encore plus brutale qu'avant.

Là, sur le sentier, m'attendait un étrange spectacle. Betty était assise sur un tronc abattu. Elle avait quelque chose sur ses genoux. Mes frères, accroupis devant elle, faisaient des gestes étonnamment lents et doux.

– Henry, ai-je articulé.

– Chut ! a-t-il répondu sans se retourner. Elle a trouvé une caille.

Effectivement, Betty tenait une caille sur ses genoux, brune et douce. Une petite femelle, aux plumes lisses et aux yeux grands ouverts. Elle la maintenait sans effort sous son bras gauche. De sa main droite, elle entourait le cou de l'oiseau, le serrant juste assez pour l'immobiliser. La caille clignait des yeux et roucoulait tandis que les garçons lui caressaient la tête du bout des doigts avec douceur.

– Qu'elle est belle ! a murmuré James. J'aimerais tellement l'avoir.

– Eh bien, peut-être, a dit Betty. Peut-être que tu pourras démarrer un élevage de cailles.

– Mais non, c'est un oiseau sauvage. Ce n'est pas un poulet.

Henry parle d'une voix douce, presque à regret, sans jamais quitter des yeux la petite merveille brune que tient Betty. Je reste derrière les garçons, à me demander si Betty a changé, tout en étant quasi certaine du contraire.

– Allez, les garçons. On va être en retard à l'école.

Ils m'ignorent, au point que je me sens invisible.

– Je vais l'amener à l'école, leur dit Betty. Partez devant, on vous suit.

Elle leur parle sur le même ton que moi, un ton de grande sœur, et ils lui obéissent sur-le-champ, ce qu'ils ne font jamais avec moi. Ils reculent doucement pour ne pas effrayer l'oiseau, puis dévalent la colline, se jetant des bêtises et faisant la course à qui arrivera le premier.

Je suis sur le point de les suivre quand un bruit me retient.

C'est toujours ma mère qui tord le cou aux poulets, mais elle le fait si vite qu'ils n'ont jamais le temps de crier ou de se débattre.

Là, c'est différent.

Ce sont des piaillements stridents qui me font me retourner. Betty tient la caille par le cou. Le petit oiseau dodu s'agite pour se libérer du collet formé par ses doigts. Affolé, il tend et recroqueville ses pattes convulsivement, ses courtes ailes battent l'air.

– Lâche-la, Betty, tu vas la tuer.

J'essaie d'attraper la caille, mais, serrant plus fort les doigts autour de son cou, Betty lève le bras très haut, hors de ma portée, puis elle recule et elle monte sur le tronc abattu, le visage sombre, et elle me regarde fixement, sans ciller.

– Lâche-la !

Alors que je m'élance pour libérer l'oiseau, elle crispe le poing, lui écrasant le cou. J'entends le bruit des petits os délicats qui se brisent. Elle me lance le pauvre petit cadavre tout flasque. En voulant l'éviter, je me prends les pieds dans des racines et je tombe de tout mon long sur le dos.

C'est alors que Toby surgit, d'où, je ne saurais le dire.

L'instant d'avant, j'étais allongée sur le sentier, à tenter de reprendre mes esprits. L'instant d'après, soudain, il est là, debout entre nous deux. Il me tourne le dos et gronde comme un chien de garde. Je ne sais pas ce qu'il fait. Je ne vois pas Betty, seulement Toby. Je ne distingue pas un mot de ce qu'il lui dit. Je n'entends que le son de sa voix. Un son terrifiant.

Puis il se retourne et, sans rien dire, m'aide à me remettre debout. Il ramasse l'oiseau mort, qui semble minuscule et intact dans sa main toute couverte de cicatrices. Il prend une grande inspiration et se redresse avant de remonter le sentier pour quitter la combe aux Loups.

Entre le départ de mes frères et celui de Toby, il ne s'est guère écoulé plus d'une minute. Betty est sur le dos, dans un fourré, les yeux écarquillés, presque souriante.

– Pourquoi as-tu fait ça? lui demandé-je, abasourdie comme je ne l'ai jamais été. Qu'est-ce qui t'as pris?

– Il m'a volé mon oiseau, articule-t-elle, comme si elle se parlait à elle-même. Et il m'a dit que si je t'embêtais de nouveau, je le regretterais.

C'est un mystère pour moi, mais c'est bien de la satisfaction que je ressens à ce moment. Peut-être que Betty est tombée sur plus fort qu'elle.

– Quel crétin! dit-elle en se relevant.

Elle frotte ses habits, mais des feuilles restent collées dans ses cheveux. De toute évidence, elle ne s'est pas rendu compte qu'elle est tombée dans un buisson de sumac vénéneux*, et il ne faut pas compter sur moi pour le lui dire. Si je dois aller en enfer pour avoir souhaité que la peste l'emporte, je suis prête à y aller.

– Il n'y a rien de bon en toi, lui ai-je lancé, tu es méchante comme une teigne.

Elle se met à rire :

– Ma grand-mère m'a appris à tordre le cou d'un poulet, et on l'a mangé le soir même avec des pommes de terre et de la sauce. Y a rien de méchant à cela. Sinon, c'est ma grand-mère qui est méchante, et ta mère aussi, par-dessus le marché.

– Ça n'est pas du tout pareil, et tu le sais parfaitement, répliqué-je, tout en me demandant si elle fait la différence.

Je la laisse là, assise dans le buisson de sumac, et je prie pour qu'elle se réveille le lendemain matin couverte de cloques écarlates et de croûtes épaisses. Je prie pour qu'une éruption de pustules et de dartres lui envahisse le visage. Je prie pour qu'elle en garde des cicatrices. Des cicatrices sur ces mains

* Le sumac vénéneux, aussi appelé sumac grimpant, est une plante sauvage originaire d'Amérique du Nord, très commune dans une grande partie des États-Unis et du Canada. Son contact provoque une violente réaction allergique.

qui ont tué un oiseau sans défense. Et je n'en ai aucun regret.

À la récréation de l'après-midi, Betty se grattait déjà le cou. À l'heure de la sortie, une éruption était apparue sur une de ses joues. Et quand je suis arrivée à la ferme, j'ai trouvé ma mère en contrebas de la maison, au milieu d'une étendue de balsamine qui poussait autour d'une source.

– Que fais-tu ? lui ai-je demandé, encore dans l'allée.

Elle m'a fait signe de la rejoindre, et j'ai pris le petit sentier qui contourne le potager pour atteindre l'endroit où la source donne naissance à un ruisseau.

Si nous avions eu de fortes gelées, il ne serait plus resté que de la boue autour de la source, mais la plupart des plants étaient encore verts et vivaces, bien que montés en graines. Les gousses translucides qui avaient remplacé les fleurs orange avaient depuis longtemps éclaté et dispersé leurs graines, mais le feuillage restait assez abondant.

Ma mère avait déjà cueilli une grande quantité de ces tiges gorgées d'eau et les empilait, pliées en deux, dans un panier. Elle s'est mise à en entasser davantage sur mes bras.

– Nous allons avoir besoin de beaucoup de balsamines. Betty Glengarry n'a rien trouvé de mieux à faire que de marcher dans du sumac et elle est couverte de cloques.

Elle a secoué la tête :

– Je pensais que tout le monde savait qu'il ne faut surtout pas s'approcher de cette plante, mais apparemment, Betty n'en avait jamais vu. Elle se méfiera désormais.

Une minuscule fourmi est descendue d'une feuille de balsamine sur ma main. Je l'ai chassée en soufflant.

– Pourquoi est-ce que c'est à toi de faire cela ? Ils n'ont pas de balsamine près de leur source à eux ?

Ma mère s'est interrompue et m'a jeté un regard :

– Mr Glengarry est parti pour l'Ohio, où il aide sa sœur à déménager, et Mrs Glengarry a une sciatique. Elle ne va pas aller courir les bois alors que nous en avons plein qui pousse ici.

Elle a arraché une nouvelle poignée de tiges et me l'a fourrée dans les bras.

– Elle est passée voir si nous en avions encore si tard dans la saison. Et comme c'est le cas, je vais la faire infuser. Tu vas venir m'aider.

J'ai eu envie de lui dire ce qui s'était passé, mais je ne voulais pas raconter la scène. Quand je repensais au bruit des os en train de se briser, j'avais mal au cœur. Et j'avais besoin de temps pour réfléchir à la situation, et à ce que j'allais faire.

Je pensais à l'oiseau. À mes frères. Je me souvenais de la fureur dans la voix de Toby.

– Bon, a dit ma mère, il devrait y en avoir amplement assez pour une personne.

Elle a ramassé son panier. J'ai remonté le sentier derrière elle.

Ensemble, nous avons préparé la décoction qui allait guérir les maux que j'avais réclamés dans mes prières. Dans notre plus grande bassine, nous avons fait bouillir de l'eau et y avons plongé les tiges de balsamine, une par une. Tiges et feuilles souples ont rapidement fondu, l'eau est devenue verte et une odeur d'épinard a rempli la cuisine.

– Quelqu'un a marché sur du sumac ? a demandé ma grand-mère, depuis la pièce où elle faisait un somme.

– C'est Betty Glengarry, lui a répondu ma mère, et elle a une réaction très violente.

– C'est une fille de la ville, a dit ma grand-mère, sans méchanceté. La prochaine fois, elle saura.

Même si je savais que ce n'était pas charitable, j'espérais bien qu'il y ait une prochaine fois, et que cela arrive après une vraie bonne gelée.

Après avoir fait bouillir toute la balsamine, nous avons versé la décoction dans des bocaux en verre que nous avons laissés refroidir. Puis nous les avons fermés et les avons remis dans le panier.

– Cela devrait faire l'affaire, a dit ma mère. Mets ton manteau. Nous allons leur apporter cela et, en revenant, nous ramasserons quelques betteraves.

– Je suis vraiment obligée de venir ? Je pourrais commencer à préparer le dîner pendant que tu y vas.

– Ça ne prendra pas longtemps, a-t-elle dit en se dirigeant vers la porte. Maintenant, cours à la grange et va chercher ton grand-père. On ne peut pas y aller à pied avec un panier aussi lourd.

Je me suis promis de rester dans le camion avec mon grand-père pendant que ma mère irait déposer ce que nous apportions, mais dès que nous nous sommes arrêtés devant la maison des Glengarry, elle m'a mis un bocal dans chaque main et m'a poussée hors du camion.

– Tu m'as aidée à préparer ce remède, il faut que Betty le sache. Peut-être que vous pourrez devenir amies.

Il n'y avait rien à dire, et je suis donc restée silencieuse.

Quand Mrs Glengarry est venue nous ouvrir, elle avait l'air toute bouleversée.

– Mon Dieu ! Sarah. Entrez. Toi aussi, Annabelle. Vous êtes des anges. De vrais anges. Vous allez voir Betty, elle va affreusement mal.

« Mon Dieu ! » C'était effectivement une exclamation bien faible, au regard de ce que j'ai failli dire quand j'ai aperçu Betty. J'avais prié pour qu'elle soit couverte de cloques, et j'avais été exaucée. Là où sa peau avait été en contact avec le sumac, elle était horriblement rouge et enflée, et certaines cloques étaient si grosses que la peau était transparente et que l'on voyait le liquide qui s'était accumulé. Cela m'a fait penser à un crapaud qui va lancer son cri, la gorge enflée comme un ballon. Il était pénible de regarder Betty, et encore plus difficile d'éviter de le faire. Je n'avais jamais vu quelqu'un réagir aussi fort.

– Seigneur, elle est vraiment bien atteinte, a dit ma mère, en enlevant son manteau et en le posant au pied du lit. Margaret, pouvez-vous me donner des chiffons propres, s'il vous plaît ?

Pendant que la grand-mère de Betty allait en chercher, ma mère a écarté doucement les bras et les jambes de Betty et elle a repoussé ses cheveux pour dégager son visage.

– Ma pauvre, cela doit te gratter horriblement.

Betty regardait ma mère s'affairer. Sans desserrer les dents, la respiration sifflante, elle a murmuré :

– Je m'en fiche. C'est juste des boutons de rien du tout.

Ma mère s'est étonnée :

– Tu es vraiment courageuse, Betty.

– Voici les chiffons, a dit Mrs Glengarry en les entassant au pied du lit. Que vous faut-il d'autre ?

– Apportez-moi une bassine. Annabelle, donne-moi deux bocaux.

Dieu a eu une riche idée de créer la balsamine. Comparé à d'autres miracles comme la mer fendue en deux ou l'eau changée en vin, ça n'avait l'air de rien, mais si quelque chose pouvait guérir Betty, c'était bien la balsamine.

Ma mère a versé le liquide tiède dans la bassine, elle y a trempé les chiffons et les a essorés pour qu'ils ne gouttent presque plus, puis les a posés sur la peau horriblement marquée de Betty jusqu'à ce qu'on ne voie plus que ses yeux qui me suivaient tandis que j'explorais sa chambre du regard.

Elle ressemblait beaucoup à la mienne. Un lit,

une lampe posée sur une petite table, une chaise dans un coin, un placard suffisamment entrouvert pour que je voie qu'il n'y avait pas grand-chose à l'intérieur. Des murs blancs, un plancher nu. Une image de Jésus sur un mur et, sur l'autre, la photo d'un homme et d'une femme dans leurs beaux habits ; lui portant une cravate et elle, un chapeau rouge.

Debout dans la chambre de Betty, cette dernière clouée sur son lit et inoffensive, en compagnie de deux adultes, j'ai un peu lâché les rênes à ma curiosité :

– Ce sont tes parents, Betty ?

Mais c'est Mrs Glengarry qui a répondu :

– Oui, c'est mon fils, le père de Betty, mais il est…

Elle s'est interrompue et a jeté un coup d'œil à ma mère.

– Parti, a lâché Betty d'un ton agressif.

Je ne savais pas ce que *parti* voulait dire.

– Voilà, a dit ma mère.

Elle a remonté la couverture jusque sous le menton de Betty et ramassé ce qui traînait sur le lit. Betty a tourné légèrement à la tête et, s'apercevant que je la regardais, elle s'est détournée de nouveau, mais j'ai eu le temps de voir ses yeux. Ils étaient rouges et douloureux. De la décoction de balsamine dégoulinait des chiffons recouvrant son visage et lui coulait dans les cheveux. Malgré sa cruauté envers moi, j'ai soudain été heureuse que la douceur de ce mois de novembre nous ait permis de ramasser cette plante.

– Faites cela toutes les heures, disait ma mère en tendant la bassine à Mrs Glengarry. N'essorez pas trop les chiffons, il faut qu'ils soient bien humides. Mais ne la laissez pas prendre froid.

– Merci, Sarah. Merci, merci beaucoup. À toi aussi, Annabelle. Betty dit toujours des choses gentilles sur toi. Peut-être pourras-tu venir jouer avec elle dès qu'elle ira mieux.

Il faisait nuit quand nous sommes arrivés dans le champ de betteraves, mais nous avons travaillé à la lueur des phares, et nous avons mis peu de temps à ramasser assez de betteraves pour le dîner.

J'aurais été heureuse de rester dans le champ plus longtemps à déterrer les légumes, satisfaite de voir apparaître, à chaque fois que je tirais sur une touffe de feuilles, une belle surprise. Elles n'avaient pas bel aspect, ces betteraves dures comme des pierres, la peau épaisse couverte de terre, hérissée de petites racines hirsutes, mais elles cachaient un cœur sucré couleur de rubis qui n'attendait que d'être chauffé pour devenir fondant.

Tel était l'ordre des choses que je désirais.

7

La balsamine a été efficace, mais pas autant qu'elle aurait pu l'être pour un cas moins sévère, et j'ai donc passé une bonne journée le lendemain – Betty est restée chez elle pour se remettre. Quant à Andy, il a continué à faire l'école buissonnière. Mrs Taylor a laissé les fenêtres de la classe ouvertes pour laisser entrer la brise et le chant des oiseaux. Et j'ai appris ce qu'était une « onomatopée », un mot que je ne savais pas encore épeler mais que je me suis entraînée à prononcer à voix basse pendant tout l'après-midi.

Le lendemain matin, Betty et Andy sont tous deux revenus à l'école. Le visage et les mains de Betty étaient encore sensibles et un peu rouges, mais l'amélioration était si spectaculaire qu'on n'aurait jamais imaginé qu'elle avait été aussi défigurée deux jours auparavant. Elle portait quand même des manches longues et un pantalon, et elle a descendu la côte avec précaution avant d'entrer dans la cour de récréation.

Je l'ai regardée arriver, assise au soleil sur les marches de l'école, à côté de Ruth et de quelques autres filles, à attendre que Mrs Taylor nous demande de rentrer. Une voix a lancé :

– Bonjour, Betty.

Elle s'est arrêtée, puis s'est approchée, sa gamelle dans la main gauche. Elle m'a regardée droit dans les yeux et a levé sa main droite en serrant lentement le poing.

– Bonjour, Annabelle, a-t-elle dit en souriant.

Je ne m'attendais pas à ce qu'elle me remercie de l'avoir soignée. Mais je ne m'attendais pas à cela non plus. Quelle idiote j'étais ! Je lui ai demandé :

– Pourquoi es-tu aussi cruelle ?

J'étais vraiment curieuse, je voulais vraiment comprendre.

– Je suis plus grande que toi, c'est tout, m'a-t-elle répondu. Toi aussi, tu apprendras à te débrouiller. Si tu n'es pas trop débile. Quoiqu'on ne sache jamais.

Non, je n'étais pas débile. Ni trop jeune pour savoir ce qu'était la cruauté.

– Entrez, les enfants, nous a alors dit Mrs Taylor.

Seule Betty est restée dehors.

Quand elle est enfin apparue, Andy était avec elle. Sa peau était hâlée par le soleil et il portait des vêtements propres. Même en pantalon, Betty avait l'air d'une vraie fille à ses côtés.

– Je suis très heureuse que tu aies finalement pu te joindre à nous, a dit Mrs Taylor à Andy. (Puis elle s'est adressée à Betty :) J'espère que tu te sens mieux.

Ils se sont assis, la leçon au tableau a repris et le reste de la matinée s'est déroulé sans encombre. Andy a dormi presque tout le temps. Betty le regardait, ignorant les consignes données par Mrs Taylor et gardant son livre fermé devant elle. Quand Andy s'est réveillé, elle lui a souri et l'a tiré par la manche. Il s'est tourné vers elle, lui a rendu un large sourire en bâillant, et s'est redressé sur sa chaise.

J'ai eu envie de demander à Mrs Taylor si je pouvais changer de place pour n'être pas obligée de regarder de telles âneries mais je ne voulais pas abandonner Ruth, et il me semblait que tant qu'Andy serait là je serais invisible aux yeux de Betty. Je ne voulais rien faire qui puisse attirer son attention.

Je ne voulais plus de bleus, de menaces ou de pauvres oiseaux morts.

Je ne voulais plus rien avoir à faire avec quelqu'un qui pouvait étrangler dans son poing une caille et la tuer en souriant.

Je voulais que Betty reparte là d'où elle venait.

Je voulais faire tourner les aiguilles de l'horloge à l'envers et revenir au moment d'avant son arrivée. Je voulais défaire ce qui avait été fait, me *dessouvenir*, être celle que j'avais été avant: quelqu'un qui n'avait jamais prié pour une éruption de cloques. Quelqu'un qui n'aurait même pas imaginé faire une telle chose.

Mais si la seule chose que je pouvais obtenir, c'était un peu de répit de la part de Betty, je m'en contenterais, et volontiers. Andy attirait sur lui toute son attention, la détachait de moi, et je devais m'en satisfaire.

La récréation consistait pour nous à envahir l'endroit dégagé qui entourait l'école et à jouer à la corde à sauter, à la marelle, bref, à se dépenser. Nous n'étions pas censés nous approcher de la route qui passait devant l'école et traversait la combe qui s'étendait entre deux collines. Généralement, nous ignorions les automobiles qui y circulaient de temps à autre, mais quand j'entendais un attelage tirant une charrette de foin ou un chariot, j'arrêtais de jouer pour l'accompagner un peu, discuter avec le fermier ou avec les chevaux, et parfois leur apporter un seau d'eau tirée du puits quand ils s'arrêtaient pour se reposer par un chaud après-midi.

Ce jour-là, Mr Faas et ses chevaux gris ont descendu la route lentement, en tirant une charrette chargée de boisseaux de toutes tailles remplis de grosses pommes. Ils se rendaient au marché.

Mr Faas était si gentil qu'il nous demandait toujours de l'appeler Mr Ansel, ce que nous faisions, même si, le jour où Henry l'avait appelé Ansel sans dire « monsieur », ma mère lui avait donné une tape sur la tête.

– Bonjour, Mr Ansel, ai-je lancé, depuis les marches de l'école où Ruth et moi nous jouions à des jeux de ficelles.

Il a fait ralentir ses chevaux et nous a saluées de la main. Il nous a répondu « Ponchour ! », incapable de perdre son accent allemand, même après avoir vécu je ne sais combien d'années dans nos collines.

– Comment vas-tu, ma petite Annabelle, et toi, ma toute petite Ruth, en cette belle matinée ?

– Très bien.

Sa salopette était propre et impeccablement repassée, son chapeau bien brossé. Ses bottes cirées étincelaient sous le soleil, comme les pommes qu'il transportait, telles des pierres précieuses qu'on apporte chez le bijoutier. Ses chevaux piaffaient un peu parce qu'ils voulaient poursuivre leur chemin, mais j'ai appuyé mon front sur la hanche du plus proche et je l'ai caressé de la paume de la main.

– J'aimerais bien aller au marché avec vous et vos chevaux. Ils sont si beaux.

Ruth, les cheveux noirs bien tressés et la jupe lisse et droite, se tenait un peu en retrait, hors de portée de leurs sabots et de leurs grandes dents jaunes. Son père était comptable, et le seul animal chez eux était un chat tigré.

Plus tard, tout le monde se demanderait ce que Ruth avait fait pour mériter ce qui lui arriva.

La pierre qui la frappa en plein dans l'œil était trop petite pour être déviée par l'arcade sourcilière et suffisamment grosse pour la faire tomber à la renverse et la blesser gravement. C'est ce que j'ai compris instantanément en voyant le sang couler le long de sa joue.

Ruth était hébétée, comme un oiseau qui a percuté une vitre dans lequel le ciel se reflète. Elle était étendue, immobile, mais ses mains et ses pieds tremblaient dans la poussière soulevée par sa chute.

J'ai tout compris quand Mr Ansel a sauté de sa charrette et s'est agenouillé près d'elle.

Quand la cour de l'école s'est emplie de cris et de confusion.

Quand Mrs Taylor est sortie en courant, qu'elle a vu le visage de Ruth et a foncé chercher sa voiture.

J'ai tout compris quand Ruth est sortie de sa torpeur et s'est mise à hurler, que Mr Ansel l'a prise dans ses bras pour l'allonger sur la banquette arrière et que nous avons tous reculé pour laisser la Ford de Mrs Taylor s'engager sur la route et partir à toute allure, soulevant derrière elle un nuage de poussière.

– Je vais aller prévenir ses parents aussi vite que possible, m'a dit Mr Ansel.

Il y avait une tache de sang sur son manteau parfaitement propre. Il est remonté dans la charrette et a fait claquer les rênes d'un coup sec. Les chevaux, déjà énervés, sont partis au trot. Les pommes en dégringolant ont formé une longue ligne sinueuse ininterrompue, visible jusqu'au tournant de la route.

Une mouche est venue se poser sur la tache de sang. Je l'ai regardée boire. Les autres enfants étaient restés alignés le long de la route, en silence. Henry et James sont venus me rejoindre. Henry, qui ne faisait jamais ce que je lui disais, m'a demandé :

– Qu'est-ce qu'on doit faire ?

Sans Mrs Taylor, nous n'étions tous que des enfants. Même les garçons les plus âgés, massés derrière les autres, avaient l'air de petits. Je n'ai pas vu Andy. Ni Betty. Sur le moment, j'ai été contente qu'ils ne soient pas là. C'est tout ce que je me suis dit, sur le moment.

– Henry, cours à la maison et ramène quelqu'un, lui ai-je ordonné.

Nous n'étions pas la maison la plus proche mais c'est là que se trouvait ma mère. Il est parti en courant. James l'a suivi, mais je ne l'ai pas rappelé, parce que, de toute façon, ce n'est pas cela qui aurait changé quoi que ce soit. Puis je suis allée chercher un seau d'eau au puits et je l'ai versé sur la tache de sang, sur la route, et je suis retournée dans la salle de classe pour attendre.

Des enfants m'ont suivie. La plupart ont ramassé leurs affaires et sont rentrés chez eux. Les plus petits sont restés assis à leur pupitre, les bras croisés, jusqu'à ce qu'on vienne les chercher. Je me suis assise à mon pupitre, redevenu immense maintenant que Ruth n'y était plus, j'ai posé la tête et je me suis mise à pleurer.

J'attendais sur les marches de l'école quand mes parents sont arrivés dans notre vieux camion et se sont garés le long du ravin près de l'école. Ils m'ont serrée contre eux un moment, puis ma mère est allée rejoindre les autres élèves.

Mon père s'est penché pour me regarder dans les yeux :

– Que s'est-il passé, Annabelle ?

Je m'étais arrêtée de pleurer avant de manquer de larmes. Elles ont alors menacé de se remettre à couler.

– Je ne sais pas. J'étais juste là, je discutais avec Mr Ansel. Ruth était derrière moi car elle avait peur des chevaux. Et puis elle a reçu une pierre ici. (Je touche ma paupière gauche.) Elle est tombée, et Mrs Taylor l'a emmenée en voiture.

Mon père s'est redressé pour regarder au-delà du camion en direction de la route, vers la colline qui s'élevait à l'autre côté.

– Montre-moi.

J'ai fait le tour du camion pour atteindre la route. Il restait une tache d'humidité à l'endroit où j'avais versé un seau d'eau sur la tache de sang.

– Ici. C'est ici qu'était Ruth.

– Face à la colline ? Mr Ansel traversait la combe ?

– Oui, il partait au marché. On voit encore les pommes qui sont tombées sur la route tellement il est parti vite pour prévenir la mère de Ruth. Oui, elle était là. Et moi ici, ai-je ajouté, en me plaçant à l'endroit précis. Les chevaux étaient juste ici, devant moi, et la charrette et Mr Ansel, là.

J'ai dessiné un rectangle avec le bras.

– Donc la pierre a été lancée depuis le flanc de la colline ?

J'ai levé les yeux vers la colline qui se dressait en face de nous. La pente escarpée était couverte d'arbres et de buissons qui plantaient leurs racines là où ils le pouvaient entre les corniches d'ardoise. Le ravin en contrebas était envahi d'éboulis.

– Sûrement, j'imagine, puisque c'est dans cette direction que Ruth était tournée.

Mon père, les mains sur les hanches, examinait la pente.

– Donc la charrette, les chevaux et toi, vous étiez entre la pente et Ruth ?

– C'est ça.

– Ce qui veut dire que la pierre n'a pas pu dégringoler toute seule et rebondir dans le ravin ou alors, elle aurait touché les chevaux ou le chariot avant de frapper Ruth, a-t-il ajouté, en réfléchissant.

Ce n'était pas une question, je n'ai rien répondu.

Pour autant que je le sache, personne n'avait escaladé la colline à l'heure de la récréation, même si, après l'école, les garçons jouaient parfois « au roi de la montagne » : ils escaladaient la pente en s'accrochant aux branches et en posant les pieds sur les pierres et les troncs des arbres, et le premier arrivé en haut gagnait. Leurs fréquents passages, ainsi que celui des lapins et cerfs, avaient tracé des sentiers qui zigzaguaient et indiquaient les endroits les plus faciles pour monter et descendre.

– Et tu n'as vu personne là-haut quand c'est arrivé ?

J'ai secoué la tête.

– Je regardais les chevaux et Mr Ansel. Puis j'ai regardé Ruth.

Et c'est là que mes lèvres se sont remises à trembler.

– C'est bon, Annabelle, a-t-il dit en posant la main sur ma tête. C'est bon.

Mais il s'est retourné pour examiner la colline de nouveau, et j'ai su que les choses n'en resteraient pas là.

8

Ruth perdit son œil. Tout simplement.

C'est ma mère qui me l'a dit le soir même. La plupart des mamans auraient sans doute attendu le lendemain matin pour annoncer une telle nouvelle, mais pas la mienne. Elle savait que, de toutes les façons, je ferais des cauchemars. Les choses allaient empirer, alors retarder le moment d'affronter la réalité en face ne changerait rien.

– Cela aurait pu être moi, lui ai-je dit, quand elle est venue s'asseoir sur mon lit, dans le noir, pour me dire que le docteur n'avait pas pu sauver l'œil de Ruth. Que personne n'aurait pu. Que la pierre avait détruit les parties de l'œil dont elle avait besoin pour voir – c'est ainsi qu'elle a exprimé les choses.

– Oui, a-t-elle ajouté en me caressant les cheveux. Cela aurait pu être toi, Annabelle, mais je pense que la pierre visait Mr Ansel, ou ses chevaux, ou peut-être même ses pommes, mais ni toi ni Ruth.

– Pourquoi est-ce que tu penses cela ?

– Eh bien, Mr Ansel est allemand, Annabelle, et beaucoup de gens par ici en veulent aux Allemands. Depuis la dernière guerre, et surtout depuis que nous sommes de nouveau en guerre. Ce n'est pas la première fois que quelqu'un essaie de lui faire du mal, même si, jusque-là, ils s'en sont pris à ses récoltes ou à son fourgon. Ils lui ont cassé des vitres, ou mis des rats crevés dans sa boîte aux lettres.

– Mais Mr Ansel a vécu ici presque toute sa vie !

– Je sais. Et toi aussi, tu le sais. Mais pour certains, cela ne change rien. C'est lui qu'ils ont sous la main, et ils veulent trouver un coupable.

– Qui ?

Elle s'est mordu la lèvre. Elle ne m'a pas regardée.

– Les gens qui ont perdu un fils, un père ou un frère au cours de la guerre. Celle-ci, ou celle d'avant. Des gens qui ont été soldats et qui sont revenus en colère, ou blessés. Presque tout le monde, en réalité, parce que nous connaissons tous un soldat qui est parti là-bas, et qui risque sa vie aujourd'hui à cause des Allemands.

J'ai alors pensé aux étoiles d'or cousues sur le drapeau, dans l'église, une pour chacun des fils, des pères ou des frères qui ne reviendraient pas chez nous. J'ai pensé à Toby, à son silence et à ses fusils.

– Mais comment quelqu'un en contrebas dans la combe aurait-il pu savoir que Mr Ansel passerait par là juste à ce moment? Il aurait fallu qu'il soit déjà sur la colline.

– Je ne sais pas, Annabelle. Tout ce que je sais, c'est que personne ne voulait blesser Ruth. Ce qui lui est arrivé est de la pure malchance.

C'était encore pire. Comment étions-nous censés rester debout, les yeux ouverts, si c'était le hasard qui décidait de tout?

Le jour suivant n'a pas bien commencé, et ça a été de mal en pis.

Le petit déjeuner s'est déroulé en silence. Même mes frères étaient abattus. Je n'arrivais pas à penser à autre chose qu'à Ruth et à ce que serait la journée d'école sans elle. Malgré moi, je me suis mise à pleurer en essayant de faire le moins de bruit possible.

Tante Lily s'est énervée :

– Mais enfin ! Qu'est-ce qui nous vaut de pareilles larmes ?

Sans la regarder, ma grand-mère a répliqué :

– Même Jésus a pleuré, Lily.

– Parce qu'il avait une bonne raison de pleurer. On ne peut pas en dire autant dans cette affaire.

– Le fait que Ruth ait perdu un œil, a dit ma mère d'une voix acide, c'est ça que tu appelles cette affaire ?

Maussade, tante Lily a rétorqué :

– Si c'est cela, la racine de ces larmes, j'ai sans doute mal jugé le fruit.

Tante Lily utilisait souvent ce genre d'expressions, mais il lui arrivait rarement d'admettre qu'elle avait eu tort.

James et Henry ont bruyamment englouti leur petit déjeuner, comme deux chiots.

Quant à mon père, il a bu son café lentement, le visage sombre, l'esprit ailleurs.

– Ne vous approchez pas de la route, ni de la colline, à la récréation, nous a-t-il dit avant que nous franchissions la porte. Restez de l'autre côté de l'école, du côté du bois. J'ai l'intention de trouver ce qui est arrivé à Ruth. D'ici là, ne vous approchez pas de la colline. C'est bien compris ?

Nous avons tous fait oui de la tête.

– Et occupez-vous de votre sœur, a-t-il ajouté pour les garçons.

Il aurait aussi bien pu leur demander d'aller décrocher la lune. Mais les garçons aussi m'ont étonnée. Ils ont attendu que nous ayons atteint les champs qui surplombent la combe aux Loups pour se mettre à courir et lever un coq des bruyères à la lisière du bois. Puis ils ont disparu sur le sentier qui serpente à travers les arbres.

Au tournant du sentier, j'ai vu Betty, assise sur une souche, et mon cœur s'est serré : c'était la fin du sursis dont j'avais bénéficié, j'allais de nouveau être sa victime.

Puis j'ai été envahie par un autre sentiment. Je ne peux pas parler de courage, car le courage, c'est ce que l'on ressent quand on a peur de faire quelque chose mais qu'on le fait malgré tout. Et je ne peux pas parler de colère, même si j'avais été en colère contre Betty, quand elle m'avait frappée, menacée, quand elle avait tué l'oiseau.

J'imagine que j'aurais dû à la fois avoir peur et être en colère, mais Ruth avait perdu un œil la veille, et ce que je ressentais désormais, en voyant le visage sans expression de Betty, c'était plutôt de l'indifférence. Ce matin, elle m'a paru insignifiante et petite, même lorsqu'elle m'a barré le passage.

– Quoi encore ? ai-je dit avec impatience.

Elle m'a regardée curieusement :

– Tu pensais que j'allais te laisser tranquille parce que ce fou m'a menacée ? Ou parce que ta copine a eu un bobo ?

– C'est plus qu'un bobo, elle a perdu son œil. Tu es au courant ?

Elle a détourné les yeux :

– Oui, ma grand-mère m'a dit. Je parie que c'est ce sale Allemand qui était visé, pas elle.

– Mr Ansel n'est pas un sale Allemand. Tu ne le connais même pas.

Elle a haussé les sourcils :

– T'es paumée dans ce trou perdu, et t'y connais rien, mais moi, si. Peut-être qu'il a l'air tout gentil, mais les Allemands, ce sont des brutes qui veulent conquérir tous les pays. Et c'est ce qu'ils feront si on les laisse faire.

J'ai remarqué une longue égratignure rouge sur sa joue, comme si elle avait traversé des ronces, et ses chaussettes étaient couvertes de petites graines collantes. Étrange, ai-je pensé, qu'elle soit allée crapahuter si tôt le matin. Et si vite après s'être empoisonnée avec du sumac.

– Tu es la seule brute que je connaisse, Betty, mais tu vas me laisser tranquille maintenant. Pas parce que Toby te l'a demandé, et pas parce que Ruth a été blessée. Mais parce que tu vas tout simplement arrêter. Je ne te donnerai plus rien. Je ne m'embêterai plus à penser à toi. Je ne chercherai même pas à t'éviter. C'est fini. Alors tu ferais mieux de me laisser tranquille et de passer à autre chose.

J'ai attendu, en la regardant bien en face, déterminée à ne pas abréger la scène. Je voulais en finir avec Betty. Si elle devait me faire du mal, elle pouvait y aller, ici et maintenant, et alors je pourrais enfin réagir, avant la fin de la journée.

Mais elle n'a rien fait, elle est restée pensive un moment, puis elle s'est écartée.

Je n'étais pas soulagée. Pas satisfaite non plus que Betty me laisse tranquille. Je n'éprouvais pas grand-chose, à part de la tristesse et une immense fatigue. Ce dont j'avais le plus envie, c'était d'aller me cacher dans le grenier à foin de la grange et contempler les pigeons somnolant sur les poutres. Fermer les yeux et ne penser à rien. Ni à Ruth.

Ni à Mr Ansel. Ni aux Allemands. Ni à Betty Glengarry.

Ne pouvant me réfugier dans la grange, il me restait l'école, et je me suis plongée dans mon travail. Andy n'est pas venu ce matin-là. Benjamin a donc repris sa place habituelle. Personne ne s'est assis à côté de moi comme Ruth le faisait d'habitude, et la matinée s'est déroulée dans le calme.

À l'heure de la récréation, je me suis assise sur les marches avec d'autres filles. Nous avons tressé des couronnes de graminées tout en nous demandant ce que Ruth pouvait bien être en train de faire. Pendant toute la récréation, j'ai gardé un œil sur mes frères, mais ils ne se sont approchés ni de la route ni de la colline. Comme d'habitude, ils ont passé leur temps à se pourchasser, à faire des pâtés dans la boue autour du puits et à lancer des cailloux entre les branches fourchues des arbres.

Debout, les bras croisés, Betty les observait. Elle ne jouait jamais. D'ordinaire, elle s'isolait avec Andy, mais comme il n'était pas là, elle s'est assise et a attendu que le temps passe. Elle paraissait plus concentrée que d'habitude, mais elle ne m'a pas jeté un seul coup d'œil et je n'ai donc pas fait très attention à elle.

Au moment où Mrs Taylor nous a demandé de rentrer en classe, Andy est arrivé. Betty l'a rejoint au centre de la cour et ils sont restés un moment ensemble. Ils ont discuté en jetant des regards dans ma direction, avant de nous suivre dans la salle de classe. Je me suis demandé ce qu'ils avaient pu se dire et ce que cela avait à voir avec moi.

Pendant le reste de la journée, Andy et Betty se sont passé des petits mots et ont échangé des regards. Ils ont ignoré Mrs Taylor qui leur a demandé de venir au tableau pour la leçon d'arithmétique et ils sont partis les premiers quand elle nous a libérés.

Lorsque je suis sortie, ils avaient disparu.

Je ne me suis pas inquiétée quand mes frères ont filé à toute allure pour faire la course dans la pente et qu'ils ont disparu avant que j'atteigne le premier tournant du sentier. J'entendais quand même le bruit de leur course, les pas qui résonnaient sur le sol, les exclamations essoufflées. Le crissement des petits cailloux roulant sur le chemin. Puis la distance entre nous a augmenté et le silence s'est installé. Jusqu'à un hurlement. Puis Henry a crié mon nom.

J'ai couru aussi vite que sur du plat. J'ai découvert

Henry agenouillé au-dessus de James, qui était étendu sur le sentier et pleurait, le front couvert de sang. Je me suis jetée à genoux à côté d'eux.

– Je ne sais pas ce qui s'est passé, a dit Henry. James était devant moi et soudain, il est tombé en arrière et s'est mis à pleurer.

– Non, je ne suis pas tombé en arrière, a gémi James en se retournant sur le ventre et en se mettant à quatre pattes.

Il a désigné du doigt quelque chose et là, juste devant nous, j'ai vu un fil de fer tendu entre deux arbres. Quand Henry s'est relevé pour aller voir de plus près, j'ai réalisé que s'il avait couru le premier le fil de fer l'aurait attrapé au niveau du cou.

Henry a passé le doigt sur le fil et il a sursauté :

– Il est coupant, ici, au-dessus du chemin. On dirait qu'il a été aiguisé.

Il a fait un pas dans les broussailles et décroché le fil de l'arbre autour duquel il était fixé. Il l'a enroulé avec soin et l'a laissé suspendu à l'autre arbre, de l'autre côté du chemin.

Avec la manche, j'ai essuyé le sang qui coulait sur le visage de mon petit frère. La blessure était suffisamment profonde pour saigner beaucoup, mais elle n'était pas trop grave.

– Viens, lui ai-je dit, en l'aidant à se remettre debout. On va s'occuper de toi.

Je l'ai pris par la main et il m'a laissé faire. Il sanglotait encore.

Henry nous précédait, la tête haute, silencieux et sérieux comme un jeune taureau. De temps à autre, il nous jetait un regard. Quand nous avons traversé le champ en friche au sommet de la colline, il s'est retourné et s'est arrêté net. Je me suis retournée moi aussi et j'ai vu Betty, au débouché du sentier, qui nous observait.

– Pas maintenant, ai-je dit à Henry, qui a semblé comprendre ce que je voulais dire. Pas maintenant.

Il est resté immobile et l'a surveillée pendant que James et moi pressions le pas. Puis il a pivoté pour nous suivre.

Quand je suis revenue avec mon père à l'endroit où le fil avait été accroché, il avait disparu.

– Je sais que c'était ici. Pile à l'endroit de cette grosse racine. J'ai fait exprès de la prendre comme point de repère pour être sûre de ne pas me tromper.

Mon père a quitté le sentier et a posé les doigts sur la marque pâle que le fil de fer avait creusée dans le tronc. Il y avait une marque similaire sur l'arbre en face.

– Tu ne t'es pas trompée, Annabelle. C'est ici qu'il l'a attaché.

Mon père se mettait rarement en colère. La plupart du temps, c'était ma mère qui démarrait la première, et il n'avait donc pas besoin de s'énerver. Mais aujourd'hui, c'était différent.

– Il y a quelqu'un qui nourrit un serpent en son sein, et ce serpent s'est réveillé, a-t-il articulé sans élever la voix.

J'ai trouvé que c'était quelque chose de très étrange dans sa bouche. Il parlait un peu comme le révérend à l'église, ou comme tante Lily quand elle était lancée, même si, d'ordinaire, il n'était pas particulièrement religieux.

– Mais ce n'est pas un *il*, je ne le crois pas, ai-je dit. Ou s'il y a un *il,* il y a aussi un *elle*. Probablement. Du moins, c'est ce que je crois. Qu'il y a aussi un *elle*.

Mon père m'a regardée d'un air interrogatif:

– Ce serait plus simple si tu crachais le morceau, Annabelle.

– Oui, je dirai tout, mais je ne peux pas en être certaine, parce que je ne l'ai pas vue faire, elle. Je crois que j'en suis sûre. Ça ne peut pas être quelqu'un d'autre. Sauf si c'était Andy, aussi.

Il faisait froid dans le bois, la lumière baissait rapidement et j'étais contente de suivre mon père qui s'est soudain dirigé vers les champs au-dessus de la combe aux Loups. Il m'a prise par la main pour les traverser, ralentissant le pas afin que je puisse le suivre. Il s'est arrêté en haut de l'allée et a ramassé une dizaine de pommes dont ma mère voulait faire une sauce pour le dîner. Puis nous avons descendu l'allée jusqu'à la maison, sous les arbres qui formaient une arche au-dessus de nos têtes.

Nous sommes rentrés et nous sommes réchauffés. Nous avons passé un moment avec James, que mon père a appelé « un petit homme courageux », puis avec ma mère, qui nous a longuement regardés tous les deux. Après seulement mon père m'a fait asseoir dans le salon, où l'on était plus au calme que dans la cuisine, et m'a demandé de lui dire à quoi je pensais.

Alors je lui ai tout raconté, depuis le début. Betty et ses menaces. Le bleu gros comme un concombre sur ma hanche. Je lui ai raconté comment Betty et Andy étaient soudain devenus amis et comment ils cachottaient depuis des jours. Je lui ai parlé de la caille et de ce que Toby avait fait. Je lui ai dit qu'Andy était arrivé en retard ce matin et que tous les deux étaient restés à l'écart pendant la récréation, pour se parler en secret.

Quand je n'ai plus rien eu à ajouter, j'ai ressenti avec désarroi que tout cela avait l'air beaucoup moins grave que ce que j'avais cru sur le moment, même si le souvenir du cou de l'oiseau se brisant me resterait en mémoire jusqu'à la fin de mes jours.

– C'est une brute cruelle, mais je ne sais toujours pas pourquoi j'ai eu aussi peur d'elle.

– Pourquoi ne nous as-tu rien dit quand elle a commencé, Annabelle ?

– C'est arrivé petit à petit, pas d'un seul coup, et c'était difficile de savoir quoi faire sur le moment. (Je me sentais vraiment stupide.) Et puis elle m'avait dit qu'elle s'en prendrait aux garçons si j'en parlais à quelqu'un. Et c'est ce qu'elle a fait, elle a fait du mal à James quand je lui ai dit que je ne ferais plus ce qu'elle me demandait.

Mon père s'est levé et s'est frotté la mâchoire.

– Tout va bien. Je vais régler cela, maintenant. Moi et ta mère. Mais désormais, il faut que tu nous préviennes tout de suite si tu as un problème. Tu me le promets ?

Je lui ai promis. C'était une promesse facile à faire. J'avais l'intention de ne plus jamais mentir à mon père ou à ma mère au sujet de quoi que ce soit. Je ne savais tout simplement pas que les choses allaient devenir si compliquées.

9

Le lendemain était un samedi. Pas d'école donc, mais des tâches ménagères. Avec cependant la perspective d'avoir du temps pour faire ce que je voulais.

Or ce ne fut pas le cas ce jour-là.

– Nous allons rendre visite aux Glengarry cet après-midi, ta mère, toi et moi, a annoncé mon père en s'asseyant à la table du petit déjeuner, de la voix qu'il prenait quand il ne voulait pas de discussion.

J'ai quand même rétorqué :

– Je suis vraiment obligée de venir ?

– Quand on a quelque chose d'important à dire, il faut aller le dire soi-même. Mais nous serons là avec toi et tu te sentiras mieux après. Elle n'aura plus aucune raison de te menacer quand tout aura été mis sur la table.

C'était juste, mais je n'avais pas envie d'y aller pour autant.

James était assis en face de moi. Il finissait ses œufs et tripotait le bord d'un bandage blanc qui lui barrait le front.

– Ça me gratte, ce truc, et c'est bête. J'arrive pas à réfléchir.

Ma mère a trouvé la solution. Elle lui a noué un foulard autour de la tête, à la façon des pirates :

– Tu ressembles à Long John Silver, maintenant.

Des pirates, nous en connaissions, grâce à Robert Louis Stevenson et à ma grand-mère qui nous lisait des histoires le soir après le dîner. Deux minutes plus tard, James, surexcité, bondissait dans toute la maison en criant : « Ohé ! matelots ! » et brandissait une cuillère de bois comme si c'était un sabre, jusqu'à ce que ma mère le chasse et le fasse sortir au soleil avec Henry, en leur lançant :

– Ne vous éloignez pas !

– Je vais les emmener tailler des arbres avec grand-père, a dit mon père en enfilant sa veste.

La saison de Noël approchait à grands pas. Il était temps de commencer à tailler les sapins que nous faisions pousser pour leur donner une forme régulière avant de les vendre. L'année précédente, mon père avait laissé les garçons s'entraîner sur un sapin tordu et ils l'avaient transformé en gigantesque cure-dents. Cette année, ils seraient de nouveau chargés de ramasser les branches coupées et de lier en bottes les plus belles, qui serviraient à confectionner des couronnes.

Après leur départ, le calme est revenu dans la maison. Nous avons rangé le petit déjeuner et nous sommes mises aux travaux du samedi : ma mère faisait le repassage dans la cuisine, où l'air était empli de l'odeur du tissu chaud et du bruit du fer heurtant la table à repasser. Ma grand-mère, assise au bout de la grande table de chêne, reprisait des chaussettes et rapiéçait des chemises.

Je pelais des pommes pour faire une tarte, en essayant de ne faire qu'une seule et longue spirale pour chaque pomme. À chaque fois que j'apportais des épluchures aux chevaux, ils semblaient ignorer mes efforts, mais j'aimais faire les choses aussi joliment que possible.

Tante Lily, désœuvrée car elle n'était ni au travail ni à l'église, faisait de son mieux pour nous gâcher nos samedis et nous rendre aussi maussades qu'elle.

– Ça irait plus vite si tu n'essayais pas de faire cela, a-t-elle dit, en ramassant un long ruban d'épluchure qu'elle a secoué jusqu'à ce qu'il casse.

J'ai failli lui proposer de m'aider, mais tante Lily n'est pas très douée pour les tâches ménagères.

– As-tu envoyé la pellicule de Toby? lui ai-je demandé.

Elle a donné un petit coup de menton :

– Mais bien évidemment, Annabelle. S'occuper du courrier est une importante responsabilité. Une fois remises entre mes mains, les lettres sont triées et envoyées sans le moindre délai.

– Je sais. Ce n'est pas ce que je voulais dire.

Elle a accepté cette excuse d'un petit signe de la tête :

– Tu recevras les photographies au plus vite, encore que je ne comprenne pas très bien pourquoi cet homme garde notre appareil photo, ni en quoi il aurait le moindre droit sur quelque chose qui nous appartient, ni sur ces pellicules si coûteuses qu'il faut envoyer puis récupérer, et ainsi de suite. Bref, du travail en plus pour nous, et à quelles fins, je vous le demande ?

Ma mère avait secoué la tête en l'entendant dire « notre » appareil. C'est elle qui l'avait gagné, et tout ce qui allait avec.

– Je vais aller rendre visite à Ruth, m'a-t-elle annoncé. Veux-tu venir avec moi ?

Je n'en avais pas envie, j'avais peur à l'idée de revoir Ruth. Mais j'ai quand même répondu oui. Et quand le repassage, l'épluchage et la vaisselle ont été terminés, j'ai mis mon manteau et mon bonnet et je suis sortie avec ma mère.

Ruth est allongée dans son lit, les couvertures bien bordées sur sa poitrine mince. Elle porte un cache-œil de soie noire, qui ne suffit pas à masquer la contusion vert et jaune qui s'étend sur sa joue. À part cela, elle est pâle comme un jour d'hiver. Nos deux mères passent un moment aux petits soins auprès d'elle avant de s'éclipser dans le salon pour discuter.

– Bonjour Ruth, lui dis-je, quand nous nous retrouvons seules toutes les deux. Tu as mal ?

Elle hoche la tête lentement. Jusque-là, elle n'a dit que « Merci, madame », quand ma mère lui a donné un cornet de papier rempli de petits sablés au sucre.

– Est-ce que tu vas bientôt revenir en classe ?

Ruth veut dire non de la tête puis s'immobilise :

– Mes parents ne me laisseront pas y retourner ici.

Elle détourne la tête :

– Je vais devoir aller dans une école de Sewickley.

Je suis abasourdie :

– Si loin ? En ville ?

– Mon père travaille là-bas, Annabelle, nous habitons ici uniquement parce que grand-père nous a laissé sa maison quand il est mort. Nous n'avions pas l'intention d'y rester aussi longtemps, mais c'était agréable, et calme.

Elle se tourne de nouveau vers moi, et je vois qu'elle pleure.

– Nous allons vendre la maison et déménager en ville.

Pendant des années j'ai grandi en compagnie de Ruth, l'une des personnes les plus douces et les plus gentilles que je connaisse, et je fonds en larmes, moi aussi.

– Je suis désolée pour l'accident.

Ruth se raidit :

– Ce n'était pas un accident. Quelqu'un m'a blessée volontairement.

J'essuie mon visage.

– Tu as vu quelque chose ?

– Pas vraiment. Quelque chose a bougé en face, sur la pente, et j'ai levé un peu la tête, et c'est pour cela que le caillou m'a frappée en plein dans l'œil. Si j'avais regardé un tout petit peu plus bas…

Elle replie les genoux et pose son menton sur ses mains croisées.

– Ils disent que je vais m'habituer, mais je ne pense pas.

Ma mère revient sur le pas de la porte :

– Il est temps d'y aller, Annabelle. Ruth a besoin de se reposer.

Je lui dis au revoir, sans même la serrer dans mes bras ni lui souhaiter de guérir vite. Je ne sais pas alors que c'est la dernière fois que nous nous voyons.

La visite chez les Glengarry est pire encore.

C'est étrange de me retrouver assise entre mes parents sur un canapé élimé, dans le salon des Glengarry, alors que Betty et ses grands-parents sont assis sur des chaises de cuisine alignées en rang d'oignons face à nous. Ils sont plus hauts que nous, le visage sérieux, mais je suis entourée de mes parents, calmes et affectueux.

Mr Glengarry parle le premier :

– Je suis heureux d'avoir l'occasion de vous remercier. Pour la balsamine. Le temps que je revienne de l'Ohio, Betty allait déjà beaucoup mieux. Nous vous sommes très reconnaissants de nous avoir aidés.

– Et nous serons toujours heureux de vous aider, répond ma mère.

Un « mais » reste suspendu à ses lèvres. Mon père enchaîne :

– Nous voulons discuter avec vous de ce qui s'est passé à l'école.

– Nous aussi, dit Mr Glengarry. Betty nous a raconté des choses très graves au sujet de ce qui est arrivé à Ruth.

– À Ruth ? s'étonne ma mère. Nous ne sommes pas là pour parler de Ruth. Nous sommes là pour parler de ce qui est arrivé à James, notre dernier, et à Annabelle.

Les Glengarry ont l'air déconcertés. Betty, impassible, me regarde droit dans les yeux. Tout le monde dans la pièce sait pourquoi Betty est venue vivre à la campagne, alors je ne m'attends pas à créer la surprise quand je dis :

– Betty m'a dit que si je ne lui apportais pas des choses elle me ferait du mal, à moi et mes frères. Et c'est ce qu'elle a fait. D'abord à moi, avec un bâton, deux fois, puis à une caille qu'elle a attrapée, et hier à mon petit frère, avec un fil de fer coupant tendu en travers du chemin. Mais je pense que, là, Andy Woodberry l'a aidée.

Tout cela sort d'un seul coup. Le silence qui suit se prolonge.

– Betty ? (Sa grand-mère paraît déchirée entre résignation et un reste d'espoir.) Tu as vraiment fait cela ?

Betty secoue la tête :

– Jamais. Jamais je ne ferais cela.

– Si, tu l'as fait ! Et tu le sais. Pourtant je t'avais apporté un penny et j'avais essayé d'être ton amie.

Ma mère pose la main sur mon genou pour me calmer :

– Annabelle ne mentirait pas au sujet de faits aussi graves.

– Mais Betty, si ?

Mr Glengarry n'a pas l'air vraiment en colère, mais je vois la direction que va prendre cette explication. J'imagine que mon propre grand-père me défendrait, quelles que soient les circonstances.

– Demandez à Toby, si vous ne me croyez pas. Il a vu ce qui s'est passé quand je lui ai donné mon penny. Elle l'a jeté et m'a frappée avec une branche, et j'ai un bleu qui le prouve. Et quand elle a tué la caille, Toby lui a dit de me laisser tranquille. Mais elle ne l'a pas fait. C'est elle qui a accroché ce fil de fer, je le sais.

– Chut, Annabelle, a dit ma mère. Ça va.

– Toby ? Ce dingue ? Mr Glengarry se tourne vers sa petite-fille :

– Dis-leur ce que tu nous as raconté.

Comme Betty reste silencieuse, sa grand-mère passe son bras autour de ses épaules et lui murmure :

– Tout va bien, ma puce. Tu n'as plus à avoir peur.

Betty incline légèrement la tête sur un côté, les yeux toujours fixés sur moi :

– J'ai vu Toby en haut sur la pente, quand Ruth a été blessée. Mais il me fiche tellement la trouille que j'ai eu peur de dire quoi que ce soit.

Je me rappelle que Ruth m'a dit avoir vu quelque chose bouger sur le versant d'en face juste avant de recevoir la pierre, mais ça ne pouvait pas être Toby.

– C'est toi qui fiches la trouille, Betty. Toby n'a rien à voir avec cela. Toby n'aurait jamais fait de mal à Ruth.

– Bien sûr que non. Ce n'est pas elle qu'il visait, dit Mr Glengarry. Il visait l'Allemand.

Mr Ansel. L'Allemand. Mr Glengarry a perdu un frère au cours de la Grande Guerre et il fait partie de ceux qui n'adressent pas la parole à Mr Ansel.

– Toby est devenu fou à cause de ce que les

Allemands lui ont fait. S'il y a bien quelqu'un qui va lancer des pierres sur les Allemands, c'est lui.

– Je n'ai pas vu Toby, dis-je, et j'étais là sur la route avec Ruth.

Je me tourne vers Betty :

– Tu n'étais pas là quand Ruth a été blessée, Betty, alors comment ça se fait que tu sois la seule à avoir vu Toby ?

– J'étais dans le beffroi de l'école*. Andy voulait me montrer la cloche quand tout le monde est sorti pour la récréation. Il y a une petite fenêtre en haut qui donne pile sur la route et sur la colline. J'ai vu ce qui se passait bien mieux que toi, en bas.

Ma mère se penche vers elle :

– Et tu n'as rien dit jusqu'à maintenant ?

Si une personne est l'amie de Toby, c'est bien ma mère. Il est clair qu'elle ne croit pas ce que raconte Betty, mais moi aussi j'ai gardé un secret parce que j'avais peur de quelqu'un de plus grand et de plus fort que moi, et elle le sait.

– Je pensais qu'il me ferait du mal si je disais quelque chose.

* Aux États-Unis, les écoles rurales étaient parfois surmontées d'une petite construction en forme de tour, le beffroi, où était installée une cloche.

Je suis abasourdie de voir comment Betty peut donner l'impression d'être si fragile, elle qui vient de renverser la situation sans le moindre effort. Je reprends la parole :

– Andy n'a pas peur de Toby. Pourquoi il n'a rien dit ?

– Parce que je suis la seule à avoir vu ce qui se passait. Andy était de l'autre côté du beffroi, il regardait un nid d'hirondelles. Le temps qu'il vienne à la fenêtre, Toby avait disparu. Je ne lui ai pas dit ce que j'avais vu. J'avais peur que Toby s'en prenne à lui aussi.

Elle a l'air si terrifiée que je suis presque convaincue.

– Et le fil en travers du chemin ? Toby ne ferait pas de mal à James.

– Peut-être bien, mais moi aussi, je le prends, ce chemin. Peut-être que Toby voulait que ce soit pour moi.

– Cela suffit, dit Mr Glengarry. Toby est dingue. Tout le monde le sait. Et un dingue ne peut faire que des choses dingues.

– Je comprends parfaitement que Betty ait peur de Toby, ajoute Mrs Glengarry.

C'est une femme très calme d'habitude, alors je suis surprise par son ton agressif, mais il y a là pour elle une porte de sortie et la possibilité de croire que Betty, avec ses couettes et son cardigan bleu, n'est qu'une petite fille terrorisée par un méchant homme qui se promène toujours avec trois fusils.

– Peut-être, dit ma mère en se levant. Mais si quelqu'un menace Annabelle de nouveau, il n'y aura plus de discussion.

Je ne sais pas très bien ce qu'elle a voulu dire par là, mais lorsque mon père m'a prise par la main et que nous nous sommes retrouvés debout à côté d'elle, j'ai eu l'impression d'être une géante. Comme lorsque je suis au sommet de notre colline et que je regarde la combe aux Loups. Ou lorsque je tiens un œuf dans la paume de ma main.

Une fois de retour chez nous, mes parents sont restés discuter un moment dans la cour. Je suis allée directement dans ma chambre.

Mon univers familier s'était mis à tourbillonner comme le fuseau d'un rouet et, à chaque tour, j'étais de plus en plus désorientée. J'étais convaincue que Toby n'était pas fou. Triste, sans doute. Silencieux. Bizarre même, au point de choisir de vivre seul, de dormir dans un ancien fumoir, d'arpenter les collines jour après jour. Mais pas fou, pas dangereusement fou.

D'ailleurs, pourquoi Toby aurait-il lancé une pierre alors qu'il y avait deux petites filles et deux chevaux en contrebas ? S'il voulait blesser Mr Ansel, il avait largement l'occasion de le faire chaque jour, n'importe où, à un moment où il n'y aurait ni enfants ni chevaux à proximité.

Toby était un homme qui refusait de tirer sur les cerfs endormis. Qui photographiait les pommes de mai. Il m'avait rendu mon penny alors que rien ne l'obligeait à le faire. Et il n'avait jamais fait de mal à personne, non, personne, depuis qu'il était revenu de cette horrible guerre. Pas que je sache.

J'étais convaincue qu'il n'était pas fou. Pas même un tout petit peu. Et j'étais convaincue qu'il ne voulait pas de mal à Mr Ansel, allemand ou pas.

Mais si Betty et Andy avaient été en haut dans le beffroi, alors ils n'avaient pas pu se trouver sur la pente de la colline. Et ce n'était donc pas eux qui avaient jeté ce caillou.

Je suis restée allongée sur mon lit, à réfléchir à tout cela, jusqu'à ce que ma mère m'appelle pour l'aider à préparer le dîner. Tout en continuant à réfléchir.

*
* *

– Tu dois maintenant avoir assez de fil pour te tricoter un pull, a dit ma grand-mère pendant que nous lavions et épluchions des pommes de terre ensemble au-dessus de l'évier.

– Quel fil ?

J'ai agité une pomme de terre dans l'eau jusqu'à ce qu'elle devienne toute blanche.

– Le fil de tes pensées. Tu n'as pas dit un mot depuis que tu es descendue dans la cuisine.

J'ai haussé les épaules :

– Je pensais à Ruth.

– C'est horrible, ce qui est arrivé, encore plus à une gentille fille comme elle.

– Mais tu ne crois pas que ce soit Toby qui ait fait cela, même par accident, dis, grand-mère ?

Tout le monde à la ferme savait désormais comment la conversation avait tourné chez les Glengarry l'après-midi. Tante Lily avait reniflé et dit : « Si vous voulez mon avis, ce Toby sent le soufre », ce à quoi Henry avait rétorqué : « Mais non, il est pas comme ça », et James s'était écrié : « Tiens bon, matelot ! », ce que nous avions aussi pris pour un non. Mon grand-père avait hoché la tête et marmonné quelque chose sur le loup qui se déguise en agneau.

Je savais déjà ce que ma mère pensait. Quant à mon père… je n'étais pas sûre. Il n'avait pas ouvert la bouche sur le chemin du retour et, une fois à la maison, il n'avait parlé qu'avec ma mère, puis s'était remis directement au travail.

– Oh, je ne sais que penser, a dit ma grand-mère.

Elle coupait les pommes de terre en tranches si fines que je voyais la lumière à travers. Personne dans le comté ne faisait de meilleur gratin de pommes de terre qu'elle. Elle a poursuivi :

– Toby est bizarre, je dois avouer, et ces fusils, je ne sais pas quoi en penser. Mais je ne l'ai jamais vu être agressif envers qui que ce soit, et je ne l'ai jamais entendu dire du mal des Allemands, y compris de Mr Ansel.

– C'est vrai que Toby ne dit pas grand-chose, de toute façon, ai-je admis.

– Non, c'est juste. Mais j'ai toujours voulu que l'on me juge d'après mes actions et je souhaite agir de la même façon envers lui, qui ne m'a jamais fait de mal. Pas plus qu'à ma famille.

Quand mon père est arrivé à l'heure du dîner, il avait le visage rosi par le froid mais il sentait la suie.

– J'ai passé un moment chez Toby cet après-midi, a-t-il dit au milieu du repas.

Nous étions en train de manger le jambon préparé par ma mère, les pommes de terre de ma grand-mère et mon chou-fleur – « des petits arbres blancs », disait James, qui n'en mangeait pas beaucoup.

Nous avons tous regardé papa et nous avons attendu. Moi particulièrement, je me demandais ce que Toby avait eu à raconter sur ce qui s'était passé la semaine dernière.

– C'est surtout moi qui ai fait la conversation, a repris mon père. J'ai frappé à la porte, Toby m'a ouvert et m'a proposé d'entrer. Pas d'endroit où s'asseoir, une seule chaise. Mais je ne voulais pas la prendre s'il restait debout. Donc nous sommes restés tous les deux l'un en face de l'autre, comme deux chèvres.

Mon père n'avait pas beaucoup d'admiration pour les chèvres. Si j'étais paresseuse, il me traitait de petite chèvre. Pareil si j'étais stupide, ou sale. Et cela valait aussi pour les autres.

Nous avons attendu. Il n'aurait rien dit de cette visite s'il n'avait pas eu autre chose à raconter.

– Sa baraque, ce n'est pas un endroit bien confortable, même s'il l'a un peu aménagée. Pas de vrai lit, mais une sorte de nid, des branches de sapin recouvertes de sacs de jute, pas d'oreiller. Une vieille couverture de l'armée. Une seule chaise, récupérée. Il y a un foyer dans un coin, avec un simple trou dans le toit pour évacuer la fumée. Quelques objets suspendus ici et là aux crochets, mais...

Il s'est interrompu, a reculé sur sa chaise et s'est passé la main sur la mâchoire.

– Il a des photos partout. Sur les quatre murs. Les vergers. La forêt. Le ciel, rien que du ciel pour beaucoup d'entre elles, au coucher du soleil. (Une nouvelle pause.) Des photos superbes, et j'ai eu envie de les regarder toutes, mais le jour baissait et je ne voulais pas m'imposer. Ce n'est pas lui qui m'avait invité, et il avait l'air un peu nerveux de me voir là. Je ne pense pas qu'il ait beaucoup de visites.

Jamais dans mon souvenir mon père n'avait parlé aussi longtemps d'une seule traite.

– Je lui ai dit ce que les Glengarry nous avaient raconté. Ce que Betty avait raconté. Je lui ai demandé s'il avait été sur le versant de cette colline, et il m'a répondu qu'il n'avait aucune raison de lancer des pierres sur qui que ce soit, allemand ou pas.

Mon grand-père est alors intervenu :

– Si quelqu'un avait une raison de lancer une pierre sur un Allemand, ce pourrait être Toby.

– Ou n'importe qui d'autre qui a perdu un proche là-bas, a répliqué ma mère sèchement. Et il y en a beaucoup.

– Puis il a dit quelque chose de bizarre, a repris mon père. Il a dit, et je crois bien que ce sont ses mots exacts, « Ils ont fait des traces sur le rocher de la Tortue. » Après cela, il est resté silencieux, sauf pour me demander, Annabelle, que tu lui apportes ses photos dès qu'elles arriveraient.

Tante Lily a brandi sa fourchette sous mon nez :

– Notre appareil, nos pellicules, mais ses photos à lui. C'est trop fort !

Mais je pensais au rocher de la Tortue, un gros rocher de la combe aux Loups en forme de tortue, parcouru de veines de quartz qui dessinaient un quadrillage rappelant les écailles de tortue. Tout le monde le connaissait. Il gisait dans une petite clairière, comme si les arbres n'avaient pas voulu s'approcher trop près de lui. Le sol tout autour était couvert de fougères et de fleurs.

C'était un bel endroit, mais un endroit solennel. Nous avions toujours imaginé que les Indiens en avaient fait un lieu de cérémonies. Si nous n'avions pas eu d'église pour nos cérémonies, nous aussi, nous aurions probablement choisi le rocher de la Tortue.

10

Le lendemain, à l'église, le service a été très semblable à celui des autres dimanches, sauf que les Glengarry, assis à leur banc habituel, trois rangées derrière nous, ne nous ont pas salués comme de coutume. Ce qui m'a un peu attristée, mais pas tant que cela. Mon père avait eu raison de me dire que je me sentirais mieux après avoir vidé mon sac, et si cela signifiait que les Glengarry ne nous adressaient plus un sourire le dimanche, cela m'était égal.

Betty, vêtue d'une robe vichy sur un chemisier blanc avec un col Claudine, avait l'air douce comme un agneau, mais son regard la trahissait.

J'ai préféré me concentrer sur les chrysanthèmes jaunes et violets massés autour de l'autel et sur la croix nue qui le surplombait.

Comme d'habitude, le chœur a entonné les

hymnes – Mr Simmons, poussant sa voix nasillarde, et Mrs Lancaster, chevrotant encore plus que le moteur de notre camion –, et nous leur avons tous emboîté le pas, chacun à sa manière.

Le révérend Kinnell a longuement parlé du changement des saisons, sans que j'y comprenne grand-chose. J'étais bien contente de trouver un petit crayon et une enveloppe rangés à côté du livre de chants dans le casier fixé au dos du banc de devant. Je n'étais pas vraiment douée pour le dessin, mais cela me permettait de faire passer le temps. Mon grand-père, assis à côté de moi, avait l'air de m'envier. J'ai passé la majeure partie du sermon à dessiner un cheval.

– Il est joli, ce chien, m'a-t-il chuchoté à l'oreille.

Quand ma mère a repris l'enveloppe pour y glisser quelques pièces pour la quête, elle a souri en voyant le chien-cheval :

– J'espère que le révérend appréciera ton offrande, Annabelle.

Je me suis dit que tout allait pour le mieux, et que tous nos problèmes pouvaient attendre que nous nous en occupions.

Mais en réalité, ce sont eux qui nous ont rattrapés

à la sortie de l'église, lorsque nous avons vu le constable Oleska en compagnie des Glengarry*.

Le constable n'avait ni insigne ni arme, mais, comme le poste de police le plus proche était à Pittsburgh, de même que la prison et le tribunal d'ailleurs, c'était lui qui réglait les problèmes comme il le pouvait, ne demandant le renfort des policiers de l'État que lorsque c'était nécessaire – c'est-à-dire jamais, autant que je m'en souvienne.

Tout le monde appréciait le constable Oleska. Il avait un visage large et des joues rouges, il était presque chauve, et il riait fréquemment. Mais un jour, à la foire du comté, je l'avais vu ceinturer un fermier qui avait bu un peu trop de cidre et qui faisait n'importe quoi. Il l'avait immobilisé comme s'il s'était agi d'une gerbe de maïs jusqu'à ce que le fermier se calme et rentre chez lui se coucher. C'est pourquoi les gens le prenaient au sérieux quand il décidait d'être strict.

Et ce jour-là, il avait l'air strict.

* Aux États-Unis, il existe un grand nombre de forces de police distinctes. Certaines dépendent du gouvernement fédéral, d'autres des municipalités. Dans les zones rurales, le rôle de la police est confié à un responsable, le plus souvent élu, que l'on appelle couramment shérif, *marshal* ou, dans certains comtés, *constable* (de l'ancien français *conestable*, connétable).

– Bonjour à vous, dit-il. Il faut que je vous dise un mot, John, Sarah.

Mon père a ouvert la porte du camion et a fait monter mes grands-parents. Puis il nous a chassés de la main, et mes frères et moi lui avons obéi en grimpant à l'arrière mais nous nous sommes collés au plus près pour essayer d'écouter la conversation.

Je n'entendais pas tout ce qu'ils se disaient, j'ai juste attrapé au vol le nom de Toby, celui de Ruth et de Mr Ansel. Betty a parlé un peu, ce qui m'a mise en rage, mais comme mes parents étaient là pour me défendre, je me suis résignée. C'est la voix de ma mère qui était la plus audible parce qu'elle s'est vite énervée en entendant les propos de Glengarry :

– Depuis quand oublie-t-on que quelqu'un est innocent jusqu'à preuve du contraire ? a-t-elle dit avec beaucoup de passion dans la voix, les poings sur les hanches. Et depuis quand ne laisse-t-on pas les gens libres de vivre comme ils veulent ? Ne jetons pas le bébé avec l'eau du bain.

Là, je n'ai pas compris, car jusqu'à cet instant il n'avait été question ni de bébé ni de bain. Mon père lui a posé la main sur l'épaule, mais elle l'a ignoré :

– Toby est peut-être bizarre, mais ça ne va pas plus loin. Et vous pourriez le rendre encore plus bizarre si vous le coinciez alors qu'il n'a rien fait de mal. D'ailleurs, vous ne pouvez pas mettre un homme en prison parce qu'une fille prétend l'avoir vu au sommet d'une colline. Une fille qui mijote des sales coups, en plus.

C'est là qu'ils ont tous commencé à vociférer. Ma mère, visiblement excédée, a grimpé à l'arrière du camion avec nous. Mon père s'est mis au volant, il a démarré le moteur et il a lancé : « Lily ! » par la fenêtre.

Mais ma tante s'est attardée encore un peu. Elle parlait avec le constable, elle a secoué la tête comme un oiseau en écoutant sa réponse, puis s'est dirigée vers sa propre voiture. Je n'ai pas aimé l'expression de son visage, quelque chose qui ressemblait trop à de la satisfaction, ce qui était rare chez elle et plus étrange encore, étant donné les circonstances.

Le déjeuner du dimanche consistait d'habitude à réciter le bénédicité et à manger ce que l'on nous servait, sans dire grand-chose. Puis nous rangions la cuisine, tandis que tante Lily se cloîtrait dans sa chambre pour passer l'après-midi en prières et en méditation, même si, parfois, un air de danse s'échappait de dessous la porte. De temps à autre, des voisins venaient nous rendre visite, mais la plupart des dimanches s'écoulaient lentement et dans le calme, chacun appréciant ces moments de repos et de paix.

Ce dimanche fut bien différent.

– Je veux que vous restiez loin de Betty Glengarry à l'école demain, nous a dit ma mère, à mes frères et à moi, pendant qu'elle nous servait de la tarte aux pommes nappée de crème. Ne vous en approchez pas. Ne lui parlez pas. Et prévenez Mrs Taylor si elle fait quelque chose d'inquiétant. N'importe quoi.

– Et dites-le-nous aussi quand vous rentrez, a ajouté mon père. Je ne veux plus de secrets.

– Enfin, franchement, Annabelle, tu ne crois pas que tu as peut-être un peu exagéré ? m'a demandé tante Lily. Il me semble que Betty est une enfant très gentille, très pieuse, et qu'elle a eu le courage de raconter ce que Toby avait fait, bien qu'il soit l'homme le plus terrifiant du comté.

– Elle m'a frappée si fort qu'elle m'a fait un bleu gros comme un concombre. Je ne vois pas comment j'aurais pu exagérer.

Tante Lily s'est redressée sur sa chaise pour déclarer sèchement :

– Tu ne porteras pas de faux témoignage contre ton prochain.

Même si cela faisait plusieurs jours que Betty m'avait frappée avec ce bâton, je me suis levée et j'ai montré ma cuisse à tout le monde pour qu'ils voient la marque, encore bien visible et bien laide. Tante Lily a détourné les yeux et n'a plus dit un mot.

Après le déjeuner, ma mère est allée chercher tout ce dont elle avait besoin pour faire un cataplasme et l'a confectionné sous mes yeux. Elle a plongé dans de l'eau bouillante une poignée de feuilles de consoude ramassées dans son potager, puis elle les a écrasées jusqu'à obtenir une pâte qu'elle a mise dans un chiffon propre. Elle l'a soigneusement replié en carré.

Elle m'a emmenée dans ma chambre et m'a allongée sur le côté. Puis elle a posé le cataplasme sur le bleu.

– Cela ne me fait plus mal.

– Peut-être, mais moi, cela me fait mal de savoir que tu as une telle marque. Ça va la faire disparaître complètement.

Ce qui me faisait le plus de bien, c'était la présence de ma mère assise au bord du lit, la main posée sur le cataplasme pour qu'il reste bien chaud.

– Je n'ai pas porté de faux témoignage. Je ne ferais jamais cela.

– Je le sais, Annabelle. Tante Lily croit toujours en savoir plus que tout le monde. N'en parlons plus.

Nous sommes restées côte à côte en silence. Nous étions très loin de mes frères et du raffut qu'ils faisaient en bas, comme s'ils avaient oublié que nous étions dimanche.

– Qu'est-ce qui va arriver à Toby ?

Ma mère a poussé un soupir :

– Eh bien, le constable Oleska n'a pas assez d'informations pour faire appel aux policiers de Pittsburgh et le faire arrêter, comme le voudraient les Glengarry. Il ne peut pas ignorer ce que Betty raconte, mais il ne peut pas arrêter Toby sur cette seule accusation. De toute façon, il n'en a pas le pouvoir, car ce sont les policiers qui prennent ce genre de décisions et qui arrêtent les gens. Donc il a dit qu'il irait discuter avec Andy de ce que Betty a raconté au sujet de leur présence dans le beffroi. Il va aussi aller voir Toby. Et peut-être qu'il va venir parler avec toi également de cette autre affaire avec Betty, pour essayer de savoir qui a tendu ce fil de fer en travers du sentier. Il fera tout cela, mais je ne sais pas dans quel ordre. Il va peut-être aller voir Toby dès ce soir, ou demain très tôt. Je n'en sais rien, Annabelle, mais, pour le moment, il veut juste discuter avec les gens et comprendre ce qui a pu se passer.

J'ai glissé mes mains sous mon visage en essayant d'imaginer le constable frappant à la porte du vieux fumoir, et la réaction de Toby quand il ouvrirait et découvrirait qu'il y avait un problème.

– Je ne crois pas ce qu'on raconte sur Toby. Il n'est pas comme cela.

– Moi non plus, Annabelle. Mais le constable Oleska est un homme juste, et je pense qu'il va se contenter de discuter pour le moment.

Rien que cela, je le craignais, serait peut-être déjà trop. Toby avait été un vagabond. Il était peut-être déjà en train de songer à quitter nos collines pour s'en aller ailleurs.

11

Lundi est arrivé.

Il n'y avait aucun signe de Toby quand nous sommes partis tous les trois à l'école. Il pleuvait légèrement, le temps menaçait de se dégrader, le vent était froid, mais j'avais quand même espéré l'apercevoir sur une hauteur, juste pour savoir qu'il n'était pas parti.

Peut-être qu'après l'école je pourrais aller au vieux fumoir, non pas pour le déranger mais simplement pour voir discrètement s'il n'était pas resté à l'intérieur, à l'abri de la pluie. Je savais pourtant que Toby partait marcher quels que soient le temps et les saisons, et qu'il serait sans doute sorti aussi aujourd'hui.

Mais tout d'abord, je devais aller à l'école. Mes parents me disaient toujours que l'école était le plus important de mes devoirs. Je savais qu'avec deux frères ce n'était pas moi qui reprendrais la ferme, et je voulais – je devais – devenir une femme éduquée. Aujourd'hui, j'allais certainement apprendre un peu d'arithmétique, le nom de la capitale de quelques États américains, les raisons pour lesquelles nous avions combattu lors de certaines guerres, ce qui allait arriver à Ann, l'héroïne de *La Maison aux pignons verts*, et pourquoi il ne faut pas mélanger l'eau de Javel et l'ammoniaque. Mais la toute première chose que je voulais apprendre aujourd'hui, c'est ce qu'Andy avait à raconter.

Mes parents m'avaient interdit de m'approcher de Betty, mais ils n'avaient pas mentionné Andy. Lui aussi était une brute, mais j'avais l'intention de lui poser des questions sur le beffroi et sur le fil tendu en travers du sentier.

Toby avait dit « Ils ont fait des traces sur le rocher de la Tortue », et je me demandais s'il pensait à Betty et à Andy… et si c'était bien là qu'ils avaient aiguisé le fil de fer qui avait blessé James. Je les imaginais, chacun d'un côté du rocher de la Tortue, tenant un bout de bois sur lequel était enroulée l'extrémité du fil, ce qui leur permettait de l'affûter sur la pierre en faisant des mouvements de va-et-vient comme avec une scie maniée par deux hommes.

Ce qui était un mystère, c'est comment ils avaient eu cette idée, et pourquoi ils avaient agi ainsi. Même un loup a de bonnes raisons de faire ce qu'il fait. Même un serpent a une logique quand il dévore un œuf de rouge-gorge.

Le temps d'arriver à l'école, il pleuvait pour de bon. Avec nos capelines cirées, nos capuches et nos bottes, nous étions restés confortablement au sec, mais beaucoup d'autres enfants sont arrivés trempés et grelottants. Pour la première fois de la saison, Mrs Taylor a allumé le poêle près du tableau et laissé à ceux qui étaient le plus mouillés le temps de se sécher avant de commencer les leçons.

– Mon Dieu, que t'est-il arrivé ? demande-t-elle à James en se penchant pour regarder le bandage qui lui entoure la tête.

James me jette un coup d'œil et je lui fais signe de ne rien dire.

– Des pirates, lui répond-il.

– C'est bien ce que je pensais, dit Mrs Taylor, avant de retourner près du tableau. Ceux qui ne sont pas trop mouillés, venez ici.

Je m'avance avec mes frères et quelques élèves, tout en me demandant comment elle va bien pouvoir faire travailler un groupe aussi disparate. En l'occurrence, il ne s'agit pas d'apprendre le nom des capitales.

– Je veux vous parler de ce qui est arrivé à Ruth, dit-elle en jetant un coup d'œil vers la porte.

Je me retourne. La porte est fermée, personne n'est entré. Je réalise alors que Betty et Andy sont de nouveau absents tous les deux. Cela ne m'étonne pas. Il pleut tellement fort qu'on pardonnera certainement à Andy de ne pas faire grand-chose à la ferme. Pourquoi donc s'embêter à venir en classe ? Quant à Betty, peut-être est-elle en train de sonner la charge contre Toby. Je l'imagine s'entraîner à paraître douce et gentille, à simuler l'innocence, et probablement qu'elle y arrive très bien avec ceux qui ne la connaissent pas. Je me retourne en entendant Mrs Taylor m'appeler :

– Annabelle.

Les autres élèves me fixent.

– Je t'ai demandé comment tu allais. Je suis sûre que cela n'a pas été facile d'être témoin de ce qui est arrivé à Ruth.

– Non, pas facile. Mais aujourd'hui, ça va.

Elle continue à parler un moment sur l'importance de faire confiance à notre entourage et de raconter les choses qui nous perturbent :

– Si l'un de vous a vu Toby sur ce versant de la colline, ou qui que ce soit d'autre d'ailleurs, ou quelque chose de bizarre ce jour-là, il faut le dire. À moi, à vos parents, au révérend Kinnell. À quelqu'un qui peut vous aider à faire ce qu'il faut.

Je lève la main :

– Qui vous a dit que Toby était sur la colline ?

– Je l'ai appris hier à l'église, des Glengarry.

Je réfléchis un petit moment :

– Donc vous savez que c'est Betty qui dit avoir vu Toby lancer cette pierre ?

– Oui, je l'ai entendu dire.

– Alors, s'il vous plaît, est-ce que je peux monter dans le beffroi pour voir ce qu'il y a à voir depuis la fenêtre ?

– Pourquoi voudrais-tu monter dans le beffroi ? me demande Mrs Taylor, visiblement perplexe.

– Parce que Betty a dit qu'elle était dans le beffroi avec Andy au moment où elle a vu Toby sur la pente.

Très lentement, Mrs Taylor me demande :

– Betty affirme qu'ils étaient là tous les deux le jour où Ruth a été blessée ?

Je fais oui de la tête. Jamais les autres élèves n'ont écouté une leçon avec autant d'attention.

Mrs Taylor se dirige alors vers une porte au fond de la classe. Elle essaie de l'ouvrir, mais sans succès. Quand elle revient vers nous, elle semble perdue dans ses pensées.

– Très bien. Retournez à vos places et faites les exercices que j'ai notés au tableau.

Puis elle rejoint les autres enfants qui se sèchent autour du poêle. De mon pupitre, je l'entends leur expliquer qu'ils doivent avoir confiance. Et dire la vérité.

Tout en lisant une leçon sur la guerre de 1898, je guette le bruit de la porte. J'attends l'arrivée de Betty, mais elle ne vient pas.

À la récréation de midi, il pleut toujours et nous restons dans la salle de classe à jouer aux billes et à des jeux de ficelle. Avant de nous renvoyer à nos pupitres, Mrs Taylor nous fait faire une longue série de sauts écarts, «pour nous rendre plus forts», nous explique-t-elle, mais je sais bien comment l'après-midi se déroulerait si les élèves, et les garçons en particulier, ne se fatiguaient pas un peu.

Au moment de retourner à nos places, la porte s'ouvre enfin, mais ce n'est pas Betty qui entre. C'est Andy. Il repousse sa capuche en arrière et s'ébroue comme un chien tout en regardant partout dans la salle.

– Où est Betty ?

Personne ne lui ayant répondu, il répète sa question, plus fort cette fois-ci :

– Mrs Taylor, où est Betty ?

Elle se retourne vers lui :

– Je n'en ai pas la moindre idée, Andy. Elle n'est pas venue ce matin. Je me demande si elle n'est pas malade.

Andy rabaisse sa capuche sur sa tête et il sort sans ajouter un mot. Mrs Taylor reste sur place, immobile, et elle regarde longuement l'endroit où il est apparu.

– On se calme, finit-elle par dire. C'est l'heure de travailler.

À la fin de la journée, pendant que mes frères remettent leurs bottes de pluie, elle me prend à part :

– J'aimerais bien venir voir tes parents après le dîner, Annabelle. Penses-tu que ce soit possible ?

Rien qu'à l'entendre dire cela, je sursaute :

– J'ai fait quelque chose de mal ? ou mes frères ?

– Absolument pas, Annabelle. Je voudrais juste discuter quelques instants avec eux.

– Eh bien oui, bien sûr, c'est possible.

Je ne veux pas avoir l'air indiscrète mais je suis curieuse :

– Avez-vous un téléphone chez vous, Mrs Taylor ?

– Oui. Pourquoi ?

– Parce que nous en avons un, nous aussi. Vous pourriez juste les appeler, si vous vouliez.

J'espère qu'elle ne va pas me trouver impertinente, mais elle m'adresse un petit sourire :

– Oui, c'est vrai. Mais… (Elle choisit ses mots avec soin.) Eh bien, tu sais certainement que Mrs Gribble est parfois un peu… curieuse… quand elle transfère un appel.

Ah.

Annie Gribble vivait dans une petite maison devant laquelle nous passions pour aller au marché. Je ne m'étais arrêtée là qu'une seule fois pour lui déposer une caisse de pêches à confiture. Elle nous avait invités, mon père et moi, à entrer et à prendre un verre de limonade, et j'avais été fascinée par le standard téléphonique installé dans son salon comme un métier à tisser parcouru de câbles noirs et sinueux.

Elle restait assise devant le standard toute la journée et transférait les appels entre les familles des environs qui avaient un téléphone chez elles.

Pour utiliser le téléphone, il fallait appeler Annie et lui dire à qui nous voulions parler pour qu'elle connecte les deux lignes. Elle avait pris l'habitude de ne pas raccrocher et d'écouter les conversations pour apprendre ce dont tout le monde, selon elle, devait être au courant.

Ainsi, personne ne disait plus de secrets au téléphone de peur qu'elle ne soit en train d'écouter à la dérobée. Mais elle faisait son miel de la moindre information et nous commencions donc généralement nos conversations par les nouvelles les moins intéressantes en espérant qu'elle serait ainsi plus facilement distraite par l'appel d'un autre abonné.

Ce dont Mrs Taylor voulait discuter n'était donc pas destiné aux oreilles d'Annie.

– Voulez-vous que je les prévienne que vous allez venir ?

– Oui, ce serait très gentil.

J'ai enfilé mes bottes, puis j'ai essayé de nouer le cordon qui retenait la capuche de James sous son menton, mais il bougeait la tête comme un poulain et s'est échappé sous la pluie avant que j'aie pu finir. Henry l'a suivi. Ils ont traversé la cour en barbotant dans la boue avant d'atteindre le sol moins détrempé du sentier.

Je n'avais pas du tout envie de rentrer seule dans le froid et la pluie, mais je ne voyais pas comment faire autrement, jusqu'à ce que Mrs Taylor me rappelle :

– Annabelle, je pourrais aller chez toi tout de suite, si tu penses que c'est possible. Comme ça, tu pourrais venir en voiture avec moi.

J'avais rarement l'occasion de monter dans une aussi belle voiture que la sienne. Et, plus important encore aujourd'hui, j'y serais au sec et au chaud.

– Je pense que par un temps pareil mon père sera à la maison, ou pas loin, et je suis sûre que ma mère sera là. Donc maintenant, c'est très bien, à mon avis.

J'ai grimpé à l'arrière, où je me suis sentie un peu comme une reine, jusqu'à ce que je me souvienne que j'étais assise à la place de Ruth. Mrs Taylor a conduit lentement et prudemment, les routes étant inondées par endroits, mais nous sommes arrivées sans encombre.

– Va voir si c'est le bon moment pour une visite, Annabelle, je vais attendre dans la voiture.

C'est ce que j'ai fait, et ma mère s'est précipitée à la porte pour faire signe à Mrs Taylor :

– Entrez, Mrs Taylor, je vous en prie, a-t-elle dit, de sa voix du dimanche.

Elle appelait la plupart des gens par leur prénom, sauf le pasteur, le docteur, le constable et l'institutrice.

– Merci, a répondu Mrs Taylor, en secouant son chapeau pour essayer d'en faire tomber le plus de pluie possible avant d'entrer.

– Oh, ne vous en faites pas pour un peu d'eau, vous seriez bien la seule. Annabelle, cours chercher ton père, il est dans la grange.

Je suis donc ressortie et j'ai éclaté de rire en voyant mes frères, surpris de me voir, s'arrêter net dans l'allée glissante de boue :

– Mrs Taylor m'a ramenée en voiture, leur ai-je crié, et, toujours en riant, je me suis dirigée vers la grange.

Notre vieille grange m'a appris une des leçons les plus importantes de toute ma vie : l'extraordinaire se cache dans les choses les plus simples. Chaque saison façonnait un monde nouveau dans ses stalles et dans ses greniers.

En hiver, il émanait du corps des vaches et des chevaux des poches de douce chaleur qu'emmagasinaient la paille répandue sur le sol et le fumier frais.

Au printemps, les hirondelles pondaient dans leurs nids de boue accrochés dans les coins, et de minuscules chatons au pelage soyeux zigzaguaient entre les sabots, ou tentaient de s'en prendre aux lanières et aux courroies suspendues à de grosses chevilles de bois.

L'été venu, les guêpes bâtissaient leurs nids dans la paille. Des grains d'avoine oubliés germaient entre les planches, et les poules pondaient dans les endroits les plus secrets, dans l'espoir de couver leurs œufs. Les rayons du soleil traversaient l'air poudreux comme des ponts lancés vers d'autres lieux.

Mais c'est à l'automne que j'aimais le plus la grange. J'y retrouvais souvent mon père qui réparait les roues des charrettes ou graissait leurs engrenages, ou parfois – comme en ce jour de novembre – faisait un somme dans le grenier à foin, ronflant doucement dans la pâle lumière bleue.

La pluie tambourinait sur le toit en tôle juste au-dessus de nous, les sabots des chevaux réclamant leur avoine résonnaient sur le sol.

– Mrs Taylor est là et elle veut te voir, lui ai-je murmuré à l'oreille. Réveille-toi.

Il a sursauté, comme s'il revenait de continents fort lointains, et s'est redressé d'un coup.

– Quoi ?

– Mrs Taylor est là et elle veut te voir, ai-je répété, assise sur les talons. Tu as de la paille dans les cheveux.

Il s'est épousseté d'une main, j'ai retiré un brin qui était resté coincé. Nous nous sommes levés et avons redescendu l'échelle, mon père se raclant la gorge et secouant la tête pour finir de se réveiller :

– Je faisais juste un petit somme, a-t-il dit, en se repassant la main dans les cheveux. Mrs Taylor, tu m'as dit ?

– Oui, elle veut discuter avec toi et maman.

Il m'a regardée sévèrement :

– Qu'est-ce que James a fait ?

– Rien. Ni Henry. Je ne sais pas de quoi elle veut parler, mais je pense que cela a à voir avec Betty.

Mon père a soupiré et remis sa capuche sur sa tête :

– Je commence à en avoir assez de cette histoire.

Et il est sorti sous la pluie battante.

Le temps que nous enlevions nos bottes et suspendions nos capes trempées, ma mère avait fait du café et disposé quelques biscuits sur une assiette. Mrs Taylor nous attendait dans le salon, assise au bord de sa chaise, les mains jointes, comme si nous avions une mauvaise nouvelle à lui annoncer. Je craignais que ce ne soit l'inverse.

– Je ne sais pas s'il est bien nécessaire qu'Annabelle soit ici et entende parler de tout cela, a-t-elle dit d'une voix hésitante quand nous nous sommes assis.

– Je ne sais pas ce que vous voulez dire par « tout cela », lui a répondu ma mère, mais s'il y a un rapport quelconque avec ce qui est arrivé à Ruth, alors il faut qu'elle soit présente. Elle est plongée dans cette affaire depuis le début.

– Je vous laisse juge… (Elle est restée un moment sans rien dire, hésitante, puis elle a levé les yeux :) Ce que je comprends, c'est que Betty affirme qu'elle était dans le beffroi, qu'elle a regardé par la fenêtre et qu'elle a vu Toby lancer la pierre qui a frappé Ruth.

– C'est en effet ce qu'elle dit, a confirmé mon père.

– Sauf que cela ne peut pas être vrai, a-t-elle lâché avec un soupir. Quelques jours avant l'accident de Ruth, j'ai surpris Andy et Betty dans le beffroi à la récréation. Je les ai fait sortir et j'ai fermé à clé la porte qui mène à l'escalier. Cette porte était toujours verrouillée aujourd'hui quand j'ai essayé de l'ouvrir. Et la seule clé, c'est moi qui l'ai.

Elle a tapoté son porte-monnaie.

– Un mensonge de plus, a déclaré ma mère, calmement.

– Un *gros* mensonge de plus, ai-je poursuivi, et tous les yeux se sont tournés vers moi. Quoi ? C'est vrai. Betty n'a pas vu Toby faire quoi que ce soit. Betty est une peste. Elle est tout simplement furieuse contre lui parce qu'il lui a dit de me laisser tranquille.

Mon père a pris ma main :

– Calme-toi, Annabelle. Tu n'as pas tort. Betty avait ce mensonge tout prêt parce qu'elle était déjà montée dans le beffroi et qu'elle savait quoi dire.

Mrs Taylor a poussé un autre soupir :

– Cela semble effectivement logique.

– S'il vous plaît, est-ce que vous pourriez aller raconter cela au constable Oleska ? lui ai-je demandé.

– Oui, je vais aller le voir. Je voulais d'abord vous en parler à vous. Les Glengarry sont mes amis, et je ne voulais pas porter d'accusation avant d'en avoir discuté.

– Ce n'est pas une accusation, a dit mon père. C'est une information. Le constable en fera ce qu'il voudra.

Cela faisait des jours que je me sentais aussi tendue qu'une corde de banjo, vibrant à chaque fois que surgissait un nouveau problème, mais il y avait aussi des moments de soulagement, comme celui-ci. Enfin, peut-être, les gens allaient commencer à comprendre quel genre de fille Betty était réellement.

Mrs Taylor s'est levée, et nous avec elle :

– Betty n'est pas venue à l'école aujourd'hui. J'imagine qu'elle est restée chez elle parce qu'elle était malade. Peut-être devrais-je aller faire un tour chez les Glengarry et discuter avec eux avant d'aller voir le constable.

Ma mère a secoué la tête :

– C'est exactement ce que nous avons fait, il n'y a pas longtemps. Cela ne servira à rien. Ils sont persuadés que Betty n'a rien fait de mal.

– Je pense que vous avez raison. Betty est une fille… étrange, mais c'est leur petite-fille.

Nous n'avons pas parlé du reste – du fait que Betty m'avait menacée et frappée, du fait que je soupçonnais Betty et Andy d'avoir blessé James. Mais la pierre avait été soulevée, et les vers qui grouillaient dessous dressaient leurs petites têtes toutes lisses et ne demandaient plus qu'à répandre leurs immondes secrets.

Je ne peux pas dire que cela me réjouissait vraiment, mais cela ne me désolait pas non plus.

12

Nous étions tous couchés, la maison plongée dans le noir, quand nous avons été réveillés par des coups frappés à la porte. Les chiens, qui dormaient d'habitude dans la remise à bois, avaient engagé une furieuse conversation avec quelqu'un dehors, qui leur répondait avec autorité.

La pluie avait cessé, mais l'air nocturne était saturé d'humidité, et l'imperméable du constable Oleska semblait recouvert de toiles d'araignée. Un ou deux chiens continuaient à donner de la voix, mais d'un mot mon père les a fait taire. Il était sur le seuil, en pyjama, suivi de ma mère qui serrait contre elle sa robe de chambre, de moi qui tentais de voir ce qui se passait, et de mes frères qui se pressaient dans mon dos. Même tante Lily a déboulé, ses bigoudis sur la tête :

– Que se passe-t-il encore ? a-t-elle demandé, exaspérée.

Mes grands-parents avaient sans doute aussi été réveillés, et j'espérais qu'ils ne seraient pas obligés de rejoindre la mêlée.

– Je suis vraiment désolé de vous réveiller, John, Sarah… Oh ! Bonsoir, Lily. Je sais qu'il est tard, mais est-ce que je peux entrer un instant ?

– Bien sûr, a dit mon père, qui s'est écarté pour le laisser passer.

– Je ne serais pas venu si tard si cela avait pu attendre le matin, a dit le constable. Mais Betty Glengarry a disparu.

– Disparu ?

– Vous feriez mieux d'entrer et de venir vous asseoir, a dit ma mère.

– Je parie qu'elle a été mangée par un ours ! s'est écrié James, les cheveux en bataille.

– Les garçons, au lit ! Tout de suite ! a ordonné mon père.

Ils ont hésité, mais tante Lily, le visage sévère, a pris le relais :

– Votre père a dit « au lit » !

Et elle les a houspillés et poussés hors de la pièce comme deux moutons capricieux. Apparemment, on allait me permettre de rester.

Ces derniers temps, participer à ces discussions

m'avait donné le sentiment d'être grande. Mais cette nuit, je n'avais qu'une envie, être de nouveau une petite fille de onze ans et retourner me coucher comme mes frères. Je sentais la corde de banjo se tendre de nouveau – si seulement celui qui accordait l'instrument pouvait avoir pitié. Rien de tout cela n'était drôle.

– Allons, venez vous asseoir, a dit ma mère.

Quand le constable a baissé la tête pour examiner ses bottes couvertes de boue, l'eau a dégouliné du creux de son chapeau :

– Je vais en mettre partout, Sarah.

Mais ma mère l'a pris par le bras et l'a fait asseoir sur une chaise de la cuisine :

– Vous êtes gelé et trempé. Un peu de boue, ça n'a aucune importance.

Et elle a mis du café à réchauffer sur la cuisinière. Nous nous sommes tous assis, quand tante Lily est revenue et m'a lancé, comme si mes parents n'étaient pas là à côté de moi :

– Toi aussi, au lit ! Ce n'est pas un sujet de conversation pour les enfants.

– Laisse-la tranquille, Lily, a dit mon père. Annabelle en sait sûrement plus que nous.

Le constable a posé son chapeau sur ses genoux et s'est recoiffé de la main :

– Mrs Taylor est venue me parler de cette histoire de beffroi. On a discuté un bon moment, j'ai vu la direction que prenait l'affaire, j'ai décidé d'aller voir les Glengarry le lendemain matin… au moment où ils arrivaient chez moi et frappaient à la porte. (Il se frottait les mains pour les réchauffer.) Il faisait déjà nuit. Betty n'était pas rentrée de l'école et ils étaient inquiets. Et plus encore quand Mrs Taylor leur a dit que Betty n'était pas venue à l'école de toute la journée.

J'ai confirmé :

– Nous avons pensé qu'elle était malade.

– Non, elle est partie à l'école comme d'habitude, quel que soit le temps qu'il fait. Sa grand-mère l'a habillée pour la pluie et l'a regardée descendre l'allée et disparaître en direction de la combe aux Loups, comme tous les matins.

Ma mère s'est levée et lui a apporté du café :

– Aucune indication de l'endroit où elle est allée ?

– Par ce temps ? Le sol est détrempé, il y a de la boue partout.

– Que fait-on, alors ? a demandé mon père. Si on peut vous aider à…

– Toby a disparu. La première chose que j'ai faite, c'est d'aller à sa cabane pour lui demander s'il avait vu Betty. Non, non… (Il a levé les deux mains en signe de dénégation.) Il ne s'agit pas de le soupçonner de quoi que ce soit. J'étais allé le voir une première fois, après ce qui est arrivé à Ruth. Et ce jour-là, je l'avais trouvé dehors, il fendait du bois. Quand je lui ai dit ce que Betty racontait sur lui, je dois dire que… que je n'ai pas aimé ce que j'ai vu sur son visage. Et je n'étais pas rassuré qu'il ait une hache dans la main. Mais il n'a rien dit, il n'a rien fait. Il s'est remis à couper son bois. Je ne pouvais guère faire plus ce jour-là, à part rassembler les pièces du puzzle et essayer de garder l'esprit ouvert. Donc, quand j'y suis retourné ce soir, je n'avais pas d'arrière-pensée. Je voulais simplement savoir s'il avait vu Betty aujourd'hui. Toby parcourt plus de chemin que la plupart d'entre nous, y compris dans les bois, les vergers, et les endroits à l'écart entre la ferme des Glengarry et l'école. Mais il n'était pas là.

– Comment savez-vous qu'il est parti pour de bon ? a demandé ma mère.

– En fait, je n'en sais rien. Mais il n'était pas dans sa cabane. Pas de feu non plus, pas de braises encore chaudes. Pas de fusils. Pas d'appareil photo. Rien.

Il a soupiré, m'a regardée puis a tourné la tête :

– Il a collé des photos sur tous les murs. J'avais ma lampe torche avec moi et j'ai passé un bon moment dans le fumoir à les regarder, ces photos. J'ai essayé d'en décrocher une, mais il a utilisé de la résine de pin et ça colle très fort.

Il en a sorti une, toute froissée, de sa poche, l'a passée à mon père, qui l'a lissée avec sa main et l'a regardée un bon moment avant de la tendre à ma mère.

– Et alors ? a-t-elle demandé.

– Alors, vous ne trouvez pas cela bizarre qu'un homme comme Toby prenne des photos de votre fille en cachette, sans qu'elle le sache ?

Je me suis placée derrière ma mère pour regarder la photo par-dessus son épaule. On me voyait descendre le sentier vers l'école. Le soleil qui filtrait à travers les branches éclairait mon visage, mais le reste de ma silhouette était indistinct dans l'ombre. C'était étrange de voir à quoi je ressemblais quand je pensais que j'étais seule. Je ne m'étais jamais rendu compte que Toby était là, au milieu des arbres, à me regarder.

– C'est bizarre… de la même façon que Toby est bizarre, a dit ma mère, mais cela ne veut rien dire de plus.

Soudain, tante Lily s'est exclamée :

– Il y a d'autres photos qui sont arrivées ce matin avec le courrier.

Elle s'est levée et a filé dans sa chambre. Quand elle est revenue, j'ai tendu la main :

– Toby voulait que je les lui donne dès qu'elles reviendraient.

– Eh bien, c'est impossible, puisqu'il s'est enfui, a-t-elle rétorqué en tendant le paquet au constable.

Il l'a ouvert, a sorti les photos de leur enveloppe et les a tenues à bout de bras pour ne pas les mouiller contre son imperméable. À chaque nouvelle photo qu'il examinait, son visage se fermait davantage. Il en a gardé une et donné les autres à mes parents qui se sont penchés dessus. Tante Lily, assise en face d'eux, s'agitait :

– Qu'est-ce qu'il y a ? Faites-les passer ici !

– Des arbres tout jaunes. Un champ de citrouilles, a dit mon père, avant de se tourner vers le constable :

– Mais je suppose que la vôtre montre quelque chose de différent.

Le constable a hoché la tête et il la lui a tendue. Je me suis glissée derrière mon père pour regarder. Ce que nous avions sous les yeux, c'était la route qui passe devant l'école, vue de très haut. Des branches d'arbres quadrillaient la scène, mais je distinguais les chevaux de Mr Ansel, sa charrette chargée de pommes, Ruth allongée sur le sol, Mr Ansel en train de descendre et moi-même.

– Mon Dieu, s'est exclamée ma mère doucement.

– Mais ça ne prouve rien, me suis-je écriée. Ça n'est pas parce qu'il a pris cette photo que cela veut dire qu'il a lancé la pierre.

– Je crains que cela ne veuille dire beaucoup de choses, ma petite demoiselle, a dit le constable. Surtout depuis que Betty a disparu, que Toby a quitté sa cabane après qu'elle l'a accusé d'avoir blessé Ruth, après que je lui ai rendu visite chez lui et que je lui ai parlé de ces accusations – et vous devez comprendre qu'il savait que tôt ou tard nous verrions ces photos. Tout cela ne peut que mener à une conclusion inquiétante. Mais à l'heure actuelle, la priorité, c'est de retrouver Betty.

– Et cet homme abominable, a ajouté tante Lily.

Elle aurait dû paraître inoffensive, en robe de chambre et en bigoudis, mais c'était tout le contraire. Le constable s'est adressé à moi :

– Mrs Taylor m'a raconté que Andy était passé à l'école aujourd'hui et qu'il cherchait Betty. Que sais-tu à ce sujet, Annabelle ?

– Andy et Betty s'aiment beaucoup, ai-je commencé par dire, puis j'ai pesé mes mots. Ils disparaissent souvent à l'heure de la récréation. Vous êtes déjà au courant, pour le beffroi. Et je pense que ce sont eux qui ont aiguisé le fil de fer et l'ont accroché en travers du chemin. Le fil qui a blessé mon petit frère ici.

J'ai tracé une ligne sur mon front. Le constable a secoué la tête :

– Encore une histoire dont il faudra me reparler. Mais là, maintenant, je vais aller voir Andy et, en fonction de ce qu'il aura à me dire, nous rassemblerons des gens et nous organiserons les recherches. J'espère que vous pourrez nous donner un coup de main, John.

– Et Toby ? insista tante Lily, en resserrant sa robe de chambre sur sa poitrine. L'idée qu'un fou se promène en liberté dans les environs ne me plaît pas du tout.

– Je pense que cela fait un moment qu'il est parti. Il est probablement à des kilomètres d'ici. Mais je vais transmettre l'information à la police de Pittsburgh, au cas où il réapparaîtrait quelque part. En attendant, retrouver Betty est notre seul objectif, a-t-il conclu en se remettant debout et en fixant tante Lily avec autorité.

Elle a levé le menton :

– Et quand vous l'aurez retrouvée ?

– Je vous promets que je poursuivrai l'enquête, mais pour le moment, laissez-moi faire.

Il a fourré la photo dans sa poche et s'est adressé à mon père :

– Vos chiens, ce sont de bons pisteurs ?

– Pas vraiment, à moins que vous ne leur demandiez de retrouver un pâté en coûte.

– Bon, il vaudrait peut-être mieux les emmener, au cas où. Mais d'abord, Andy. Allons voir ce que ce jeune homme a à nous dire.

13

J'ai eu beaucoup de mal à me rendormir cette nuit-là.

Je connaissais la ferme d'Andy pour y être déjà allée avec mon père. Nous échangions souvent des produits avec eux, nos pommes contre du fromage, nos haricots contre du beurre, et je ne pouvais m'empêcher de me représenter la scène : la nuit et le silence, le constable qui frappe à la porte, la lumière de la véranda qui s'allume, le père d'Andy qui vient ouvrir, hirsute et ensommeillé, puis qui va chercher son fils pour qu'il réponde aux questions.

J'espérais qu'Andy savait où était Betty. Peut-être avait-elle compris qu'elle allait être rattrapée par ses mensonges et s'était-elle enfuie. Ou peut-être était-elle partie en exploration, mais c'était improbable vu la pluie, improbable aussi sans Andy.

Il était inimaginable que Toby ait quoi que ce soit à voir avec la disparition de Betty. D'un certain côté, je souhaitais vraiment qu'il soit parti très loin. Mais en même temps, j'espérais encore plus le voir réapparaître dans les environs, comme à son habitude. S'il avait laissé l'appareil photo suspendu à un crochet dans le vieux fumoir, là j'aurais su qu'il était parti. Toby n'aurait pas emporté notre appareil, même si c'était aussi le sien, en réalité.

Quand je me suis finalement endormie, épuisée par toutes ces réflexions, j'ai rêvé de Betty mais de manière confuse – un tourbillon d'images troubles qui se sont évanouies à mon réveil. Ce n'était pas tout à fait le matin, il faisait trop sombre et cela sentait encore la nuit. Pourtant j'avais perçu des mouvements en bas.

Cette fois, lorsque je suis descendue, j'ai trouvé mes parents tout habillés et le petit déjeuner prêt sur la table. Il n'était que quatre heures du matin, une heure extrêmement matinale, même pour des fermiers, en cette saison. Le constable était attablé devant des œufs et des saucisses.

– Vous l'avez retrouvée ? ai-je demandé, clignant des yeux dans la lumière.

– Annabelle, qu'est-ce que tu fais déjà debout ?

a demandé ma mère. On est en pleine nuit. Va te recoucher.

– Je n'ai plus sommeil. Betty était rentrée chez elle, constable ?

– Malheureusement pas. Nous commencerons les recherches dès l'aube. Son grand-père et quelques voisins sont déjà dehors, mais ils ne trouveront rien dans l'obscurité. Des renforts frais et dispos se mettront bientôt au travail et, si on doit la retrouver, nous la retrouverons.

Lui n'avait pas l'air frais et dispos, sans doute était-il resté debout toute la nuit.

– Et Andy, qu'est-ce qu'il raconte ?

– C'est ce dont nous allions justement parler, avec tes parents, a dit le constable sans s'arrêter de manger, visiblement affamé. Andy est un garçon un peu trop sûr de lui et je m'attendais à ce qu'il baratine, mais il a été assez secoué. Il m'a dit que Betty et lui avaient eu l'intention de faire l'école buissonnière hier, d'aller traîner autour des fermes, « histoire de rigoler », selon ses propres termes. Ce garçon devient doux comme un agneau quand il parle de Betty – le gros dur disparaît. Il dit qu'ils étaient censés se retrouver au rocher de la Tortue le matin, mais au dernier moment son père l'a obligé à rester pour réparer une clôture. Le temps qu'il arrive au Rocher, elle était partie. Il l'a cherchée, il est passé à l'école, où il a appris qu'elle n'était pas venue, il est donc allé chez les Glengarry, mais il n'y avait personne. Il a pensé qu'ils étaient partis quelque part avec Betty. Alors il est rentré chez lui.

–Vous lui avez demandé, pour le beffroi ?

– Pas maintenant, Annabelle, a dit ma mère. On en reparlera quand on aura retrouvé Betty.

C'était logique, mais je ne voyais pas les choses ainsi : à mes yeux, les différents aspects de cette histoire étaient tous reliés entre eux, comme les différents brins qui ne font qu'une seule corde. Mais je n'ai rien dit.

Ma mère a réchauffé le café du constable, et les trois grandes personnes ont discuté des recherches pendant que je prenais mon petit déjeuner en les écoutant.

C'est alors que tante Lily est apparue sur le pas de la porte. Elle avait enlevé ses bigoudis et ses cheveux tombaient en boucles anémiques sur ses épaules, mais elle était toujours en robe de chambre et en chaussons, avec des traces de crème de nuit sous les yeux.

– Il a été retrouvé ?

– Qui ça ? avons-nous demandé à l'unisson.

– Toby, a-t-elle lancé durement.

– Ce n'est pas Toby que je recherche, a dit le constable. Je pensais que vous parliez d'Andy.

– Lequel ne s'est jamais perdu et n'a donc pas besoin d'être retrouvé.

Tante Lily s'est servi une tasse de café et s'est assise à table.

– C'est Toby que vous devriez rechercher, avant qu'il n'enlève une autre petite fille.

– Lily ! s'est exclamée ma mère.

– Si tu penses qu'Annabelle ne devrait pas assister à ce genre de conversation, je suis bien d'accord avec toi, Sarah, mais c'est toi qui considères qu'elle peut rester ici à table avec les adultes. Et j'aimerais bien savoir une chose, constable. Avez-vous envisagé le fait que tous les deux puissent être au même endroit et que Betty soit prisonnière de Toby ?

Le constable a poussé un soupir :

– Évidemment que j'y ai pensé, Lily, et j'ai déjà prévenu les policiers de Pittsburgh pour qu'ils se mettent à sa recherche, ou à leur recherche.

Cette conversation m'a profondément choquée. Il y avait une chose au moins avec laquelle je commençais à être d'accord avec ma tante :

– Je crois que je vais retourner me coucher.

Ma mère m'a adressé un petit sourire triste :

– C'est bien, Annabelle. Peut-être que vous devriez rester à la maison aujourd'hui, toi et tes frères. Vous êtes fatigués. Et avec tout ce qui se passe, personne n'aura la tête à son travail.

Nouveau choc : c'était la première fois que ma mère suggérait que nous puissions manquer l'école. Il fallait que nous soyons vraiment malades ou qu'il y ait du blizzard pour que nous n'allions pas à l'école.

– D'accord.

J'ai essayé de me rendormir, j'ai vraiment essayé. Mais je n'arrêtais pas de penser à ce qu'avait dit tante Lily. Je ne comprenais pas pourquoi Toby aurait voulu enlever Betty et la garder « prisonnière ». C'était une méchante fille, et il le savait. Mais curieusement, tante Lily ainsi que le constable, pensaient qu'ils étaient peut-être au même endroit.

J'étais persuadée qu'ils se trompaient. Et j'avais peur d'être la seule à avoir envie d'aider Toby autant que de retrouver Betty. Certes, mes parents appréciaient Toby, mais retrouver une fille qui avait disparu, c'était quelque chose qui passerait avant tout le reste, y compris avant Toby.

Allongée dans mon lit, j'ai essayé de me faire à l'idée que Toby avait quitté nos collines. En prenant l'appareil photo ? Sans nous dire au revoir ? Sans même laisser un signe pour que nous sachions – ou pour que je sache – qu'il était désolé de partir ? Je n'y croyais pas. J'étais convaincue que Toby n'était pas parti. Qu'il était là où il était censé être. Là où les policiers le trouveraient dès qu'ils iraient le chercher.

Et face à cette éventualité, je me suis demandé ce que j'étais prête à faire.

Je m'habille dans le noir et j'enfile suffisamment de vêtements les uns sur les autres pour pouvoir rester longtemps dehors dans le froid. Je descends l'escalier sans faire de bruit et je jette un coup d'œil dans la cuisine : mon père et le constable Oleska sont partis, ma mère est devant l'évier, le dos tourné. Aucun signe de tante Lily. Je me glisse dans l'arrière-cuisine, et j'attrape mes bottes que je vais enfiler sur le seuil juste avant de sortir dans le froid et l'humidité. Je referme la porte doucement.

Si vous êtes déjà sorti en pleine nuit d'une maison douillette et bien éclairée, vous savez ce que j'ai ressenti : dans mon dos, il y a le monde où je suis en sécurité. Devant moi, la nuit – moins noire que vue de l'intérieur mais très sombre quand même, le ciel désormais dégagé, sans nuage pour atténuer sa noirceur. Une faible lueur provient des étoiles, il n'y a pas de lune. Les arbres s'inclinent les uns vers les autres, comme avant une danse, jouant leur petite musique triste. Et soudain je suis envahie par la peur.

Je suis déjà souvent sortie la nuit, mais jamais seule, et jamais pour aller plus loin que le bout de notre allée. Pendant que j'hésite, mes yeux se sont accoutumés et la nuit a pâli un peu. Ce sera bientôt le matin, et je sais où je vais. La cabane de Toby est tapie dans le vallon de Cobb, en contrebas de la ferme des Glengarry, de l'autre côté de notre colline par rapport à la combe aux Loups. Elle est à l'écart de l'école, dans les bois, à proximité d'un chemin de terre que j'emprunte souvent. Ce n'est pas très loin de chez nous, et il n'y a que des bois entre notre ferme et le vieux fumoir.

Je préfère ne pas penser aux ours, même si, la seule fois où j'en ai aperçu un, il a décampé en me voyant. Les gens du coin disent qu'il y aurait un puma dans les alentours, mais cela fait longtemps qu'on n'en a plus entendu parler. Quant aux loups, ils ont disparu. Et je ne suis pas complètement seule. Autour de moi dehors dans la nuit, il y a tous les hommes qui cherchent Betty. Il va falloir que je fasse attention de ne pas croiser leur chemin. S'ils me confondent avec elle, ce sera une déception terrible pour tous. Et des problèmes pour moi.

Je reste donc dans les bois et je suis les pistes tracées par les cerfs, en marchant avec précaution sur les feuilles glissantes. Je sais qu'il faut simplement que je redescende la colline: il est difficile de se perdre dans nos collines parce que chaque combe est traversée par un chemin ou par une vraie route le long desquels il y a de-ci de-là des maisons, et je les connais toutes.

Quand j'atteins le pied de la colline, je prends le chemin de terre qui mène à l'ancienne ferme de Silas Cobb. Je n'ai pas vu âme qui vive mais, une fois ou deux, j'ai entendu des gens s'appeler au loin. Les fondations de la vieille ferme incendiée se trouvent à l'écart dans les bois, invisibles depuis le chemin, mais le sentier qui y conduit existe toujours, ainsi que le vieil écriteau de bois accroché de guingois sur lequel est gravé COBB et qui permet de le repérer.

Ce sentier boueux se faufile sous les branches basses des arbres comme sous un tunnel agité par le vent qui fait tomber des gouttes d'eau. La clairière où la ferme s'élevait autrefois a disparu, envahie par les ronces, et des arbres poussent dans les fondations détruites par le feu, mais leur cime n'est pas encore suffisamment étoffée pour cacher entièrement le ciel. Le noir est en train de virer au bleu et le soleil va bientôt se lever.

Au moment où je me suis arrêtée, j'ai entendu un bruit nouveau.

Ce n'est pas le vent, ni le bruit des recherches au loin. Cela ressemble davantage à un cri d'animal, à une sorte d'appel. Mais ce n'est ni un hibou ni un renard.

La plupart des animaux et des oiseaux sont silencieux la nuit car ils ne veulent pas alerter les prédateurs. Celui qui a poussé ce cri étrange n'en a donc pas peur.

J'ai déjà entendu le cri d'un porc-épic, une ou deux fois. Un claquement de dents accompagné d'un gémissement, mêlé au bêlement d'un vieux klaxon de bicyclette. Voilà ce à quoi ressemble ce que je viens d'entendre, et soudain, j'ai peur. J'ai déjà vu un chien, le museau transpercé par des piquants de porc-épic, et je n'ai aucune envie de me retrouver nez à nez avec un tel animal.

Mais le bruit s'est arrêté. Je tends l'oreille pour savoir s'il reprend. Je n'entends plus que le vent.

La cabane de Toby est juste un peu plus loin, derrière un bosquet de gros arbres envahis par le lierre.

Il en a défriché les abords immédiats et je vois une souche dans laquelle est plantée une hache – spontanément, je pense au roi Arthur sortant Excalibur de la pierre. À la porte du vieux fumoir, je n'hésite qu'un instant, en repensant au mot «prisonnière», puis je frappe.

À ma grande surprise, quelque chose bouge à l'intérieur et fait du bruit.

Je recule d'un pas au moment où la porte s'ouvre.

C'est Toby.

14

Toby, pieds nus, est enroulé dans une vieille couverture de l'armée.

– Annabelle.

C'est à la fois une affirmation et une question.

– Bonjour, Toby.

Je réalise soudain que je ne sais absolument pas quel est son nom de famille et que je ne peux donc pas l'appeler monsieur. Il regarde derrière moi, s'attendant peut-être à voir arriver mon père :

– Un problème ?

– Le constable nous a dit que vous étiez parti et que vous aviez peut-être emmené Betty avec vous, ou que vous saviez où elle est. Et il a appelé les policiers de Pittsburgh qui vont bientôt venir vous chercher.

J'ai encore beaucoup d'autres choses à dire, mais plus assez de souffle pour poursuivre. Il réfléchit pendant une minute :

– La fille qui dit que j'ai lancé une pierre sur l'Allemand.

Je hoche la tête, mais la confusion commence à me gagner, comme une démangeaison.

– Oui, elle a disparu depuis hier matin. Vous étiez au courant ? Les gens la cherchent partout.

Je vois que cette nouvelle est une vraie surprise pour lui.

– Le constable est passé ici pour vous voir cette nuit mais vous n'étiez pas là. Il a pensé que vous étiez parti. Peut-être avec Betty ?

Je me tais. Son visage est de plus en plus pâle.

– Vous ne saviez pas qu'elle avait disparu ?

– Non, je suis allé pêcher sous le pont de la rivière. J'ai échangé le poisson que j'ai pris contre de la viande séchée, chez Turner. Puis je suis resté dans leur grange jusqu'à ce que la pluie s'arrête. Je suis revenu ici tard.

Les Turner élèvent des bœufs et des porcs. Mon père aussi aime bien leur viande séchée, qui se conserve longtemps, avec ou sans glacière. Toby se tourne et balaie la cabane du regard :

– Quelqu'un m'a volé une photographie.

Je n'ai jamais entendu Toby dire autant de choses d'affilée.

– C'est le constable Oleska qui l'a prise. Celle où on me voit sur le chemin de l'école. Et il a regardé les photos qui venaient d'arriver par la poste. Je suis désolée, c'est tante Lily qui les lui a données. Vous en avez pris une de la colline avec la charrette de Mr Ansel, en contrebas, le jour où Ruth a été blessée.

Toby me lance un regard noir :

– Je n'ai pas jeté cette pierre.

Cela m'a réconforté de l'entendre le dire. Je n'avais pas eu conscience jusque-là que j'avais besoin de l'entendre de sa propre bouche.

– Je vous crois. Mais maintenant, ils savent que vous étiez sur cette colline, et Betty a dit que vous avez lancé la pierre, et, depuis, elle a disparu. Ils pensent que vous avez fait des choses terribles, Toby.

Il prend une profonde inspiration :

– C'est vrai.

Je croise les bras sur la poitrine, ce qui me donne l'impression d'être plus grande :

– Qu'est-ce que vous avez fait ?

Il resserre la couverture autour de lui. J'attends.

– Mais vous n'avez pas jeté cette pierre.

Cela ressemble encore trop à une question. Il secoue la tête :

– C'est elle qui l'a jetée.

Cela m'a surprise, même si je m'y attendais :

– Vous l'avez vue ?

– J'ai essayé de la prendre en photo, mais elle l'a jetée trop vite, puis elle a plongé dans les buissons, et le garçon avec elle. Mais avant, elle m'a vu un peu au-dessus d'elle. Elle a compris que je les avais vus.

– Alors pourquoi vous n'avez pas raconté tout cela quand mon père est venu discuter avec vous ?

Il détourne les yeux :

– Parfois les choses s'arrangent. Parfois pas.

– Quoi ? Toby, vous auriez dû lui dire ce qui s'est passé. Plus personne ne va vous croire, maintenant.

– Je n'y peux rien.

C'est une manière étrange et frustrante de voir le monde, mais je ne suis pas Toby, et Toby n'est pas moi. Nous restons silencieux un bon moment. Tout autour de nous, les oiseaux réveillent le ciel et, au loin, j'entends les gens appeler Betty.

Toby recule dans le fumoir. C'est ce qui me fait prendre ma décision :

– Bon, dis-je avec fermeté, je veux que vous veniez avec moi.

Ses lèvres frémissent. Je n'ai jamais vu sur son visage quelque chose qui ressemble autant à un sourire.

– Tu parles comme ta mère.

Je prends cela comme un compliment.

– C'est bien, parce que, si elle était ici, elle dirait la même chose. Donc, maintenant, est-ce que vous voulez vous habiller et venir ?

Toby semble incapable de se décider :

– Pour aller où ?

– À un endroit sûr, jusqu'à ce que l'on puisse…

– Ça m'est un peu égal.

– Eh bien, à moi, ça ne m'est pas égal. Et si ça vous est égal, pourquoi est-ce qu'on ne ferait pas ce que je veux ?

De nouveau ses lèvres ont frémi, de nouveau, on entend des appels au loin.

Quelques minutes plus tard, Toby m'a rejointe à l'extérieur du vieux fumoir. Il était équipé comme d'habitude, l'appareil photo pendu autour du cou et ses fusils dans le dos.

Remonter la colline a été beaucoup plus difficile que la descendre. Toby est resté un peu derrière moi, attendant que je me hisse d'un arbre à l'autre lorsque la pente était trop raide ou trop glissante. La lumière croissante rendait notre progression plus facile, mais plus risquée. Sur nos gardes, nous avons progressé aussi silencieusement que possible car nous entendions des cris aux alentours. S'il s'était agi de vrais chasseurs, j'aurais mis un vêtement rouge. Là, étant tous deux vêtus de noir ou de marron, il suffisait de s'immobiliser et de se cacher le visage pour devenir invisibles.

Au moment où nous sommes arrivés sur la crête et que nous ne sommes dirigés vers la ferme, j'ai réalisé que n'importe qui pourrait nous voir passer dans le pré. Nous sommes donc restés dans les bois et nous avons contourné le pré jusqu'à nous retrouver de l'autre côté de la grange. Nous avons rapidement traversé l'espace à découvert et nous nous sommes glissés à l'intérieur par la porte de derrière. Je suis entrée la première et j'ai appelé pour voir si quelqu'un était dans les parages, soulagée que mon père ait emmené nos chiens faire semblant de participer aux recherches.

Quand l'un des chevaux a soudain passé la tête au-dessus du vantail de son box et m'a regardée avec curiosité, j'ai sursauté.

– C'est l'heure de sortir, Bill, lui ai-je dit, en ouvrant le vantail.

Il s'est ébroué puis s'est dirigé vers la grande porte ouverte sur le pré. J'ai aussi libéré notre jument

Dinah, qui l'a suivi au soleil en agitant la queue, et nos deux vaches laitières, Molly et Daisy. Comme nous gardions nos vaches jusqu'à la fin de leur vie, nous leur donnions un nom, mais jamais aux petits veaux que nous vendions très vite. Au moment où elles sont passées devant moi, j'ai tendu la main. L'une d'elles a appuyé un moment son grand museau carré et noir dans ma paume et j'ai senti son pelage rêche.

Si mon père n'était pas parti se joindre aux recherches, il les aurait fait sortir depuis longtemps. En mettant les animaux au pré, j'évitais que quelqu'un ne vienne le faire, même si je ne pouvais empêcher qu'on vienne voir qui les avait sortis. Et je me demandais si quelqu'un s'était aperçu de mon absence.

– Suivez-moi, ai-je chuchoté à Toby en ouvrant la porte de l'escalier qui menait de l'étable au niveau du dessus.

Notre grange s'élevait à flanc de coteau. En bas, se trouvaient l'étable et les box pour les chevaux, le long d'un grand couloir. Une citerne était posée sur une dalle de pierre au fond de l'étable, à côté d'un séchoir à maïs. Au niveau supérieur, du côté où la grange était adossée à la pente de la colline, une énorme porte à double battant ouvrait sur une aire de déchargement. C'était par là que passaient les charrettes pour venir décharger le foin directement dans la grange. À ce niveau, on pouvait aussi rentrer les machines agricoles pendant l'hiver, ou travailler à l'intérieur par mauvais temps. Des baquets d'avoine étaient posés à côté de tuyaux à grains pour remplir directement les mangeoires de l'étable au niveau inférieur. La grange était surmontée d'un pignon où étaient accrochées des cordes et des poulies permettant de monter les bottes de foin dans le grenier, qui occupait presque tout l'espace sous la charpente.

C'était un vieux bâtiment, auquel il manquait une planche ici ou là. La poussière et la paille s'étaient accumulées sur le sol, mais on était au sec et à l'abri dans le grenier à foin où mon père aimait faire la sieste les jours de pluie. Il ne me restait plus qu'à espérer que le temps redevienne sec et qu'il le reste suffisamment longtemps.

Au pied de la grande échelle qui menait au grenier, Toby s'est figé. Il a regardé l'échelle, m'a jeté un coup d'œil, puis il a regardé l'échelle de nouveau. J'ai commencé à grimper en lui lançant par-dessus l'épaule :

– Allez, venez. Vous pourrez attendre dans le grenier jusqu'à ce que les choses soient terminées.

Mais il n'a pas bougé :

– Je n'aime pas du tout les endroits haut perchés.

C'est moi qui ai failli tomber de l'échelle, et je me suis mise à rire, mais il a eu l'air si mécontent que je me suis tue et je suis redescendue.

Voilà que j'avais devant moi un adulte, tout de noir vêtu, avec trois fusils accrochés dans le dos, les cheveux longs et la barbe emmêlée, le visage à peine visible sous le rebord de son chapeau. Un homme qui avait survécu à une terrible guerre, et se débrouillait pour vivre de gibier et de fruits sauvages, dans un ancien fumoir à viande perdu au fond des bois.

– Vous avez peur de grimper à l'échelle ?

Il a baissé la tête. Je me suis mordu la lèvre :

– Vous habitez dans un pays de hautes collines. Et vous êtes en hauteur, la plupart du temps.

– Ce n'est pas pareil.

– Bon, soit vous montez dans le grenier, soit vous allez vous cacher dans le séchoir à maïs, avec les souris.

Là encore, je me suis entendue parler avec la même voix que ma mère. Est-ce le mot *se cacher* ou l'idée d'avoir à se faufiler dans le séchoir qui l'a convaincu ? ou la suggestion qu'il n'était qu'une souris ? Il n'a rien dit, mais quelques secondes plus tard, il m'a fait signe de remonter et il m'a suivie.

D'en haut, je l'ai regardé grimper lentement, posant chaque fois ses deux pieds sur les barreaux, agrippé aux montants de l'échelle, sa main gauche couverte de cicatrices noueuses, la peau tendue. Il est resté concentré, n'a pas jeté un seul coup d'œil vers le bas. Le plus dur a été l'arrivée au sommet de l'échelle. Il a posé sa bonne main sur le plancher, comme s'il voulait y enfoncer les ongles pour s'agripper. Je l'ai attrapé par le poignet, plus pour l'encourager que pour l'aider. Il s'est hissé dans le grenier et s'est éloigné du bord. Il respirait beaucoup plus rapidement que lorsque nous avions escaladé la pente pour remonter du vallon de Cobb. Je ne lui ai pas dit que la descente serait encore plus difficile. Au moins, je pouvais être certaine qu'il resterait là-haut un bon moment. À l'idée de devoir faire le premier pas pour redescendre cette échelle, il serait paniqué, et cela me donnerait le temps de penser à l'étape suivante.

– Je vais revenir aussi vite que possible avec de la nourriture et de l'eau. Et aussi un seau pour, enfin, vous savez… (J'ai senti que je devenais toute rouge.) Si quelqu'un entre dans la grange, reculez-vous, cachez-vous entre les bottes de foin et ne faites pas de bruit. Peut-être que les garçons viendront faire un tour dans la grange, mais ils ne monteront sans doute pas dans le grenier.

Toby s'est assis sur une botte. Il a posé ses fusils par terre et a enlevé son chapeau. Il avait l'air d'un jeune garçon lui aussi, bien plus âgé que mes frères, certes, mais tout aussi inexpérimenté.

– Ne vous en faites pas. Tout se passera bien, lui ai-je dit.

15

Avant de revenir à la maison, je suis allée traîner le long de la clôture du pré et j'ai ramassé des graines d'herbe à la ouate, jusqu'à ce que mes poches en soient remplies.

– Où étais-tu passée, Annabelle ? m'a demandé ma mère dès que j'ai ouvert la porte. Une disparition, c'est déjà une de trop. Est-ce que tu sais combien j'ai été inquiète quand j'ai vu que tu n'étais plus dans ton lit ?

Je ne voulais pas mentir à ma mère, alors j'ai essayé de rester au plus près de la vérité :

– Tu étais à la cave quand je me suis levée. Il fallait que les chevaux et les vaches aillent au pré, donc je les ai fait sortir et puis je me suis dit que j'allais ramasser des graines d'herbe à la ouate pour les soldats. Mais je n'avais pas de sac, ai-je ajouté, en tirant une poignée de graines tout humides de ma poche.

Il n'y avait pas grand-chose que nous, les enfants, pouvions faire pour participer à l'effort de guerre, mais partout dans le pays, on avait demandé à des équipes d'écoliers de récolter ces graines ornées de fibres douces comme de la soie et plus légères que du liège : la Marine s'en servait pour fabriquer des gilets de sauvetage.

– J'emmènerai les garçons ramasser le reste avant qu'il soit trop tard.

L'herbe à la ouate est la hantise des fermiers : ses graines soyeuses s'envolent et envahissent les vergers et les prés, où elles s'enracinent. Or la plante est toxique et risque d'empoisonner le bétail.

Ma mère m'a regardée d'un drôle d'air :

– Comment se fait-il que tu aies enfilé autant de vêtements les uns par-dessus les autres, mais pas de manteau ?

– Je ne sais pas.

Bizarrement, cette réponse a paru la satisfaire.

– Tant que tout ne se sera pas calmé dans les alentours, je ne veux pas que tu sortes sans me dire où tu vas.

– Où sont-ils tous ?

– Tes frères se sont levés avec le soleil et ils ont harcelé ton père jusqu'à ce qu'il les laisse participer aux recherches, a-t-elle soupiré. Je sais exactement comment ça va se passer. Ton père, les deux garçons, les quatre chiens, et ton pauvre grand-père qui va tourner en rond avec le camion, en essayant de se rendre utile.

Cela m'allait tout à fait, du moment qu'ils ne s'approchaient pas de la grange.

Tandis que ma mère retournait à son travail, je me suis servie : j'ai pris quelques petits pains dans la boîte à pain, j'ai rempli une tasse avec le café laissé au chaud sur la cuisinière et je me suis dirigée vers la cave.

C'était une grande cave aux murs et au sol de pierre, divisée en quatre pièces. La première servait de buanderie, il y faisait perpétuellement humide mais tout y était propre : l'essoreuse à main dans un coin, des fils à linge tendus d'un mur à l'autre, un panier en osier sur une grande table, un sac en tissu plein de pinces à linge, des seaux en fer-blanc pour aller chercher l'eau au puits, un réchaud pour la faire bouillir, et une bouche d'évacuation au sol.

Dans une autre pièce, sur des étagères recouvertes

de papier journal étaient empilés des conserves de jambon, des bocaux de condiments, de poivrons, de haricots, de tomates, de pêches, de petits pois et de maïs.

La cave à charbon était équipée d'un soupirail et d'un toboggan pour que mon père puisse pelleter le charbon directement depuis l'extérieur. C'était un endroit noir et poussiéreux, où personne n'allait jamais, sauf en hiver quand il fallait charger le fourneau.

La quatrième pièce servait à entreposer tout ce qui n'avait pas sa place en haut : des baquets qu'il fallait réparer, des bocaux vides, des outils de jardinage, des bulbes de fleurs que l'on avait déterrés pour les conserver dans des caisses emplies de tourbe.

Au fond de la cave s'ouvrait une porte qui permettait de sortir de plain-pied en contrebas du reste de la maison. Juste à côté se trouvait une entrée séparée qui menait à une autre cave où nous conservions les pommes de terre, les oignons, les betteraves et les carottes – tous les légumes qui devaient durer le plus longtemps possible pendant l'hiver.

J'ai pris un seau en fer-blanc, cabossé mais encore utile, et je l'ai rempli de provisions : les petits pains, un pot de confiture de fraises, quelques carottes, et deux bocaux vides avec leurs couvercles. Dans l'un j'ai versé la tasse de café. Je remplirais l'autre à la citerne de la grange.

J'ai laissé le seau juste à l'extérieur de la cave et j'ai remonté l'escalier. J'ai trouvé ma mère qui changeait les draps du lit de mes grands-parents pendant que ma grand-mère, assise dans son fauteuil à bascule, reprisait une chaussette.

– Je retourne chercher des graines d'herbe à la ouate.

Et c'est à ce moment que j'ai ressenti la première vague de tristesse qui vient quand on garde un nouveau secret. Peut-être que d'ici à la fin de la journée on aurait retrouvé Betty, et Toby pourrait retourner dans le vieux fumoir, et rien de grave ne se serait passé.

Si ce n'était pas le cas, je raconterais tout à ma mère. Je ne pouvais pas garder ce secret indéfiniment et je ne pouvais pas non plus cacher Toby très longtemps, ni le laisser enfermé dans le grenier comme un chat errant.

– N'oublie pas de prendre un sac, cette fois-ci, a dit ma mère, en fourrant les draps sales dans une taie d'oreiller.

– Non, j'y pense.

Je les ai regardées toutes les deux un moment, occupées à leur ouvrage. Elles étaient si différentes, et si semblables à la fois. La chambre était remplie d'objets qu'elles avaient elles-mêmes confectionnés et que le temps et l'usage avaient patinés.

J'ai alors ressenti une seconde vague de tristesse, pour Toby, depuis si longtemps privé de ces choses familières, à supposer qu'il en ait jamais eu.

*
* *

Sans l'école, et sans mes frères dans les pattes, j'avais beaucoup de temps à moi. J'aurais de toute façon passé la majeure partie de la journée dans la grange, avec un livre et les pigeons pour toute compagnie, mais aujourd'hui, il fallait que je m'occupe de Toby.

– C'est moi, ai-je murmuré au pied de l'échelle.

Pas de réponse.

J'ai grimpé avec précaution. Le seau était lourd et l'anse en métal me meurtrissait les doigts. Quand je suis arrivée en haut, je l'ai posé et je me suis redressée sur le plancher.

– Toby ?

Il est soudain apparu de derrière un mur de bottes de foin. Il avait enlevé son imperméable et paraissait désormais aussi maigre qu'un ours au printemps. Et comme son visage n'était plus caché par l'ombre de son chapeau, j'ai vu qu'il avait les yeux bleus.

– Vous vous êtes fait une cachette, c'est malin. Vous avez faim ?

Je lui ai montré le seau.

– J'ai de la viande séchée, m'a-t-il répondu.

– Et maintenant, en plus, vous avez du pain, de la confiture, quelques carottes et de l'eau. Du café aussi, mais il va être froid si vous ne le buvez pas tout de suite. Je vous en rapporterai après le dîner.

Toby n'avait pas fait un pas de plus dans ma direction. Je me tenais au bord où il n'y avait qu'une simple rambarde sans barreaux – autant dire rien, pour quelqu'un qui a le vertige.

– Je vais vous apporter plus d'eau. Il y a une citerne avec une pompe à main, près de la porte par laquelle nous sommes entrés, si vous avez besoin de vous laver, quand il fera nuit. Sinon, vous pouvez aller un peu plus loin, en bas du pré. Il y a un abreuvoir alimenté par une source. L'eau est très propre, mais froide.

J'imaginais que Toby se lavait et faisait sa lessive dans la rivière qui coulait près de son séchoir. Mais son manteau était si raide de suie et d'intempéries qu'il n'avait quand même jamais l'air particulièrement propre. Cependant, maintenant qu'il l'avait enlevé, il semblait presque respectable malgré ses longs cheveux et sa barbe emmêlée.

– Si vous ne voulez pas redescendre l'échelle…

J'ai posé le seau loin du bord du plancher, à côté d'une botte de foin qui pouvait servir de siège. Il s'en est approché et ce mouvement m'a rappelé l'attitude des chiens errants, lorsqu'ils arrivent à la ferme pour la première fois.

– Zut! J'ai oublié de prendre un couteau pour la confiture.

Toby a sorti son couteau de poche, s'est assis sur une botte de foin et a coupé un petit pain en deux. Il a tiré sur la rondelle de caoutchouc du pot de confiture et ouvert le couvercle avec la pointe du couteau, puis il a tartiné un des morceaux, qu'il m'a tendu.

– C'est pour vous, Toby. J'ai tout ce qu'il me faut à la maison.

Il est resté, la main tendue, jusqu'à ce que je le prenne. Puis il a tartiné l'autre moitié et l'a posée sur son genou le temps d'essuyer son couteau entre deux doigts, de le refermer et de le remettre dans sa poche. Il a ouvert le bocal de café.

– Je suis désolée s'il est froid, ai-je dit.

Pensif, il a mangé son pain, en buvant le café à même le bocal.

J'ai mordu dans mon morceau et c'est là que je me suis aperçue que j'étais affamée. Comme si des années s'étaient écoulées depuis le moment où je m'étais réveillée et avais trouvé le constable dans notre cuisine, et appris que les policiers étaient en route. Nous avons mangé en silence. Toby a fini son café.

– Voulez-vous que je vous apporte un livre ?

En disant cela, j'ai réalisé qu'il ne savait peut-être pas lire. Il a brusquement levé les yeux.

– Nous avons plein de livres. Toutes sortes de livres. Mes frères aiment beaucoup Robert Louis Stevenson. Moi aussi. Si vous voulez, je peux vous en apporter un, mais vous devrez lire pendant qu'il fait jour.

Toby n'a pas eu besoin de réfléchir :

– N'importe lequel.

Je me suis assise en tailleur sur le sol. Je ne savais pas s'il était convenable de lui poser quelques questions, et je faisais tourner un brin de paille entre les mains.

– Est-ce que je peux vous poser une question, Toby ?

– C'est ce que tu viens de faire, a-t-il dit en croisant les doigts.

J'ai vu ses lèvres frémir de nouveau, l'esquisse d'un sourire. J'ai failli lui demander, « Est-ce que je peux vous poser une autre question ? » mais je me suis aperçue que ce serait cela, l'autre question. Alors j'ai dit :

– Comment vous appelez-vous ? Quel est votre nom de famille ?

Il ne m'a pas répondu et a détourné les yeux.

– Non, j'ai une meilleure question, ai-je dit très vite.

Je voulais savoir d'où il était, s'il avait des frères et des sœurs, s'il avait déjà eu un chien et comment il l'avait appelé. Je voulais savoir à quel âge il était parti à la guerre, comment il avait été blessé, quel âge il avait maintenant. Ma mère disait qu'il devait avoir quarante-quatre ou quarante-cinq ans. Et je voulais savoir ce qu'il avait voulu dire quand il avait déclaré qu'il avait fait « quelque chose de terrible ».

– Quelle est votre recette préférée ?

La question est sortie toute seule, et je me suis sentie très bébé. Cette fois-ci, il m'a regardée et, après une courte pause, il a répondu :

– La tarte aux noix de pécan.

– C'est vrai ? Celles de ma mère sont vraiment délicieuses. Vous le saviez ?

– Elle m'en a gardé une part un jour. Jamais rien mangé de meilleur.

Nous avons passé un bon moment comme cela. Je posais de petites questions, il me répondait de plus en plus longuement. Nous avons fini par avoir une vraie conversation, et lui aussi m'a posé des questions. Je lui ai parlé de ma grand-mère, qu'il n'avait pas vue souvent, et de ma tante Lily – je lui ai juste dit : « Il y a aussi ma tante Lily, qui travaille à la poste », ce à quoi il a rapidement répondu : « Oui, je l'ai vue », sans rien ajouter.

Nous avons continué ainsi jusqu'à ce que je lui demande quelque chose de plus difficile, mais c'était à moi de poser cette question :

– Qu'est-ce que vous vouliez dire quand vous avez raconté à mon père qu'ils avaient fait des marques sur le rocher de la Tortue ?

Toby s'est redressé, tendu comme s'il revivait la situation, et a réfléchi un moment :

– Ils ont aiguisé un fil de fer.

– Betty et Andy.

Il a confirmé d'un signe de tête.

– Est-ce que vous savez ce qu'ils ont fait avec ce fil ?

De nouveau il a hoché la tête :

– Si je les avais vus en train de l'installer, je l'aurais décroché avant que ton frère soit blessé.

– Vous avez donc entendu parler de l'affaire ?

– Je vous ai vus tous les trois sortir de la combe aux Loups, avec James qui saignait, et cette fille, Betty, qui vous regardait de l'autre côté du champ. Une fois que vous êtes partis, j'ai redescendu le sentier et je l'ai vue détacher le fil d'un des troncs. Elle s'est enfuie quand elle m'a vue arriver.

– Le fil de fer avait disparu quand je suis revenue avec mon père.

– Elle l'a emporté avec elle.

Il m'a regardée droit dans les yeux :

– C'était une mauvaise fille.

Je ne savais que penser de ce « c'était ». Je me suis levée et j'ai frotté mes vêtements.

– Il faut que j'aille ramasser des graines d'herbe à la ouate.

– Pour quoi faire ?

– Parce que la Marine en a besoin pour fabriquer des gilets de sauvetage.

Toby n'a rien ajouté.

– Je vous apporterai un livre plus tard.

Et je l'ai laissé là.

16

Maintenant, il fallait vraiment que je ramasse un sac de graines d'herbe à la ouate, ce qui m'a pris beaucoup plus de temps que je ne l'aurais souhaité. Mais je me disais que, si Toby avait besoin de moi, les soldats aussi. J'imaginais un marin en perdition sur une mer déchaînée, son gilet de sauvetage lui permettant de flotter en attendant les secours – un gilet rempli de fibres venues de notre ferme, peut-être même du sac que je tenais sur l'épaule.

J'ai cueilli ces graines jusqu'à en avoir mal aux doigts, et j'ai rempli un sac à ras bord. Le long de l'allée herbeuse qui séparait la maison de la grange, il y avait une remise pour les charrettes. J'y ai étalé les graines sur un établi pour les faire sécher. J'ai dit bonjour aux chats qui dormaient dans la charrette, et je suis allée accomplir mes tâches quotidiennes, pour lesquelles j'étais très en retard en ce jour si particulier.

J'ai commencé par aller ramasser les œufs dans le poulailler, où il fait si bon en hiver et si horriblement chaud en été. Les poules, qui avaient l'habitude de me voir, ne protestaient pas, même quand je passais la main sous leur ventre pour récupérer les œufs tièdes, en en laissant quelques-uns sous les poules couveuses afin d'avoir suffisamment de poulets pour remplacer ceux que nous mangions. De toutes mes tâches, la pire consistait à plumer les poulets auxquels ma mère tordait le cou avant de les plonger dans l'eau bouillante.

Pour récompenser les poules de la douzaine d'œufs que j'avais dans mon panier, je leur ai donné du maïs et des œillets d'Inde séchés puis je les ai laissées tranquilles.

Je me suis dirigée vers le puits, protégé par un petit abri qui garantissait sécurité et propreté, comme le voulait ma mère. J'ai lavé les œufs sous la pompe avant de les rapporter à la cuisine.

– Merci, ma grande fille, m'a dit ma grand-mère quand je les ai posés dans une jatte près de la cuisinière.

Je suis montée dans ma chambre. J'ai enlevé quelques couches de vêtements et enfilé une paire de chaussettes sèches, puis je me suis brossé les cheveux.

De retour dans la cuisine, j'ai aidé ma mère et ma grand-mère à préparer une grande marmite de soupe. Nous ne savions pas quand les hommes qui participaient aux recherches allaient revenir prendre un repas chaud, ni combien ils seraient. Nous avons fait revenir des oignons et de la viande, puis avons ajouté des légumes et du jus de tomate que ma mère avait mis en conserve en août, et nous avons laissé le tout mijoter.

Ma mère a vérifié que j'avais les mains propres puis elle a posé un grand bol sur la table. Elle a enlevé le torchon humide qui le recouvrait et m'a laissée pétrir la pâte à pain qui avait gonflé comme un gros ventre blanc. Nous avons divisé la pâte pour façonner des boules que nous avons placées sur des plaques huilées avant de les enfourner.

Il n'a pas fallu longtemps pour qu'une délicieuse odeur de soupe et de pain chaud se répande dans la cuisine. Je me suis sentie de nouveau affamée. J'imaginais ce que devait ressentir Toby.

– Va ranger ta chambre maintenant, a dit ma mère.

En un clin d'œil, j'ai fait mon lit et rangé les vêtements que j'avais enlevés. À la réflexion, j'ai ôté la taie d'oreiller et j'ai remis le couvre-lit en place. Puis je suis partie en chasse.

Dans la pièce où dorment mes frères, j'ai trouvé *L'Île au trésor*, que ma grand-mère venait de leur lire pour la troisième fois et qu'ils ne réclameraient donc pas avant un certain temps. Je l'ai fourré à l'intérieur de la taie. Dans la chambre de mes parents, j'ai pris un vieux pantalon de mon père, une chemise en flanelle qui ressemblait à toutes celles qu'il mettait, de grosses chaussettes et une paire de caleçons, identiques à ceux que ma mère avait déjà donnés à Toby, donc c'était idéal. Et j'ai fouillé son panier de couture, pour lui emprunter ses ciseaux les plus aiguisés.

Tout a disparu dans la taie d'oreiller, avec un morceau de savon et une serviette propre trouvés dans la buanderie. À chaque étape, je n'étais qu'à quelques pas de ma mère ou de ma grand-mère, mais elles étaient très occupées et je marchais sur la pointe des pieds. Je suis descendue à la cave pour déposer la taie juste à l'extérieur de la porte, et je l'ai cachée derrière un buisson. Quand je suis revenue dans la cuisine, ma mère confectionnait des tartes.

– Je veux participer aux recherches, moi aussi.

Elle s'est tournée vers moi, les mains blanches de farine.

– Oh, Annabelle, je ne pense pas que ce soit une bonne idée. Mais quand ton père reviendra avec les garçons, tu pourras lui demander. Je pense que tes frères seront contents de rester à la maison cet après-midi, après avoir arpenté les bois toute la matinée. Peut-être que tu pourras les remplacer.

En proposant cela, je voulais juste un prétexte pour prendre un bocal de soupe et quelques petits pains puis ressortir, mais maintenant, j'étais coincée : je risquais d'être obligée de passer l'après-midi à rechercher une fille qui n'avait fait que créer des problèmes à tout le monde.

– D'accord, ai-je répondu lentement. Mais personne ne la cherche par ici. Pourquoi ne pourrais-je pas aller faire un petit tour dans le bois juste derrière la grange, en emportant mon déjeuner ? Je ne m'éloignerai pas.

Ma mère m'a regardée attentivement pendant un bon moment :

– Est-ce que tu en sais plus que ce que tu me racontes, Annabelle ?

Je me suis forcée à soutenir son regard :

– Au sujet de quoi ?

– De la disparition de Betty.

Elle me faisait face, les mains blanches immobiles en l'air comme si elle s'apprêtait à diriger une chorale. La vérité était la meilleure des réponses, même si c'était aussi un mensonge. De nouveau, j'ai senti que je ne parviendrais pas à garder le secret beaucoup plus longtemps :

– Non. Je n'ai aucune idée de l'endroit où elle est. Mais j'aimerais faire quelque chose pour la retrouver.

Pensive, ma mère a hoché la tête :

– D'accord. Prends ce que tu veux et vas-y, mais pas au-delà de notre colline, c'est compris ?

– Oui, maman.

J'ai choisi un manteau qui avait de grandes poches. Dans l'une, j'ai glissé un bocal de soupe bien chaude enveloppé dans un torchon et une cuillère. Dans l'autre, un des petits pains que j'ai entaillé pour y glisser un morceau de beurre avant de l'emballer dans du papier paraffiné.

– On dirait que tu as mis des jodhpurs, a dit ma mère en me voyant sur le seuil.

– C'est quoi, des jodhpurs ?

– Rien. Fais attention, Annabelle, et ne va pas trop loin. Quand tu entendras la cloche du repas, tu sauras que ton père est rentré.

– Oui, maman.

– Et rapporte ce panier au poulailler.

– Oui, maman.

Ce qui faisait un « Oui, maman » de trop. Elle s'est penchée un peu pour me regarder bien en face :

– Qu'est-ce que tu ne me dis pas ?

Elle n'était pas en colère. Elle était extrêmement sérieuse. Je l'ai regardée moi aussi droit dans les yeux :

– J'ai peur.

Je ne sais pas d'où cela était sorti mais c'était juste sorti, et c'était la vérité. Elle s'est redressée :

– De quoi as-tu peur ?

– De tout. Betty. Betty qui a disparu. Toby qui a disparu. Tante Lily qui dit que Toby a enlevé Betty. La police qui va venir ici. Je n'ai jamais vu un policier.

J'ai fondu en larmes. J'ai été plus surprise par mes pleurs que ma mère, qui s'est penchée de nouveau, m'a prise dans ses bras et m'a murmuré à l'oreille :

– Tout va bien, Annabelle, tout va bien. Tout va rentrer dans l'ordre.

C'est exactement ce que j'avais dit à Toby, sans savoir si j'y croyais vraiment. J'espérais que ma mère, elle, y croyait. Mais au cours de ces dernières semaines, j'avais appris que croire en quelque chose ne rend pas toujours cette chose réelle. Je me suis essuyé les yeux et j'ai mis mon bonnet.

– Je ne sais pas pourquoi je me suis mise à pleurer. Je n'ai pas vraiment très peur. Je voudrais juste que l'on retrouve Betty pour que les choses redeviennent comme avant.

Ma mère a souri :

– Moi aussi. Bon, vas-y, va faire un tour, mais n'oublie pas ce que je t'ai dit, ne t'éloigne pas.

Quand elle s'est retournée pour se remettre à ses tartes, je lui ai demandé :

– Qu'est-ce que tu dirais si je te demandais d'en faire une aux noix de pécan ?

Nous avions quelques pacaniers qui donnaient assez de noix pour notre usage personnel, mais, comme elles étaient précieuses, on les réservait pour les grandes occasions. Elle a pris son rouleau à pâtisserie :

– Je dirais que tu peux espérer quelque chose de ce genre assez rapidement.

– N'oublie pas de sonner la cloche quand ils reviendront.

Je sors, je contourne la maison pour aller chercher la taie d'oreiller et la jette sur mon épaule. J'ai l'impression de ressembler à un vagabond. Je descends jusqu'au bois et je longe la colline à l'abri des arbres, en contrebas de la grange, jusqu'à ce que je me retrouve de l'autre côté et que je puisse y entrer sans être vue de la maison ou de l'allée.

Les chevaux me regardent traverser le pré en se demandant si je vais leur apporter une pomme, mais comme je ne fais pas attention à eux, ils se remettent à brouter.

– C'est encore moi, dis-je en escaladant l'échelle.

Cette fois-ci, Toby est sorti de sa cachette pour m'accueillir :

– Je ne m'attendais pas à te voir revenir si vite.

– Je vous ai rapporté de la nourriture. Quand ils rentreront, il faudra que j'y aille et peut-être que je ne pourrai pas revenir avant longtemps. (Je vide mes poches et lui tends la cuillère.) Voici votre déjeuner.

Regarder Toby manger sa soupe et son pain est un peu comme regarder quelqu'un prier. Il fait durer le plaisir et plonge lentement la cuillère dans le bocal puis, à la fin, il boit les dernières gouttes à même le bocal. Quand il découvre le morceau de beurre en mordant dans le pain, il rit. Un bref éclat de rire, qui le surprend autant que moi. C'est la première fois que je l'entends rire, la première fois que je le vois sourire.

Il termine son pain, referme le bocal et le pose.

– Merci.

– De rien.

Puis il désigne la taie d'oreiller :

– Qui y a-t-il de beau, là-dedans ?

Je m'accroupis et lui tends le livre :

– C'est *L'Île au trésor.*

À force d'avoir été manipulée, la couverture est devenue molle, les coins sont cornés, mais Toby s'essuie soigneusement les mains sur son pantalon avant de le prendre :

– Merci.

– De rien. Il y a une trappe, derrière les bottes de foin, qui sert à les descendre dans le pré. Vous pouvez ouvrir un des battants pour avoir suffisamment de lumière pour lire. Je peux vous demander quelque chose ?

– Tu viens juste de le faire.

Je souris et je me frappe le front.

– C'est vrai. (Soudain intimidée, j'ai du mal à poursuivre.) J'aime vos cheveux et… Je les aime beaucoup. Vous avez de beaux cheveux.

– Merci, répète-t-il, intrigué. Mais ce n'est pas une question, ça ?

– Avant, j'avais les cheveux longs comme vous, mais je détestais attraper des poux. Je détestais que ma mère m'arrache presque le cou à force de passer le peigne fin pour les enlever.

Il attend que je poursuive.

– Et puis un jour, ma tante Lily m'a coupé les cheveux, parce que j'étais revenue avec des plumes de poulet accrochées dans mes tresses. Ma mère a failli avoir une attaque mais, à la fin, elle a trouvé cela plus joli : elle a dit que je ressemblais à Amelia Earhart, la célèbre aviatrice.

– C'est vrai, un peu.

– Alors je me demandais si vous me permettriez de vous couper les cheveux. J'ai apporté des ciseaux, au cas où. Mais j'aime beaucoup vos cheveux, Toby, ils sont beaux.

Je me sens vraiment très bête. Toby tire sur une poignée de ses cheveux pour voir de quelle longueur ils sont :

– C'est que cela me tient chaud en hiver.

– Je vous tricoterai une écharpe à la place.

Pour cela, il va falloir que j'apprenne à tricoter, mais il n'a pas à le savoir.

– Pourquoi ?

– Pourquoi faudrait-il vous couper les cheveux ? Pour la même raison que vous devriez vous tailler la barbe. Pour vous sentir net. J'aime me sentir nette.

J'aime me sentir légère. Rien ne me rentre dans les yeux. C'est net.

C'est la vérité. Ce que je ne lui dis pas, c'est que ses cheveux et sa barbe dissimulent tout son visage et donnent l'impression qu'il épie le monde depuis une sorte de cachette intérieure.

– Et puis, ajouté-je avant de perdre complètement courage, vous pourriez aller vous laver sous la pompe et mettre des vêtements propres.

Je tire le savon, la serviette et les vêtements de la taie d'oreiller, et les pose sur une botte de foin. Je me relève et j'attends.

– Je suis trop sale, c'est ça ? me demande-t-il, en étendant les mains.

J'ai de la peine en voyant sa main mutilée, la peau noueuse et boursouflée.

– Non, pas du tout. Excusez-moi, Toby. Ce n'est pas du tout ce que je voulais dire. Je voulais juste dire que l'on se sent bien quand on est…

– Net.

– C'est cela, oui, net.

Je me suis dit que si je répétais encore une fois ce mot il allait me saisir et me jeter du haut du grenier. Mais au bout d'un moment, il a hoché la tête :

– Bon, si c'est ce que tu penses.

Nous avons commencé par les cheveux. J'ai d'abord coupé de grandes touffes que j'ai entassées, en attendant d'aller les enterrer dans les bois plus tard. Après avoir dégrossi le travail, j'ai entrepris de bien les égaliser. De faire une coupe nette. Mais j'étais mal équipée pour cela, même si j'avais déjà regardé ma mère couper les cheveux de mes frères et que je savais plus ou moins comment procéder. J'étais cependant contente de ne pas avoir apporté un miroir. Quand j'ai eu fini, étonnamment, Toby n'avait plus l'air d'être Toby.

– On dirait que vous êtes votre propre frère.

Ce que j'essayais de dire, c'est qu'il était une autre version de lui-même. Il m'a regardée avec sérieux :

– Je n'ai pas de frère.

– Et des sœurs ?

Il a fait signe que non. Je me suis arrêtée et j'ai ravalé ma curiosité.

– Et maintenant, la barbe.

Toby a reculé la tête :

– Pas trop courte.

– Ne vous inquiétez pas.

Avant que je puisse commencer, j'ai entendu la cloche du déjeuner sonner à toute volée. Je lui ai tendu les ciseaux :

– Ah ! C'est mon père qui est rentré. Il va falloir que vous vous coupiez la barbe tout seul.

Il s'est soudain levé :

– Tu viendras me dire s'ils l'ont retrouvée ?

– Oui, mais à partir de maintenant, faites attention, ai-je dit, en remettant le bocal et la cuillère dans ma poche. Je ne sais pas qui peut venir ici. Il faut cacher tout cela derrière les bottes de foin. Je reviendrai dès que je pourrai.

Une fois en bas, j'ai jeté un coup d'œil vers le grenier, j'ai vu Toby penché par-dessus la balustrade. Si je n'avais pas su que c'était lui, je ne l'aurais pas reconnu. Il était si différent, les cheveux coupés court.

17

Je m'attendais à retrouver mon grand-père, mon père et mes frères, et peut-être quelques voisins affamés, revenus prendre un repas chaud. Et c'est bien ce que j'ai trouvé, mais pas seulement.

La cour derrière la maison était envahie par des chiens de toutes couleurs et de toutes tailles, au milieu de gamelles vides et de bols entourés d'éclaboussures. Et dans l'arrière-cuisine, des bottes toutes boueuses étaient rangées le long des murs, et le sol était recouvert d'empreintes terreuses.

Dans la cuisine, des hommes trempés et épuisés se pressaient autour de la table. Beaucoup restaient debout, crottés jusqu'aux genoux. Ils étaient tous en chaussettes, sauf un.

C'est ici, dans notre cuisine, que j'ai trouvé un officier de police venu de Pittsburg, le seul qui ne s'était pas déchaussé. Ses bottes de cavalier étaient propres, d'où j'en ai déduit qu'il n'avait pas parcouru les bois, comme les autres. Il était tout bardé de cuir : ceinture, bottes, étui de revolver, mentonnière. De longues balles pointues étaient glissées dans les boucles de sa cartouchière. La crosse de son revolver était en bois si lisse qu'il en était beau et, de la tête aux pieds, son uniforme tombait parfaitement droit, sauf au niveau des hanches où s'arrondissaient deux grandes sortes de poches un peu ridicules. *Tiens*, ai-je pensé, *des jodhpurs*.

Le constable Oleska était en train de parler :

– … et dans tous les comtés voisins, mais personne ne l'a vu. Bien sûr, il est encore certainement quelque part dans les bois, et c'est sans doute un chasseur ou un fermier qui le repérera. L'alerte a été donnée et elle va circuler. Quelqu'un finira par le voir et nous aurons l'occasion de lui parler. Mais l'officier Coleman est ici pour nous aider à retrouver Betty, pas Toby.

Je me suis glissée à côté de ma grand-mère, qui servait la soupe pendant que ma mère apportait les bols brûlants aux hommes, un par un. J'ai aperçu mes frères entre les jambes de l'officier. Ils étaient tapis sous la table, les yeux écarquillés. L'officier Coleman parlait d'une voix profonde, qui s'accordait bien avec son menton carré et ses larges épaules. On l'aurait dit tout droit sorti d'un livre.

– Le constable a raison, mais nous ne pouvons pas chercher Betty correctement si nous ne savons pas pourquoi elle a disparu. D'ailleurs, on ne devrait même pas la chercher dans les environs, si c'est Toby qui l'a enlevée.

Cela recommençait. De nouveau l'horrible soupçon. Je voulais crier : *Non, il n'a rien fait. Il est là dans la grange, il lit* L'Île au trésor ! Ce qui leur donnerait une bonne leçon à tous.

– Tant que nous n'avons pas trouvé Toby, et ce n'est qu'une question de temps, nous devons considérer que Betty est blessée et qu'elle ne peut pas appeler à l'aide.

– Elle portait un ciré jaune, hier, quand elle a quitté sa maison, a précisé le constable.

– Eh bien, c'est une bénédiction. Mais cela ne servira à rien si elle est dans une vieille cabane ou si elle est tombée dans un puits.

Je me suis figée. J'ai eu l'impression que quelqu'un me tapait sur l'épaule, que du fond de ma mémoire s'élevait un murmure.

– Il y a les anciens pièges de la combe aux Loups,

a dit mon grand-père. Ils sont pratiquement tous comblés, mais peut-être a-t-elle marché sur l'un d'entre eux et glissé dans un trou.

– On a déjà fouillé la combe aux Loups, a dit le père d'Andy.

Je me suis alors demandé où était Andy. Toujours dehors, en train de chercher ?

– Continuez les recherches. S'il l'a enlevée, vous ne la trouverez pas. Mais s'il lui a fait du mal, vous trouverez peut-être… des indices.

Il a jeté un coup d'œil à ma mère par-dessus son épaule. Et à moi.

– Vous trouverez peut-être quelque chose, a-t-il répété. Si elle est dans les environs et qu'elle est juste blessée, elle est peut-être inconsciente dans l'un de ces pièges, où elle ne peut pas vous répondre. Continuez à appeler. Même si elle ne peut pas répondre, elle vous entendra peut-être, et cela lui donnera du courage.

– Et les chiens, ils ne pourraient pas la retrouver ?

La question venait de Mr Ansel, et son accent, au milieu de tous ces hommes, semblait plus marqué que jamais. L'officier Coleman a secoué la tête :

– Pas vos chiens, malheureusement, et les nôtres n'arriveront que plus tard dans la journée au mieux, voire demain. Ils sont occupés sur une autre affaire à Waynesburg. Mais nous allons recevoir des renforts. Quand on organise des recherches, les gens viennent généralement de partout. En attendant, on continue. Et j'aimerais parler à votre fils, a-t-il ajouté en se tournant vers le père d'Andy.

Ce dernier a fait une drôle de tête :

– Il n'a rien fait.

– Personne n'a dit qu'il avait fait quelque chose, mais j'ai appris qu'il était proche de Betty. Qu'il était avec elle avant sa disparition. Peut-être en sait-il plus qu'il ne l'imagine lui-même.

Les hommes mangeaient leur bol de soupe et du pain, reprenant des forces en silence. Quant à l'officier, il a poursuivi :

– Le constable Oleska m'a parlé des autres événements qui se sont produits. Cette petite fille qui a perdu un œil.

Là, Mr Ansel s'est arrêté de manger, la cuillère en l'air. L'officier s'est tourné vers mon père :

– Il y a aussi votre fils qui s'est coupé sur un fil de fer tendu en travers d'un chemin.

J'ai vu James, sous la table, toucher du doigt la croûte qui lui barrait le front.

– J'ai trouvé un morceau de fil de fer coupant,

dans le séchoir de Toby, enroulé et caché sous son couchage. Il y avait des traces de sang dessus.

Ma mère s'est immobilisée. Je l'ai sentie se raidir à côté de moi. De nouveau, j'ai eu envie de crier : *C'est Betty qui a pris ce fil de fer. Toby n'a blessé personne.* Mais je n'ai rien dit. J'avais besoin de réfléchir à tout cela. J'avais besoin de temps pour écouter de nouveau le murmure qui chuchotait dans ma tête. Je me suis rempli un bol de soupe et je l'ai bu lentement, comme Toby dans la grange, en écoutant les hommes raconter par où ils étaient passés et ce qu'ils avaient vu. Et pour la première fois, je me suis demandé pour de bon où pouvait bien se trouver Betty.

Jusque-là, j'avais passé mon temps à repousser l'idée que Toby lui avait fait du mal. J'avais considéré que Betty jouait à l'un de ses jeux stupides, ou qu'elle avait fait une fugue. Mais là, je me suis vraiment demandé où elle était, et pourquoi personne ne l'avait trouvée.

Une fois rassasiés, les hommes sont repartis fouiller les bois, et cette fois-ci j'avais très envie de les suivre, mais je suis restée pour faire la vaisselle, une tâche qui m'a toujours aidée à rassembler mes pensées. J'espérais entendre de nouveau le murmure dans ma tête, plus distinctement.

*
* *

– Annabelle, si tu continues à frotter cette assiette, elle va tomber en poussière, dit ma grand-mère.

Je baisse les yeux, surprise de voir que j'essuie la même assiette depuis un bon moment.

– Pardon, grand-mère, je ne faisais pas attention.

– Pas à cette assiette, en tout cas.

Elle désigne du menton l'égouttoir chargé de vaisselle à essuyer.

– Et si tu passais à celles-ci ?

Elle a encore devant elle un évier rempli d'assiettes qui attendent leur tour sur l'égouttoir. Je prends un bol, je l'essuie, j'en prends un autre, je l'essuie et je continue ainsi, mes mains travaillant machinalement pendant que je réfléchis au fil de fer, à ce qu'a dit l'officier et au reste de cette histoire incompréhensible.

Quand nous avons fini la vaisselle, je balaie la boue qui a séché dans la cuisine. C'est pire encore dans l'arrière-cuisine.

– Fais ce que tu peux, me dit ma mère, mais inutile de frotter. De toute façon, ils vont tout resalir quand ils reviendront à l'heure du dîner.

Cela lui ressemble si peu de faire les choses à moitié que je comprends soudain combien elle est fatiguée, elle aussi. Et inquiète.

– Je suis certaine qu'ils vont retrouver Betty très vite, lui dis-je.

Elle pousse un soupir :

– Je l'espère aussi, d'une manière ou d'une autre.

Ce qui semble de nouveau suggérer quelque chose de pire encore. Quelque chose à quoi tous semblent s'attendre. Sauf moi, ce qui me soulage, bien que je me demande si j'ai raison.

– Est-ce que je peux ressortir et chercher encore ?

– Oui, pourquoi pas. Cela m'a surprise que tu ne demandes pas d'accompagner les hommes cet après-midi.

Je range le balai dans son placard :

– J'étais un peu fatiguée, dis-je, et c'est vrai. Mais j'aimerais sortir un moment.

– D'accord. Mais c'est comme ce matin : tu ne t'éloignes pas et tu ne fais rien de dangereux.

– Non, promis, dis-je, en espérant être sincère. Je reviens très vite.

Toby s'était de nouveau caché entre les bottes de foin quand je suis remontée dans le grenier. Je me suis annoncée doucement et j'ai sursauté en le voyant.

– Je suis redescendu, m'explique-t-il avec nervosité. Quand tout le monde était à l'intérieur, pour le déjeuner. J'ai décidé de me laver à la citerne, comme tu me l'avais dit.

Il a coupé sa barbe très court, s'est savonné et s'est lavé les cheveux qui rebiquent comme des plumes tout autour de son crâne. Il a l'air… neuf. Ainsi vêtu des habits de mon père, il pourrait vraiment passer pour n'importe qui, un homme ordinaire, trop maigre, un peu dépenaillé, sans rien de remarquable, à part les cicatrices de sa main.

Ayant vu cette transformation, je ne peux plus le voir tel qu'il était auparavant. Je n'ai aucun moyen de savoir s'il est aussi différent qu'il le paraît. Mais l'idée qui me vient, et qui me réchauffe le cœur comme un petit soleil qui se lève, c'est que personne d'autre ne le reconnaîtra, tellement il a changé.

– Mon Dieu ! Vous avez l'air complètement différent.

Il s'examine dans ses nouveaux vêtements :

– Je me sens inconnu.

– Oui, vous avez l'air d'un inconnu.

Il s'assied sur une botte de foin et me regarde, l'air d'attendre quelque chose.

– Quoi ? lance-t-il.

– Quoi, quoi ?

– Tu as l'air soucieuse.

– Oui, je suis soucieuse. Pour plein de raisons. Mais aussi à cause d'un détail auquel je viens de penser.

– Quoi ? répète-t-il.

Que c'est étrange ! Alors que je discute avec un homme quatre fois plus âgé que moi, c'est moi qui ai l'impression d'être l'adulte de cette conversation.

– Si je trouvais le moyen de vous laisser... de vous aider à expliquer les choses, vous savez, au sujet de ce qu'a dit Betty... est-ce que vous le feriez ?

Toby réfléchit une minute :

– Ça dépend.

– De quoi ?

– De ce que tu envisages de faire.

Il touche ses cheveux courts comme s'il portait un nouveau chapeau qui ne lui allait pas tout à fait et ajoute :

– Tout ça va un peu trop vite pour moi.

Quant à moi, je pense qu'il vaut mieux que tout aille un peu trop vite plutôt que de ne rien faire, ce qui aurait été le cas si je n'avais pas été là. Mais pour la première fois, je me demande si je n'ai pas aggravé la situation en essayant de la résoudre.

– Eh bien, soit vous attendez ici aussi longtemps que vous voulez. Peut-être trouveront-ils Betty, et alors ils comprendront que vous n'avez rien fait de mal.

Toby frotte sa main couverte de cicatrices et me regarde avec curiosité.

– Soit ?

– Soit vous faites quelque chose.

Il plisse le front :

– Quoi, par exemple ?

Je cherche par où commencer :

– L'année dernière, je suis montée en haut de la colline qui surplombe la ferme, à la tombée de la nuit, parce que j'espérais voir un faon et sa mère que j'avais déjà aperçus. Je me suis glissée sans faire de bruit jusqu'au sommet et j'y suis restée longtemps, à guetter, mais il n'y avait pas un animal en vue. Jusqu'à ce que je fasse un geste pour chasser une mouche et que j'effraie une biche qui se tenait là, devant les arbres en bordure du champ. Elle se cachait en pleine vue.

Toby m'a regardée fixement :

– C'est une très jolie histoire, Annabelle.

– Je suis contente qu'elle vous plaise.

Et j'attends qu'il comprenne où je veux en venir. Lui aussi attend avec moi.

– Vous êtes le cerf, ai-je fini par dire.

– Je suis quoi ?

– Le cerf. C'est vous qui allez vous cacher en plein jour.

Je réalise soudain qu'il ne s'est pas vu dans un miroir et qu'il ne peut donc pas savoir combien il a changé.

– Personne ne saura que vous êtes Toby, pas avec votre nouvelle apparence.

Il fait une grimace :

– Même si c'est exact, en quoi cela va m'aider à sortir du pétrin ?

Alors je lui explique.

J'ai mis un certain temps à le convaincre, mais une fois que Toby a accepté l'idée que personne ne le reconnaîtrait, il a commencé à entrevoir que c'était possible. Nous avons décidé qu'il resterait dans la grange jusqu'à la tombée de la nuit, peut-être même jusqu'au matin, et qu'il se joindrait alors aux recherches. Si quelqu'un posait une question, il dirait qu'il était venu de Hopewell pour donner un coup de main, parce qu'il avait entendu parler de la disparition de notre Betty.

– Tout cela commence à ressembler à un jeu. Je n'aime pas ça.

– Moi non plus. C'est juste un énorme et stupide malentendu. Mais c'est vous le gibier, Toby, et tous ces hommes sont les chasseurs. Vous ne pouvez pas rester caché indéfiniment, et je ne vais pas pouvoir garder le secret plus longtemps. J'ai l'impression d'avoir une pierre sur l'estomac.

– Je sais ce que tu ressens.

Il s'est passé la main, celle qui était difforme, sur le visage, et il a semblé surpris de trouver sa barbe si courte. Je ne pouvais m'empêcher de fixer ses cicatrices, si proches et si horribles. Il a vu que je les regardais, a baissé sa main lentement et me l'a tendue.

– Cela ne me dérange pas, a-t-il dit.

Je suis sûre qu'il ne s'attendait pas à ce que je touche sa main, mais, après avoir longuement regardé la peau boursouflée et striée comme un vieux chou, je l'ai prise entre mes deux mains, je l'ai tournée puis retournée, mes mains petites et douces en comparaison.

Quand il a voulu ôter sa main, je l'ai retenue.

Quand j'ai levé les yeux, j'ai vu qu'il pleurait, et je me suis mise à pleurer moi aussi.

Ce que Toby m'a raconté cet après-midi-là, je n'en ai jamais parlé à âme qui vive. Cela faisait peut-être si longtemps que personne ne l'avait touché que ces quelques instants où j'avais tenu sa main dans les miennes avaient suffi à fendre l'armure. Et ce que la brèche laissait entrevoir était si triste que je n'ai jamais cessé de me demander comment il avait pu y survivre.

Il a parlé de la guerre.

– Pas cette guerre-ci. L'autre guerre. Celle qui devait être la dernière.

Je n'ai pas compris grand-chose à ce qu'il disait. Le plus souvent, il ne s'adressait même pas à moi. Pas vraiment.

Il parlait. Parfois à travers ses mains. En marchant. Il racontait une histoire.

Au sujet de « quelque chose de mal » qu'il avait fait.

Il a parlé du bruit que fait une balle quand elle transperce un crâne.

Le goût de la terre mêlée de sang. L'odeur. Ce que l'on ressent, terré au fond d'une tranchée boueuse ébranlée par les bombes, à se demander si le gaz moutarde n'est pas en train de se rapprocher en rampant, de plus en plus près.

Il a parlé d'un homme beuglant comme un animal, parce qu'il était blessé. D'un autre qui sifflait comme un train.

Il a raconté ce que c'était que de manger de l'herbe dans un pré comme un cheval, et de dormir dans un arbre, sanglé avec sa ceinture pour ne pas tomber. Ce que c'était que d'avoir envie de rester là pour toujours, d'y mourir de faim, d'imaginer les oiseaux venir nicher dans la cage thoracique, les os se détacher et tomber comme des branches mortes, sous l'effet de la pesanteur.

Il a parlé des soldats qu'il avait tués. «Si nombreux. Si nombreux.»

Il a parlé d'un bébé, un nouveau-né encore lié par le cordon à la matrice, et de sa mère, aussi... À partir de là, ce qu'il a dit n'a plus eu beaucoup de sens, si tant est qu'il y ait eu du sens.

J'ai essayé de l'interrompre une ou deux fois, de lui dire qu'il n'était pas cet homme terrible qu'il affirmait être, de lui promettre que Dieu comprendrait, mais c'était comme si j'étais un des pigeons qui roucoulaient au-dessus de nos têtes, comme si mon langage ne signifiait rien pour lui.

Alors je suis restée sans bouger et j'ai attendu. J'ai tenté de ne pas tout entendre, et j'ai espéré, petite fille âgée de onze ans, presque douze, que je n'aurais jamais de fils.

18

Épuisé par son récit, Toby s'est étendu sur la paille et il s'est endormi instantanément. Ses cils humides contre sa joue lui donnaient un air enfantin, ce que je n'aurais jamais pu imaginer.

Il a dormi sans faire de bruit. Sans bouger. Et il ne s'est même pas rendu compte qu'avant de partir je l'ai recouvert avec son manteau. J'ai lentement redescendu l'échelle du grenier, en manquant de tomber une fois, puis l'escalier jusqu'à l'étable que j'ai retraversée pour sortir par la grande porte.

Étrangement, dehors, tout avait changé de couleur. Pas beaucoup, mais tout était plus net, plus brillant. En passant devant le poulailler, un des poulets a caqueté derrière sa petite fenêtre grillagée, et j'ai eu envie de l'embrasser sur son petit bec jaune.

Si un chien était sorti de la remise à bois en aboyant pour vérifier qui voulait passer, je me serais couchée dans les feuilles mortes et j'aurais fait de lui mon oreiller, je me serais enfouie dans son pelage, dont j'aurais fait mon monde pendant un moment.

À la place, j'ai aperçu une voiture inconnue garée dans notre allée. Alors j'ai refermé mon cœur, j'ai pris une grande inspiration et me suis attribué une corvée.

Je suis douée pour les tâches ménagères.

Rentrer dans la maison m'a redonné du courage. Ce n'était pas grand-chose, mais c'était déjà cela.

– Où est l'officier Coleman ? ai-je demandé depuis l'arrière-cuisine à ma mère et ma grand-mère qui étaient en train de préparer une énorme salade de chou, de quoi nourrir « un régiment de Fritz », selon l'une des expressions étranges que mon grand-père aimait utiliser.

– Sa voiture est là, mais pas lui, a répondu ma grand-mère. Ton grand-père a trouvé plus facile de l'emmener chez les Woodberry dans notre camion plutôt que de lui expliquer comment y aller.

Je suis restée sur le seuil de la cuisine et je les ai regardées travailler.

– Alors il va revenir ?

– Dans pas longtemps, je pense. Cela fait un moment qu'ils sont partis.

– Annabelle, va te laver les mains et commence à éplucher les pommes de terre, a dit ma mère. Il va falloir les nourrir, ces hommes qui sont venus participer aux recherches, et c'est sûr que certains reviendront ici avec ton père.

Comme je ne disais rien et que je ne bougeais pas, elle s'est retournée pour me regarder.

– Qu'est-ce qui ne va pas ? Tu es toute pâle.

Elle s'est essuyé les mains sur son tablier et les a posées sur mon front.

– Non, tout va bien, je me sens bien.

Elle n'a pas eu l'air convaincue.

– Bon, alors, va te laver les mains et viens nous aider.

J'avais eu l'intention de garder un œil sur mes frères afin de m'assurer qu'ils ne s'approcheraient pas de la grange, mais ils étaient épuisés et ils étaient affalés dans le salon, au milieu de leur jeu de construction. Ils écoutaient *Les Aventures de Superman* à la radio. En les voyant ainsi, je me suis sentie beaucoup plus âgée.

C'est alors que l'officier Coleman est arrivé avec mon grand-père, et en un clin d'œil je suis redevenue une petite fille inquiète. En entendant sa voix grave, mes frères sont revenus dans la cuisine et ils se sont glissés sous la table comme auparavant.

Je me suis concentrée pour écouter tout ce que l'officier avait appris d'Andy, mais ce n'était pas facile. La voix de Toby, le souvenir de Toby endormi dans le grenier assourdissaient tout le reste, comme si j'étais enfermée dans un bocal sans qu'on ait fait assez de trous dans le couvercle pour que je puisse respirer.

*
* *

Attablé devant une tasse de café chaud et une part de tarte, l'officier nous a raconté le reste de l'histoire et j'ai compris pourquoi Andy n'avait pas tout dit.

– Il m'a redit ce qu'il avait déjà raconté au constable, que lui et Betty avaient décidé de faire l'école buissonnière et de se retrouver dans les bois. Mais ce n'est pas tout. Quand je l'ai poussé dans ses retranchements, il a reconnu qu'ils avaient prévu d'aller faire un tour du côté du vallon de Cobb. Si Toby avait été dans le vieux fumoir, ils auraient décampé, mais s'il n'avait pas été là, ils seraient allés farfouiller dans son abri.

– Bon sang! s'est exclamée ma mère. Pourquoi diable auraient-ils fait cela?

– On peut se le demander, a dit l'officier en secouant la tête. Il a fallu creuser la chose, mais le père d'Andy est un homme rude, et disons qu'il a… encouragé son fils à coopérer. Andy a reconnu qu'ils avaient décidé de créer des ennuis à Toby ce jour-là. Peut-être même de mettre le feu à sa cabane pour le chasser de là.

– Je vous avais dit qu'elle était comme cela, ai-je lancé.

Mais ma mère m'a fait taire :

– Tais-toi, Annabelle, ou va éplucher les pommes de terre.

L'officier m'a adressé un petit sourire :

– Je ne sais pas trop quoi penser que de tout cela. Le constable Oleska m'a donné toutes les informations qu'il avait, et c'est un peu le cirque, cette autre histoire qui s'est déroulée en même temps. Moi, ce que je veux, c'est retrouver la fille.

– Andy n'a rien dit de plus utile que cela ? a demandé ma grand-mère.

L'officier a repoussé son assiette et fini son café.

– Non, pas vraiment. Il pleuvait tellement le jour où elle a disparu qu'il n'a pas imaginé un instant qu'elle puisse être ailleurs que chez elle ou à l'école. Je lui ai posé la question, mais il m'a répondu qu'il ne pensait pas qu'elle soit allée toute seule au vieux fumoir. D'un autre côté, c'est elle qui avait eu l'idée d'aller harceler Toby et de le chasser. Elle était très déterminée. Et maintenant, elle a disparu. Toby a disparu. Je pense qu'il est temps que je me mette à le rechercher lui, et pas elle.

Il s'est levé et a remis son chapeau.

– Merci pour votre hospitalité, madame, a-t-il dit à ma mère, et pour votre aide (à ma grand-mère), et à toi aussi (en se tournant vers moi), et à vous deux (en se penchant sous la table pour regarder Henry et James). Je suis certain que le constable est parfaitement capable de continuer les recherches dans ce secteur.

Et il est parti. Comme cela.

J'étais soulagée bien sûr qu'il parte chercher Toby ailleurs, et je faisais confiance au constable Oleska qui saurait quoi faire, mais ce dernier n'en savait pas autant que moi.

Il ne savait pas que c'était Betty qui avait lancé le caillou, malgré ce que la photo suggérait ou ce que Betty elle-même avait raconté.

Il ne savait pas que Toby ne l'avait pas enlevée.

Il ne savait pas que le fil de fer ensanglanté retrouvé dans le vieux séchoir ne voulait rien dire. Que c'était Betty qui l'avait mis là, j'en étais certaine. Ce qui signifiait qu'elle était bien allée chez Toby le jour où elle avait disparu, pendant que Toby était à la pêche sous le pont de la rivière, pendant qu'il tombait des trombes d'eau.

Et c'est là que le murmure dans ma tête s'est fait plus fort : je savais où était Betty.

– Les pommes de terre, Annabelle. Ton père va revenir d'un moment à l'autre, et il y aura du monde avec lui.

– Oui, maman.

L'évier était rempli de grosses pommes de terre, bien plus faciles à éplucher que les petites, et j'ai laissé mes mains travailler toutes seules pendant que le murmure enflait dans ma tête.

J'ai essayé de trouver les points faibles de ma théorie, mais sans succès. À chaque objection que je me posais, il y avait une réponse. Le moindre doute suscitait une promesse : Betty ne pouvait pas ne pas être là. Il était logique qu'elle soit là.

J'ai été tentée de tout dire à quelqu'un sur-le-champ. De tout arranger sans plus de délai, sans confusion supplémentaire. Mais retrouver Betty n'innocenterait pas Toby. Elle avait menti auparavant et elle mentirait de nouveau, et on n'aurait aucun moyen de prouver que ce qu'elle racontait était faux. Comment Toby pourrait-il prouver qu'il n'avait fait de mal ni à Ruth, ni à James, ni à Betty elle-même ? Comment expliquerait-il pourquoi il s'était caché s'il n'était pas coupable ?

J'aurais dû le laisser dans sa cabane du vallon de Cobb. Je n'aurais jamais dû me mêler de quoi que ce soit. Et si maintenant il était obligé de s'enfuir au moment où l'hiver s'annonçait ?

– Quand tu auras fini avec les pommes de terre, Annabelle, tu iras me chercher un bocal de pêches à la cave.

– Oui, maman.

D'abord, finir cet épluchage. Puis écouter les nouvelles que mon père aurait à nous apprendre à son retour. Et peut-être, après, je raconterais tout.

Quand mon père est arrivé une heure plus tard, il avait l'air épuisé.

– Je ne sais pas où est cette fille, a-t-il dit en ôtant ses bottes. Mais si elle est dans les parages, elle est quelque part où elle ne nous entend pas et où on ne peut pas la voir.

Un instant après, quatre hommes sont entrés, aussi épuisés que lui. Deux m'étaient inconnus, mais les deux autres étaient Mr Earl et Mr Jim. Je ne me souvenais pas de leurs noms de famille, mais je savais que le premier était garagiste et le second, épicier. Mon père nous a présenté les nouveaux venus : Mr Theodore Lester, d'Aliquippa, et Carl Anderson, qui venait de plus loin encore, de New Castle.

Nous nous sommes salués et présentés, puis ma mère leur a servi du café bien chaud pendant que je mettais le couvert.

– Je ne sais pas ce que nous pourrions faire de plus, Sarah, a dit mon père. Les Glengarry sont effondrés. La mère de Betty est arrivée, et elle a eu des mots très durs, les accusant d'avoir été incapables d'empêcher cela.

– Ce qui n'est pas juste du tout, a dit ma grand-mère.

– Il n'y a rien de juste dans toute cette histoire, a-t-il commenté.

L'après-midi touchait à sa fin, tante Lily n'allait pas tarder à revenir, et si j'avais besoin d'un prétexte pour retourner à la grange, j'en aurais un très bientôt.

– Le constable devrait être là très vite, avec deux chiens de recherche, a dit mon père.

Il s'est assis en compagnie des autres hommes devant un plat de bœuf aux pommes de terre et aux carottes, bien consistant – tout ce dont Toby avait besoin, et je me suis promis de lui en apporter dès que possible.

– Ils viennent de retrouver le petit garçon qui avait disparu depuis deux jours. Il était coincé dans un piège à gibier, dans une galerie de mine désaffectée. Ils sont désormais à notre disposition, et je pense qu'on va aboutir rapidement.

J'aurais dû m'en réjouir. Si Betty était bien là où je le croyais, ils la trouveraient, ce qui était important. Bien sûr que ça devait être cela, le plus important. Et alors, le pire de cette histoire serait vite terminé, d'une manière ou d'une autre.

L'autre possibilité, c'était de me lever et de dire, là, tout de suite : «Je crois que je sais où est Betty.»

J'ai bien failli le faire. Les mots se sont approchés du bord de mes lèvres et ont failli jaillir, mais il m'a semblé qu'il valait mieux que j'en parle à Toby avant. C'était la moindre des choses, qu'il ait son mot à dire sur la suite des événements.

Le ciel était encore un peu lumineux. Bientôt les hommes repartiraient avec les chiens. Je me suis glissée dans l'arrière-cuisine et j'ai remis mon manteau et mes bottes. En fouillant dans le placard, j'ai trouvé une vieille veste de chasse à carreaux que mon grand-père ne mettait plus. J'ai fourré une paire de gants dans ses poches et je suis sortie discrètement. J'ai entendu ma mère m'appeler mais je ne me suis pas retournée et j'ai contourné la maison pour rejoindre le bois aussi vite que possible.

Quand je suis rentrée dans la grange par l'arrière, j'ai trouvé nos vaches et nos chevaux qui m'attendaient au milieu du bâtiment.

– Braves filles, ai-je dit aux deux vaches.

Je leur ai ouvert leur étable et j'ai mis une brassée de foin frais dans leur mangeoire. Les chevaux attendaient patiemment, la jument Dinah avait posé sa grosse tête sur le dos de Bill.

– Tu es fatiguée, ma belle ? Viens te reposer au chaud.

Je lui ai donné une mesure d'avoine, puis j'ai fait rentrer Bill dans son box et je l'ai nourri lui aussi. Après avoir vérifié qu'ils avaient tous de l'eau dans leurs seaux, je les ai laissés se débrouiller tout seuls.

Toby était réveillé quand je suis arrivée au sommet de l'échelle. Il était assis dans l'ombre, la tête entre les mains. J'ai attendu qu'il me regarde, mais quand il a levé les yeux, j'ai été profondément frappée de voir combien son visage était pâle et triste.

– Je ne sais pas pourquoi j'ai fait cela. Je n'ai jamais voulu faire cela, Annabelle.

– Faire quoi ?

– Tu n'aurais jamais dû entendre ce que je t'ai raconté.

Je me suis campée devant lui, les mains sur les hanches :

– Parce que je suis une fille ?

– Oui, Annabelle, parce que tu es une fille. Mais je ressentirais la même chose si cela avait été Henry, ou pire encore, James. Si je pouvais désapprendre ce que je sais, je le ferais. En un clin d'œil. Mais je ne le peux pas. Et faire porter le poids de tout cela sur tes épaules n'y changera rien.

– Ma mère dit que j'ai des épaules solides, ai-je rétorqué, en essayant de sourire. En plus, je préfère en savoir trop que pas assez.

Je ne lui ai pas dit que j'avais enfermé ses histoires terribles dans des boîtes et que je les avais entassées sur une étagère, tout au fond de ma mémoire. De cet endroit obscur m'en parvenait encore une version assourdie qui filtrait à travers toutes les autres choses qui m'occupaient l'esprit. Mais je ne rouvrirais pas ces boîtes avant d'être prête à écouter les histoires de Toby comme elles voulaient être entendues.

Ce qui n'arriverait pas avant très longtemps, ai-je alors pensé.

*
* *

Je lui ai tendu la vieille veste de mon grand-père :

– Enfilez cela.

– Pourquoi ?

– Parce que j'ai une idée et, si vous ne la trouvez pas trop stupide, nous allons la mettre en pratique tout de suite.

Je lui ai rapporté ce qu'Andy avait raconté : que Betty avait voulu lui créer des ennuis, peut-être même mettre le feu au vieux fumoir pour qu'il n'ait plus d'endroit où habiter.

Toby a frotté sa mauvaise main avec sa bonne main.

– Pourquoi est-ce qu'elle me déteste autant ?

– Je ne pense pas qu'elle vous déteste, Toby, mais vous êtes le coupable idéal. Betty lance une pierre. Elle vous accuse. Elle tend un fil de fer en travers du chemin. Elle vous accuse.

Je lui ai raconté que l'officier Coleman avait retrouvé le fil de fer ensanglanté dans son abri.

– Pour moi, ça ressemble vraiment à de la haine.

– Je sais, c'est aussi ce que j'ai pensé au début, mais je ne crois pas que ce soit ça. Je crois que c'est simplement le genre de choses qu'elle fait.

Et alors je lui ai dit où se trouvait Betty, selon moi, et ce que nous devions faire.

– Peut-être que je n'ai pas été assez prudente jusqu'ici, et que j'ai sautillé comme une grenouille aveugle, mais je pense que c'est vous qui devez la sauver.

Il m'a posé des questions. Il a réfléchi à mon idée en silence. Puis il m'a posé de nouvelles questions.

– Ça n'est pas bête. Mais la retrouver ne résoudra pas tout. Elle inventera de nouveaux mensonges.

– C'est vrai. Peut-être qu'ils la croiront et qu'ils vous accuseront. Peut-être même qu'ils vous arrêteront, ou qu'il vous faudra reprendre la route et quitter la région pour recommencer à vivre ailleurs. Et même si sauver Betty ne vous permet pas de prouver votre innocence, ce sera quand même une bonne action, Toby.

Il a acquiescé.

Avec la veste de chasse de mon grand-père, il ressemblait encore moins au Toby qu'il avait été. Son grand imperméable noir était étalé sur une botte de foin comme une gigantesque chauve-souris. Son vieux chapeau, rempli de ses mèches de cheveux coupées, était bon à mettre au feu. Sans son imperméable et sans son chapeau, les gens ne sauraient de lui que ce qu'il allait faire ce soir-là.

C'est alors qu'il a ramassé ses fusils.

– Que faites-vous ? Vous ne pouvez pas vous promener avec ça sur le dos. Ça va tout gâcher ! Même avec un seul fusil, vous auriez l'air bizarre, mais si vous prenez les trois, vous serez Toby de nouveau.

Il a serré les poings si fort que ses cicatrices sont devenues blanches comme du lait.

– Vous avez peur des ours ? ai-je demandé. Cela au moins, je pouvais le comprendre.

– Non.

– Alors pourquoi transportez-vous ces fusils partout ? Ils doivent être horriblement lourds.

Il a rouvert les poings et s'est frotté les mains comme s'il avait froid.

– Oui.

– Alors pourquoi ?

– Parce que.

– On dirait James.

Toby n'a pas semblé vexé de la comparaison, mais cela ne l'a pas incité à donner une meilleure explication. Pourtant, je savais qu'il y en avait une, dans ses histoires terribles qui attendaient dans leur boîte. Un jour, je les écouterais vraiment.

En attendant, je me suis dirigée vers l'échelle et je suis descendue. Quand Toby m'a suivie, sans même hésiter au sommet, il ne portait aucun fusil.

19

Les hommes sortaient de la maison quand je suis revenue.

– Où étais-tu passée, Annabelle ? m'a demandé mon père. Ta mère a besoin de toi à la maison.

– J'étais allée rentrer les animaux dans la grange.

Mon grand-père a fait démarrer le camion pendant que les hommes grimpaient dans la remorque.

– Bon, c'est bien, a dit mon père en se dirigeant vers eux. Maintenant, rentre et va aider ta mère.

Je l'ai suivi dans l'allée :

– Attends ! Attends, papa !

– Il faut qu'on y aille, Annabelle, a-t-il dit en ouvrant la porte du camion. Il fait déjà presque nuit et les chiens policiers nous attendent devant l'église.

– Papa, je crois que je sais où est Betty.

Il s'est arrêté net et a refermé la porte du camion.

– Tu sais où elle est ? Comment ça ?

Sa voix et son regard exprimaient la méfiance, et je ne pouvais pas lui en vouloir.

– J'étais en train de remplir les baquets des chevaux à la citerne quand je me suis rappelé quelque chose. (Un bien petit mensonge comparé à tout le reste.) Andy a dit à l'officier Coleman qu'elle avait eu l'intention d'aller chez Toby pour lui créer des ennuis. Et je me suis dit que, peut-être, elle y était véritablement allée quand Andy n'est pas venu la rejoindre près du rocher de la Tortue.

Mon père a secoué la tête avec impatience :

– Annabelle, le constable Oleska est descendu au vallon de Cobb pour voir Toby. Betty n'y était pas. L'officier aussi y est descendu, et il a tout fouillé. Elle n'y était pas. Elle n'est pas là, Annabelle.

– Mais c'est Toby qu'ils cherchaient, et pas vraiment Betty, parce que c'était avant qu'ils sachent qu'elle y était peut-être allée. Pour lui créer des ennuis.

Mon père a rouvert la porte :

– Je ne comprends pas où tu veux en venir. Il n'y a qu'une seule pièce dans cette cabane. Il n'y a pas de cave. Pas de grenier. Pas le moindre placard. Et aucun indice qu'elle soit allée là-bas.

– Sauf le fil de fer.

– Annabelle…

– Elle n'a rien vu depuis le beffroi, papa, Toby n'a rien fait de mal.

Il est monté dans le camion :

– Il faut que j'y aille.

– Papa, elle est dans le puits.

– Il n'y a pas de puits chez Toby.

Il a commencé à fermer la portière. Je lui ai pris le bras :

– Si ! Il y en a un, dans les bois, près de l'ancienne ferme de Cobb.

– Annabelle ! Ma mère m'a appelée sur le pas de la porte.

– C'est juste un trou dans le sol. On peut très bien passer à côté sans le voir.

Mon père s'est immobilisé :

– Je suis certain qu'on a fouillé le moindre centimètre carré des environs.

– Betty a dit qu'elle avait peur de Toby, lui ai-je rappelé. Personne n'a pensé qu'elle pouvait être près du vieux fumoir. Andy était le seul à savoir qu'elle voulait y aller ce jour-là.

Je ne pouvais pas lui parler des bruits étranges que j'avais entendus là-bas, dans le noir. Comme un animal terrorisé.

– Annabelle ! Ma mère m'a appelée de nouveau.

– Je vais avec papa.

– Rentre à la maison, Annabelle. On va aller jeter un coup d'œil à ce puits.

– S'il te plaît, laisse-moi venir. Je ne vous gênerai pas, je te le promets.

Il m'a regardée un moment, puis il a fait signe à ma mère qu'il était d'accord. Je suis montée dans le camion et je me suis assise entre mon père et mon grand-père qui, Dieu merci, conduisait lentement et prudemment.

Le temps que nous arrivions à l'église, Toby serait à proximité du vallon de Cobb.

Le temps que mon père demande aux maîtres-chiens de garder leurs animaux en laisse, Toby descendrait la côte vers le vieux fumoir.

Le temps que mon père dise au constable de nous retrouver là-bas, Toby nous attendrait dans les bois et la nuit serait tombée.

Et le temps que nous trouvions le puits, il serait prêt à nous rejoindre, un inconnu de plus venu aider aux recherches, se fondant dans le groupe comme un caméléon.

Pendant que nous descendions la route vers le vallon de Cobb, je me suis rappelé une fois de plus le bruit que j'avais entendu. Le cri d'un porc-épic, avais-je alors pensé.

J'imaginais Betty, coincée au fond de ce puits glacial depuis deux jours, la pluie ne cessant de tomber à verse, et je n'étais pas certaine qu'elle ait besoin d'être davantage punie pour ce qu'elle avait fait. Mais je savais que Ruth ne serait peut-être pas de mon avis.

Mon grand-père descend le chemin de terre qui mène à l'ancienne ferme de Cobb et se gare près de la cabane de Toby. Un autre camion s'arrête derrière lui, avec le constable au volant et cinq hommes à bord.

Nous descendons tous et nous nous rassemblons dans la clairière.

– Il y a un puits dans le bois, dit mon père. Un peu avant d'arriver ici, sur la gauche du chemin. Faites attention où vous mettez les pieds.

Il m'attrape par la manche :

– Tu restes tout à côté de moi, Annabelle, c'est bien compris ?

Oui, c'est bien compris. Je n'ai envie que d'une seule chose, rester près de lui. Si Betty n'est pas dans ce puits, si je me suis trompée, je ne sais pas ce que je vais faire. Et non loin, il y a Toby, qui attend de voir ce qui va se passer. Il faudra que ce soit moi qui vienne à son secours, si on en arrive là. Et je veux avoir mon père à mes côtés.

Les hommes se sont dispersés et ils avancent entre les arbres. Il fait suffisamment sombre pour que, un à un, ils allument leurs torches, dont les faisceaux tressautent et balaient le sol, nous indiquant le chemin.

Il n'est pas difficile de trouver les fondations incendiées de la vieille ferme, mais il leur faut plus de temps pour localiser le puits lui-même, qui se réduit à une tache sombre dans le sol, les pierres plates qui l'entourent ayant depuis longtemps disparu sous la mousse et l'humus.

Normalement, l'ouverture devrait être recouverte de végétation. Et je sais immédiatement, sans même avoir besoin de regarder, que tel a été le cas mais que Betty, sans le savoir, a marché dessus, et qu'en tombant son corps a entraîné les branches et les feuilles, dégageant ainsi l'ouverture.

Quand les hommes convergent vers le trou, je reste en retrait. C'est horrible. Horrible. Horrible d'imaginer qu'elle puisse être tombée là-dedans. D'imaginer n'importe qui là-dedans.

Je n'y avais pas pensé auparavant. Pas véritablement. Sinon, j'aurais hurlé ce que je savais et j'aurais couru pour la retrouver.

Le constable avance au bord du trou et il plonge le faisceau de sa torche dedans.

– Je ne vois rien. John ?

Mon père le rejoint avec deux hommes. Ils encerclent le puits et pointent leurs torches vers le fond.

– Mon Dieu ! Elle est là ! s'écrie le constable. Betty !

La confusion s'empare de tout le monde, des hommes courent vers les camions pour rapporter des lanternes, des pelles, une corde. Je suis restée un peu à l'écart, le dos appuyé à un arbre. Je vois Toby sortir des ténèbres et se joindre au groupe sans dire un mot. Personne n'a remarqué quoi que ce soit, mais il y a désormais une paire de bras supplémentaires pour aider à sortir Betty de ce trou.

Toby porte les vieux gants de mon grand-père. Il ressemble à un fermier. Il ressemble à mon père, à ce que Henry ou James deviendront quand ils seront grands.

En fin de compte, il a fallu un bon moment pour libérer Betty.

Ceux qui avaient creusé ce puits l'avaient fait suffisamment large pour permettre à un homme de manier une pelle, mais après, le diamètre avait été rétréci parce que les parois avaient été recouvertes de pierres. Betty n'était qu'à six mètres environ de profondeur. Le devant de son poncho imperméable était resté accroché à un vieux tuyau rouillé, et elle était suspendue comme un bébé au bec d'une cigogne. On ne voyait pas ses jambes, qui pendaient sous elle, et nous nous sommes tous demandé si elles plongeaient dans l'eau glacée de ce mois de novembre.

Les hommes étaient inquiets : comment la dégager sans la faire tomber plus bas, sans aggraver ses blessures ou, pire, sans risquer qu'elle se noie ? Mais ils savaient qu'il fallait la sortir de là au plus vite.

Ils l'ont appelée à de multiples reprises, mais elle n'a pas répondu. Elle n'a pas non plus réagi quand ils ont fait descendre la corde jusqu'à elle. De toute façon, elle n'aurait jamais pu l'attacher autour de son corps toute seule.

Je me tenais d'un côté du puits avec mon père ; de l'autre, Toby et les hommes regardaient vers le bas. Nos regards se sont croisés au-dessus de ce gouffre horrible. À la lumière des lanternes, il paraissait plus jeune et encore plus sérieux qu'il ne l'avait été, dissimulé derrière sa barbe et sous son chapeau et son manteau noirs.

– Il faut que quelqu'un descende la chercher, a dit mon père.

– Oui, mais il va falloir utiliser un trépied et un treuil, a dit le constable. À la moindre fausse manœuvre, l'homme qu'on va faire descendre peut tomber et l'entraîner au fond avec lui.

– Vous voulez attendre que quelqu'un revienne avec un treuil ?

– Non, bien sûr que non. Je suis certain que Betty n'a pas envie de rester là une minute de plus que nécessaire.

Je me suis alors souvenue des heures que j'avais passées à ramasser des graines d'herbe à la ouate, à couper les cheveux de Toby. J'avais discuté avec les chevaux en leur donnant leur avoine, je m'étais réjouie que mon grand-père conduise si lentement et si prudemment. Brusquement, j'ai eu mal au cœur.

Un chêne s'élevait près du puits, et une branche solide surplombait l'ouverture. Les hommes se sont tous écartés. Mon père a rapidement fait un nœud pour alourdir une des extrémités de la corde et l'a lancée par-dessus la branche. Le constable l'a récupérée et fait une boucle en guise de harnais.

– J'y vais, a dit mon père en enlevant son manteau.

Mais Toby, debout près du constable, lui a pris la corde des mains.

– Laissez-moi y aller. Je suis maigre, mais j'ai de la force.

Il a gardé ses gants mais il a ôté la veste de mon grand-père.

– Je ne vous connais pas, a dit le constable, marquant sa curiosité, rien de plus.

– Je ne suis pas d'ici, mais je suis venu donner un coup de main. Si vous voulez bien accepter mon aide.

Je me suis mise à respirer de nouveau, même si j'ai réalisé que j'avais les poings serrés. Mon père et le constable ont ajusté le harnais autour du torse de Toby, en laissant une longueur de corde libre pour qu'il puisse la passer autour de Betty.

– Vous êtes sûr ? Elle pèse de tout son poids sur la partie du mur où elle est restée suspendue. On ne peut pas savoir si tout ne va pas s'effondrer et vous ensevelir au fond.

Les hommes faisaient un cercle tout autour du puits mais j'arrivais quand même à voir Toby qui ajustait le harnais. Il a regardé le constable et lui a fait signe que oui.

– Prenez ma torche. Nous ne pourrons pas vous éclairer, même si je ne sais pas comment vous allez pouvoir accrocher Betty et tenir la torche à vous tout seul.

– Je me débrouillerai.

Il a plongé la main dans une de ses poches et a tendu son couteau à mon père.

– Vous voulez bien me le garder ? Je vais avoir la tête en bas et…

– Vous avez un portefeuille ? Des clés ?

Toby a mis un instant à répondre :

– Dans mon manteau.

Quand il s'est agenouillé au bord du puits, mon père lui a dit :

– Je n'ai pas compris votre nom.

Toby lui a jeté un coup d'œil par-dessus son épaule :

– Jordan.

Il y avait comme un accent de vérité.

Pendant ce temps, quelqu'un était allé chercher les Glengarry. Ils étaient arrivés, paniqués, la mère de Betty dans une tenue surprenante, habillée comme pour sortir en ville, la tête couverte de petites boucles retenues par des épingles. Elle s'est mise à pleurer en silence quand tous les hommes se sont alignés et ont saisi la corde pour faire descendre Toby dans le puits, la tête la première. La branche du chêne s'est inclinée mais elle a tenu bon, et la corde était suffisamment épaisse pour supporter de s'effilocher un peu sous le poids qui la faisait frotter contre l'écorce.

Les hommes ont fait descendre Toby, centimètre par centimètre, jusqu'à ce qu'on entende un « Ho ! » étouffé, que le constable a répété en levant la main.

– Il est à son niveau. Ne bougez plus.

Nous avons attendu. La corde vibrait et j'imaginais Toby coinçant la torche sous son menton et passant la corde autour de Betty. Je l'ai entendu crier quelque chose d'autre.

– Il ne peut pas lui passer la corde sous les bras, a expliqué le constable, car elle est emberlificotée dans son poncho. S'il la dégage, elle risque de tomber.

D'une main, mon père pointait sa torche vers le fond du puits et de l'autre il brandissait une lanterne.

– Il va falloir qu'il la prenne à bras-le-corps et qu'il la tire vers le haut.

– Vous pouvez la prendre directement dans vos bras ? a demandé le constable.

Un long silence. La corde a vibré de plus belle. Les hommes qui la retenaient se sont penchés en arrière pour faire contrepoids.

Et c'est là que nous avons compris que Betty était grièvement blessée.

Du fond du puits, elle a poussé un hurlement comme je n'en avais jamais entendu de ma vie.

Sa grand-mère marchait en rond, la tête baissée, les poings serrés contre sa bouche. Je me suis mise à réciter mes prières, effondrée à l'idée d'avoir attendu, ne serait-ce qu'une minute, avant de dire à mon père ce que le murmure m'avait fait comprendre : *Ce n'est pas un porc-épic que tu as entendu.* Et j'ai compris, de manière ténue et indistincte, pourquoi Toby transportait ses fusils partout où il allait.

Au-dessus du puits, la corde se tendait et grinçait.

– Tenez bon ! a de nouveau commandé le constable.

Il s'est jeté à genoux et s'est penché dans le puits. Toby criait quelque chose que je n'ai pas compris.

– Elle est accrochée, a dit le constable en regardant mon père. Quand son poncho s'est coincé dans le tuyau, elle a dû être projetée contre l'autre paroi du puits. Il y a un deuxième tuyau qui sort juste derrière elle, et elle est accrochée.

Mon père s'est penché encore plus au-dessus du puits :

– Que voulez-vous dire par « accrochée » ?

– Elle s'est empalée sur le deuxième tuyau. Il lui traverse l'épaule.

J'ai fermé les yeux. Là, à ce moment, j'ai décidé de ne plus jamais me préoccuper de ce qui n'en valait pas la peine.

Betty a poussé un autre hurlement. Et un autre encore.

– Il est en train de la tirer pour la dégager de ce tuyau, a dit le constable.

Puis il a crié en direction des hommes qui tenaient la corde :

– Attention ! Tenez-vous prêts, il va y avoir du poids en plus.

Même prévenus, ils ont tous grimacé quand la corde s'est raidie encore plus sous la charge et que la branche a ployé de plus belle. Le constable a crié :

– Tirez ! Mais lentement.

Il s'est redressé et leur a indiqué la cadence avec le bras – Tirez ! tirez ! tirez – jusqu'à ce qu'apparaissent les pieds de Toby, puis ses jambes, puis le reste de son corps, dans la lumière des lanternes, et dans ses bras, serré contre sa poitrine et son cou, un ballot de vêtements et de cheveux tout mouillés et emmêlés, des lèvres bleues, un poncho ensanglanté, des jambes trempées et inertes, un visage si blanc que je ne voyais pas comment Betty pouvait encore être vivante.

Ils l'ont allongée doucement sur un tapis de manteaux à l'arrière du camion du constable. Elle était à peine consciente. Quand elle s'est mise à claquer des dents, je me suis surprise à penser de nouveau à un animal sauvage. Les marmottes claquent ainsi des dents quand elles sont encerclées par les chiens.

Je me suis pincé très fort la peau tendre sous le menton.

Quand son grand-père l'a recouverte de son manteau, j'ai remarqué qu'elle portait son imperméable à l'envers, la doublure noire à l'extérieur, le tissu ciré jaune caché à l'intérieur, et je l'ai imaginée traversant furtivement le vallon de Cobb pour entrer dans le vieux fumoir de Toby et y cacher le rouleau de fil de fer sous son couchage.

Je me suis de nouveau pincée et j'ai détourné les yeux.

Il était impossible d'estimer la gravité des blessures de Betty, mais nous savions tous qu'il fallait l'emmener à l'hôpital le plus vite possible. Là où elle s'était empalée, la chair était déjà verdâtre et enflée. Et même si elle pouvait agiter les doigts, elle ne semblait pas pouvoir bouger les jambes.

– Elle est restée si longtemps immobile dans le froid, m'a dit mon père. Elle a peut-être juste besoin de se réchauffer.

La mère de Betty est montée à côté du constable dans son camion, tandis que ses grands-parents et deux hommes qui avaient participé au sauvetage ont grimpé derrière pour la maintenir immobile. Quand un troisième homme a proposé à Mrs Glengarry de la remplacer, elle a eu un geste de refus :

– Merci, mais non.

S'il était possible de se hâter lentement, c'est ce qu'a fait le constable lorsqu'il a fait démarrer son camion et s'est éloigné, emportant Betty.

Nous nous sommes tous retrouvés debout dans le cercle de lumière répandu par les lanternes, nous avons repris notre souffle et tenté de calmer les battements de notre cœur.

– Je m'appelle Jed Hopkins, a dit l'un des hommes en tendant sa main à Toby jusqu'à ce qu'il la serre. Ce que vous avez fait, c'est vraiment un exploit.

– C'est vrai, a dit un autre en lui serrant la main et en se présentant à son tour, et, l'un après l'autre, ils sont venus le remercier.

– Vous nous avez épargné quelques cauchemars, Jordan, même si je crains vous les ayez pour nous, a dit mon père. Je suis John McBride, et voici ma fille Annabelle.

– Heureux de vous rencontrer, a répondu Toby, en prenant bien soin de ne pas me regarder.

Nous avons passé quelques minutes à enrouler la corde et à recouvrir le puits de branches en attendant qu'on puisse le condamner correctement.

– Je pense que nous pouvons tous rentrer chez nous maintenant, a dit mon père.

– Je pense aussi, ai-je répondu, en cherchant Toby des yeux.

Je l'ai aperçu, debout près de sa cabane. Il nous tournait le dos.

– Bon, vous tous, a dit mon père, je vais vous raccompagner à vos véhicules, et vous pourrez rentrer chez vous.

– Et lui ? ai-je murmuré, en désignant Toby du menton.

– Jordan ? Eh bien, un inconnu qui nous demande de le faire descendre dans un puits pour sauver une fille qu'il n'a jamais vue, il rentre à la maison avec nous.

20

Toby est monté à l'arrière du camion avec les chiens et quatre hommes, parmi lesquels des voisins et d'autres venus de plus loin. À l'église, ils sont descendus et se sont dirigés vers leurs propres camions. Mon père leur a crié « merci » par la fenêtre. Ils ont agité la main en souriant et chacun est retourné à son existence quotidienne, chargé d'une histoire que les enfants de leurs enfants raconteraient encore plus d'un siècle plus tard.

Toby a insisté pour rester seul à l'arrière pendant le trajet jusqu'à la ferme. Je me suis retournée pour regarder par la fenêtre arrière de la cabine, et je l'ai vu recroquevillé juste derrière la vitre avec les chiens. Il avait remis la vieille veste de mon grand-père et ses gants, mais il devait être transi jusqu'à la moelle par le vent de la nuit, et par ce qu'il avait vu et fait dans le puits.

À notre arrivée, il a hésité, mais nous l'avons attendu dans l'allée jusqu'à ce qu'il nous rejoigne, tandis que les chiens filaient se mettre à l'abri dans la remise.

– Venez chez nous manger quelque chose, a dit mon père. Nous ne pouvons pas vous laisser repartir le ventre vide après ce que vous avez fait.

Mes frères se sont précipités à la porte pour nous accueillir. Le visage rosi et encore tout chaud, les cheveux mouillés, ils venaient de prendre leur bain, et j'aurais voulu les serrer dans mes bras et pleurer. Mais je n'en ai rien fait car, si j'avais essayé, ils se seraient débattus et m'auraient fait tomber sur le sol en me traitant de « fillette ». Je les aimais si fort que je n'avais pas besoin de leur prouver.

Mon père a pris le manteau de Toby et l'a pendu dans le placard où je l'avais trouvé le matin même.

– Vos gants ? lui a-t-il demandé, mais Toby a glissé ses mains sous ses aisselles et a dit d'une voix douce, en fixant le sol :

– J'ai les mains encore gelées. Je vais les garder encore un peu, si cela ne vous fait rien.

Ce qui paraissait parfaitement logique.

– Pas facile de manger avec des gants, mais je sais

ce que c'est, moi aussi, d'avoir les doigts gelés, a dit mon père en souriant.

Tout le monde s'était rassemblé dans la cuisine en nous entendant arriver. Mon père s'est adressé à toute sa famille :

– Voici Jordan. Jordan, voici mes parents, Daniel et Mary. Et ma sœur Lily.

Cette dernière s'est avancée, la main tendue, tout sourire, un spectacle bien rare.

– Comment allez-vous ? a-t-elle dit d'une voix douce que je ne lui connaissais pas.

Toby a hésité un moment puis a ôté son gant et lui a serré la main.

– Ravi de faire votre connaissance, a-t-il dit, avant de remettre son gant.

Mon père a fait signe à mes frères de venir dire bonjour :

– Voici Henry et James. Comment doivent-ils vous appeler, Mr... ?

– Jordan, c'est très bien.

D'une seule voix, les garçons ont demandé :

– Vous avez trouvé Betty ? Est-ce qu'elle est morte ?

– Mais taisez-vous donc, s'est exclamée tante Lily.

– Et voici ma femme, Sarah.

Toby était entre mon père et moi, dans l'encadrement de la large porte qui mène de l'arrière-cuisine à la cuisine. Il s'est incliné, littéralement, comme un mousquetaire.

– Bonjour.

Ma mère, qui s'était immobilisée en l'entendant parler, s'est alors essuyé les mains sur son tablier en le voyant faire cet étrange salut. Elle a fait un pas vers lui :

– Vous vous appelez Jordan ?

– Oui.

Elle l'a regardé droit dans les yeux et j'ai eu le sentiment que, peut-être, elle l'avait reconnu.

– Venez vous asseoir, a-t-elle dit en lui désignant la table.

Pendant que ma mère faisait réchauffer les restes du dîner, mon père a raconté ce qui s'était passé. Je l'ai un peu aidé.

Toby n'a rien dit. Même quand mon père a expliqué comment les hommes l'avaient fait descendre dans le puits. Même lorsque tante Lily a dit : « Quel courage vous avez eu, Jordan », de sa nouvelle voix douce et presque musicale. Même lorsque les deux garçons l'ont bombardé de questions, voulant savoir comment c'était dans le puits, s'il avait vu des serpents, des mille-pattes, et si le puits allait jusqu'en Chine.

Ils se sont tus quand mon père a décrit ce qu'il avait fallu faire pour sortir Betty. Personne n'a dit un mot, et quand il a fini, ma grand-mère s'est excusée et est partie se coucher.

– Moi aussi, je vais vous souhaiter une bonne nuit, a dit mon grand-père, puis il s'est tourné vers Jordan. J'espère que vous accepterez d'emporter un boisseau de pommes quand vous rentrerez chez vous.

– Merci, avec plaisir.

Ma mère a resservi du café à Toby et à mon père.

– Je peux en avoir moi aussi ? ai-je demandé, mais elle m'a ignorée.

– Est-ce que Betty va s'en sortir ? a-t-elle demandé.

– Je ne sais pas. Mais le constable l'a emmenée à l'hôpital et je suis sûr qu'il aura des nouvelles rapidement.

– Et ce Toby ? a demandé tante Lily. Ils ne l'ont pas encore trouvé ?

J'ai jeté un coup d'œil à Toby puis j'ai baissé les yeux. Ma mère avait surpris mon regard.

– Je ne crois pas, a répondu mon père. Mais il semble clair que Betty a voulu aller chez lui pour y faire des bêtises et qu'elle est tombée dans le vieux puits de Cobb par accident.

– Alors où est-il ?

– Ça suffit, a dit ma mère en mettant trois couverts pour Toby, mon père et moi. Réjouissons-nous que Betty ait été retrouvée.

Elle a posé sur la table un plat de bœuf aux pommes de terre et aux carottes et s'est adressée à Toby :

– Je vous en prie, servez-vous.

Comme il hésitait, elle lui a pris son assiette et l'a remplie.

– Mangez pendant que c'est chaud.

J'ai retenu mon souffle mais il s'est contenté d'enlever son gant droit et il s'est mis à manger. J'espérais que personne d'autre ne remarquerait qu'il avait aussitôt remis sa main gauche sous la table, toujours gantée, et qu'il coupait sa viande d'une seule main avec le bord de sa fourchette.

Tante Lily s'est alors levée.

– Eh bien, si vous m'excusez, je dois aller travailler très tôt demain matin.

Puis elle s'est adressée à Toby avec un nouveau sourire :

– J'ai été très heureuse de vous rencontrer, Jordan. J'espère que nous nous reverrons.

– Moi aussi, a-t-il répondu en se levant à demi de son siège.

– À propos, John, tu ne nous as pas raconté comment vous avez découvert que Betty était dans ce puits. Ce sont les chiens policiers qu'ils l'ont trouvée ?

Mon père a pointé sa fourchette dans ma direction :

– Le voilà, le meilleur des chiens policiers. C'est notre Sherlock Holmes à nous qui a tout deviné.

Tante Lily était la seule personne de ma connaissance qui pouvait lever un seul sourcil, ce qui lui donnait un air à la fois incrédule et solennel :

– Et comment as-tu deviné cela, Annabelle ?

– J'ai juste passé la journée à réfléchir à ce qu'Andy avait dit, c'est tout.

Puis j'ai ajouté, en la regardant droit dans les yeux :

– Je savais que Toby n'avait rien fait de mal, c'était plus facile ainsi de comprendre ce qui s'était vraiment passé.

Tante Lily s'est pincé les lèvres et a relevé le menton :

– La confiance que tu accordes à cet homme reste un mystère pour moi, Annabelle. Il a fait du mal à deux petites filles, Ruth et Betty, et à d'autres peut-être.

– C'est l'heure d'aller au lit, les garçons, a dit mon père – ce qui a déclenché les protestations d'usage, et la réaction, aussi habituelle, de tante Lily.

– Tout de suite, a-t-elle aboyé, les chassant de la table.

Ils ont reculé au fur et à mesure qu'elle avançait car, comme nous tous, ils savaient que tante Lily n'hésitait pas à mordre.

Nous ne sommes plus que quatre autour de la table où ma mère nous a rejoints après s'être versé une tasse de café. Elle nous regarde dîner.

– D'où êtes-vous, Jordan ? demande-t-elle à Toby.

Il me jette un coup d'œil puis se tourne vers elle :

– Du Maryland, à l'origine. Mais j'habite à Hopewell maintenant.

– Et vous avez entendu parler de la disparition de Betty ?

Toby hoche la tête lentement :

– Des nouvelles comme celle-là voyagent vite.

– Et que faites-vous dans la vie ?

J'entends dans sa voix un accent de défi de plus en plus marqué, ou peut-être est-ce moi qui l'imagine.

Toby est si clairement Toby pour moi que je ne comprends pas comment les autres ne s'en aperçoivent pas.

– Je suis charpentier.

Comme « Jordan » ou « Maryland », cette réponse a un accent de vérité.

– Votre femme doit s'inquiéter à cette heure, reprend ma mère.

Les coudes sur la table, les deux mains autour de sa tasse de café, elle le regarde à travers la vapeur. Je sais qu'elle n'a pas pu voir sa main gauche, qu'elle n'a pas pu voir une alliance.

– Vous pouvez lui téléphoner si vous le voulez, propose mon père.

– Je ne suis pas marié, répond Toby à voix basse, l'air si mal à l'aise que ma mère cesse de lui poser des questions, mais elle continue à le regarder fixement.

– Gardez de la place pour le dessert, j'ai fait une tarte aux noix de pécan.

Quand le téléphone sonne quelques instants plus tard, nous ne sommes pas plus surpris que cela.

– C'est le constable, dit mon père. Il a promis d'appeler dès qu'il aurait des nouvelles.

Il va décrocher dans le salon et nous l'entendons parler sans comprendre ce qu'il dit. Ma mère soupire :

– J'espère qu'elle va bien. Personne ne mérite ce qui lui est arrivé.

– Pas pour ce qu'elle a fait, rétorque Toby.

Je lève brusquement les yeux. Ma mère incline la tête et le regarde curieusement :

– Et qu'est-ce qu'elle a fait, au juste ?

La question qu'elle pose sans la poser est claire : *Comment un inconnu de Hopewell sait-il ce que Betty a fait ou pas ?*

Le retour de mon père épargne à Toby de devoir répondre.

– Eh bien, dit-il en s'asseyant pesamment et en se passant la main dans les cheveux, ils n'ont pas encore fini de découvrir tous les maux dont souffre Betty, mais ils en savent déjà un peu plus. Elle a eu l'épaule complètement déchiquetée par ce tuyau, et ils vont lui donner un traitement contre le tétanos et une vilaine infection. Ils continuent de la réchauffer. Ils la transfusent.

Ma mère inspire longuement :

– Pas de fractures ?

– Non, c'est incroyable. Mais la gangrène a gagné son pied droit. Sa jambe était restée coincée sous elle dans le ciré, et quand elle a essayé de la dégager, le ciré a commencé à se déchirer, alors elle n'a plus bougé. Mais ils pensent que ça va aller. Elle va peut-être perdre un orteil. Il est trop tôt pour le dire.

Je me sens mal :

– Donc elle parle de ce qui est arrivé ?

– Oui. Un peu, dit mon père, qui détourne alors les yeux. Elle a parlé de Toby. Elle a dit qu'il l'avait poussée dans le puits.

– Mais...

– Arrête, Annabelle. Je te répète juste ce qu'elle a dit. Pas la peine de t'énerver contre moi.

– Mais elle ment !

– Laisse parler ton père, Annabelle.

– Elle dit que Toby l'a surprise en train de rôder dans le vallon de Cobb hier matin, avant que la pluie ne devienne très forte. Il l'a attrapée et enfermée dans le vieux fumoir.

Toby a baissé la tête, les deux mains sur ses genoux. Je le regarde fixement, j'ai peur de ce qu'il est en train de penser. Je vois des endroits où je ne lui ai pas très bien coupé les cheveux. Un petit épi sur le sommet du crâne. Des longueurs inégales.

– Elle dit qu'il était furieux qu'elle l'ait dénoncé. Au sujet de la pierre qui a blessé Ruth. Du fil de fer. Et qu'après avoir ramassé toutes ses affaires il l'a entraînée dans le bois et l'a poussée dans le puits, sans un mot. Comme ça.

– Et il est parti, dit ma mère.

– Oui, il est parti.

Voilà exactement tout ce que j'ai toujours craint. Comment Toby va-t-il pouvoir prouver quelque chose qu'il n'a pas fait ?

En ce moment même, Mrs Gribble est certainement en train de répandre la nouvelle par toutes les lignes de téléphone qui passent par son standard et s'étendent sur les collines comme une pieuvre. Dans une heure, Toby sera un monstre sanguinaire et Betty, une pauvre petite chose. Dans le silence qui se prolonge, je regarde ma mère suivre du doigt les lignes du bois de la table, comme si elle lisait une carte.

– Je veux vraiment vous remercier pour votre aide, Jordan, dit mon père. Quand vous serez prêt, je vous raccompagnerai là où vous avez laissé votre voiture. Nous avons des pommes dans le…

– John, l'interrompt ma mère.

– Quoi ?

Elle quitte Jordan des yeux et regarde mon père :

– Il n'a pas de voiture.

Elle lui adresse un petit sourire triste, peut-être parce que le soulagement que nous avons tous éprouvé après le sauvetage de Betty va si vite être remplacé par de nouveaux ennuis.

– Comment le sais-tu ?

– Montrez-moi vos mains, dit-elle à Toby en se tournant vers lui.

Je relâche tout l'air que je retenais depuis deux jours.

– Sarah ?

Mon père a l'air si perdu que je ne sais pas s'il faut rire ou pleurer.

Toby se redresse. Il pose les mains sur la table et de sa main droite, nue, il enlève le gant de sa main gauche. Les cicatrices sont aussi irréfutables que des empreintes digitales.

– Jordan ? demande mon père en se penchant de plus près.

– Ce n'est pas son vrai nom, dit ma mère.

– Si, je m'appelle Tobias Jordan. Je suis charpentier, originaire du Maryland. Et je n'ai pas poussé Betty dans ce puits.

21

À ce moment-là, je pourrais encore m'en sortir.

Toby était le seul à savoir que je l'avais caché. Les vêtements qu'il portait étaient plus ou moins exactement les mêmes que ceux de tout le monde, et mon père ne s'apercevrait pas de leur disparition avant un bon moment. J'aurais largement eu le temps de m'occuper des bocaux, de l'appareil photo, des ciseaux et de tout ce qui traînait encore dans le grenier. Et je savais que Toby ne me laisserait pas tomber. Il dirait qu'il avait pris des vêtements qui séchaient sur un fil, qu'il s'était coupé les cheveux et la barbe tout seul, et qu'il s'était glissé dans la grange sans l'aide de personne.

– Toby ne s'est pas enfui, dis-je. C'est moi qui l'ai fait venir ici. Et il ne s'est pas caché. C'est moi qui l'ai caché dans notre grange. Je lui ai coupé les cheveux et je lui ai donné des vêtements à toi, papa. Il n'aurait rien fait de tout cela si je ne l'avais pas forcé.

Ma mère a beau l'avoir reconnu, elle semble bouleversée par ces aveux. Mon père aussi reste sans voix.

– Elle a essayé de m'aider, reprend Toby. Il ne faut pas être en colère contre elle.

– Pourtant, il y aurait de quoi, lui répond ma mère. Je ne suis pas en colère, pas encore, mais ça ne saurait tarder.

– Je n'arrive pas à croire que vous êtes Toby, dit mon père en le fixant, les yeux écarquillés. Vous êtes si... différent.

– Non, il n'est pas différent du tout, papa.

– Si, il l'est.

– Oui, je le suis, dit Toby. Mais cela n'a rien à voir avec tout ça. Je n'ai pas fait ce dont Betty m'accuse, rien du tout. (Il se lève et repousse sa chaise.) Il vaudrait mieux que je m'en aille avant de rendre la situation encore plus compliquée pour vous tous.

Je vais protester, mais ma mère intervient :

– Restez assis. J'ai besoin d'une minute ou deux pour tout remettre dans l'ordre. Bon sang ! L'officier avait raison, c'est véritablement le cirque par ici. (Elle glisse une mèche de cheveux derrière son oreille.) En plus, j'ai fait une tarte et nous allons la manger, même si c'est la dernière chose que nous faisons.

Elle se lève et nous sert de la tarte avec de la crème fouettée, comme si c'était Noël.

– Attendez le café, nous ordonne-t-elle en la posant sur la table.

Nous lui obéissons. Ma mère a sa voix des jours où on ne discute pas, celle que j'ai utilisée avec Toby pour le faire venir jusqu'ici, à cette table. Elle me sert un verre de lait, et redonne du café aux hommes.

– Vous pouvez y aller maintenant, elle ne va pas se manger toute seule, cette tarte.

Toby déguste sa part lentement, il la fait durer longtemps après que nous avons fini la nôtre. Nous le regardons comme s'il était une girafe, ou un Martien. Même moi, j'ai du mal à croire que Toby est là, assis à notre table, lui qui a passé des années à éviter tout contact prolongé avec nous, à ne rien dire ou presque, à ne jamais autoriser quiconque à le voir sans ses sombres atours.

– Expliquez-moi quelque chose, demande mon père, quand Toby a fini de savourer sa dernière bouchée, les yeux clos. Je ne comprends pas comment Annabelle a réussi à vous faire… disparaître au nez et à la barbe de tout le monde. Le constable vous recherche depuis hier.

Toby hausse les épaules :

– J'ai passé toute la journée d'hier à pêcher sous le pont de la rivière. Puis je suis allé chez Turner échanger le poisson que j'avais pris contre de la viande séchée et je suis revenu chez moi après la tombée de la nuit…

– Donc après la visite du constable au vieux fumoir, ajouté-je.

– J'ai suspendu mes habits, qui étaient trempés, et je me suis couché. J'ai appris que Betty avait disparu quand Annabelle est venue frapper à ma porte, juste avant le lever du soleil. Elle m'a dit ce qui se passait et pourquoi je devais venir avec elle.

Il hésite à adresser un sourire à ma mère, mais elle n'a pas encore l'air encline à le lui rendre.

– Elle avait la même voix que vous, juste tout à l'heure.

Mon père, quant à lui, ne peut retenir un bref sourire et dit, comme s'il se parlait à lui-même :

– C'est une voix que je connais bien.

– Et tu vas l'entendre de nouveau si tu ne fais pas attention, réplique ma mère.

– Donc vous êtes dans la grange depuis…

– Très tôt ce matin, dit Toby, en se passant la main, sa bonne main, sur le visage et sur le cou. Cela semble si lointain.

– Tu es allée toute seule le chercher dans le noir ? me demande mon père.

Je hoche la tête, partagée entre fierté et culpabilité :

– Je n'arrivais pas à dormir et je savais que les choses avaient l'air très graves. L'officier aurait arrêté Toby si je n'y étais pas allée, n'est-ce pas ?

C'est un argument que personne ne se donne la peine de réfuter. Nous savons tous ce que les gens pensent de Toby, à commencer par les Glengarry ou tante Lily.

– Et puis ? demande ma mère.

– Je l'ai caché dans le grenier, je lui ai apporté de la nourriture et de l'eau, un livre, des vêtements, du savon. Je t'ai emprunté des ciseaux pour lui couper les cheveux.

– Et c'est ainsi que Jordan est né, conclut-elle, pensive.

– Nous n'avions pas prévu cela. Nous n'avions pas non plus prévu de retourner au vallon de Cobb. Mais je me suis rappelé un bruit que j'avais entendu dans l'obscurité, la nuit dernière, près du vieux fumoir.

Sur le moment, j'ai pensé que c'était un porc-épic, mais plus tard, quand l'officier Coleman nous a dit ce qu'Andy lui avait raconté, que Betty voulait aller faire un tour du côté du vallon de Cobb, j'ai pensé... et si elle y était vraiment allée ? Et si c'était là qu'elle était ? Et j'ai repensé à ce bruit qui ressemblait à celui d'un porc-épic. Et je me suis souvenue du puits.

Nous restons silencieux un moment, à nous regarder les uns les autres, puis mon père croise les bras sur sa poitrine :

– Qui a décidé que Toby se joindrait aux recherches ?

– C'est moi, dis-je, sans plus savoir si cela avait été une bonne idée. J'étais certaine qu'il se mêlerait aux autres inconnus sans se faire remarquer, pour voir comment les choses tourneraient. Et qu'il pourrait partir s'il le devait, ou rester ici s'il le pouvait. (Je les regarde, l'un après l'autre.) Mais c'est impossible, n'est pas ?

Mon père pousse un soupir :

– Je ne sais pas, Annabelle. Cette histoire est un sac d'embrouilles, du début à la fin. Et ce n'est pas tout.

À la façon dont il fronce les sourcils en regardant Toby, cela ne peut pas être une bonne nouvelle.

– Quand il a appelé tout à l'heure, le constable m'a dit que les recherches s'intensifiaient.

À son tour, Toby fronce les sourcils :

– Mais Betty a été retrouvée.

– Il ne parlait pas des recherches pour la retrouver elle, mais de la chasse à l'homme lancée contre vous.

*
* *

Nous avons discuté encore pendant une heure de ce que nous allions faire et de comment garder ce qui était désormais notre secret jusqu'à ce que nous trouvions le moyen de tout arranger. Mais la fatigue de cette journée nous a rattrapés, moi tout particulièrement. J'étais debout depuis les premières heures du matin et j'avais l'impression de peser aussi lourd qu'un sac de pierres. Toby, bien que plus habitué à dormir peu et à marcher beaucoup, était épuisé lui aussi.

– Je persiste à croire que je devrais partir tout de suite, a-t-il dit. Je peux être à trente kilomètres d'ici demain matin.

– C'est précisément là qu'ils vous recherchent, a dit mon père. Et je ne vous vois pas faire trente kilomètres à pied dans l'état où vous êtes.

Ma mère est allée chercher deux couvertures et un oreiller qu'elle lui a tendus.

– Il ne fera pas chaud dans le grenier, mais je pense que c'est le seul endroit où vous serez en sécurité.

– C'est parfait, ça sent bon dans le grenier et j'aime bien les pigeons.

– Voici du pain et du fromage pour demain matin. Annabelle vous apportera du café avant de partir à l'école.

L'école ! L'idée m'a stupéfiée, mais je savais que je devais y aller. Rien ne devait attirer l'attention sur nous, ni sur notre ferme. Il fallait que tout se déroule comme d'habitude.

– Bonne nuit, ai-je dit à Toby, en lui tendant la veste de mon grand-père.

– Et si quelqu'un vous voit, dites simplement que je vous ai embauché pour réparer les murs de la grange, a ajouté mon père.

C'était une explication parfaitement plausible, mais quand je suis montée me coucher, tout m'a semblé un peu trop facile.

En ouvrant les yeux, je sais que j'ai oublié de me réveiller. Il fait grand jour, comme en fin de matinée, et la maison est silencieuse. Je me dépêche de descendre dans la cuisine, où je trouve ma grand-mère qui coupe des courges musquées en deux avant de les déposer sur une plaque du four.

– Qu'est-ce qui ne va pas ?

– Rien, me répond-elle en souriant. Ta maman a décidé que tu méritais de dormir un peu plus longtemps.

Il est inconfortable de ne pas savoir ce qu'elle sait, ni ce que je peux dire sans danger. La vérité est si étroitement mêlée aux secrets que je peux difficilement ouvrir la bouche sans en dire trop. Je reste donc assise devant mes céréales et j'attends.

– Tiens ! Regardez qui est là, dit ma mère en arrivant, un panier d'œufs à la main.

Elle noue un tablier autour de sa taille et me demande :

– Œufs brouillés ou sur le plat ?

– J'ai déjà pris des céréales.

– Bon, alors monte dans ta chambre pour te préparer et partir à l'école, me dit-elle, tout en me faisant un clin d'œil. Je te rejoins dans une minute.

Je continue à m'interroger sur ce clin d'œil quand elle entre dans ma chambre et ferme la porte. Elle s'assied sur mon lit pendant que je m'habille.

– Ton père s'est occupé de Toby ce matin. Il lui a apporté son petit déjeuner. Quand il est revenu, il m'a dit certaines choses. Annabelle, viens t'asseoir à côté de moi une minute. (Elle prend son temps afin de bien choisir ses mots.) Annabelle, ton père pense que Toby est peut-être un peu… perturbé.

– Par quoi ? Comment ?

– Tu sais que nous avons toujours pensé qu'il était bizarre. Toi aussi, j'en suis sûre. Il passe ses journées à marcher sans aller nulle part. Il ne parle que quand il ne peut pas faire autrement. Il vit dans un ancien fumoir alors qu'il pourrait habiter dans un endroit plus confortable.

– Mais je pensais que tu l'aimais bien ?

– Oui, c'est vrai, je l'ai toujours apprécié. J'imagine qu'il a vécu des choses horribles qui l'ont transformé en ce qu'il est devenu, et je serai toujours prête à l'aider, si je peux. Mais hier soir, habillé correctement, propre, la barbe et les cheveux courts, assis à table, faisant de vraies phrases – il n'avait plus l'air bizarre du tout. Mais il est quand même bizarre, Annabelle, et je veux que tu t'en souviennes.

– Il est arrivé quelque chose dans la grange ce matin ?

– Non, mais ton père a passé un moment avec lui, et il me l'a redit, et donc je te le redis : l'habit ne fait pas le moine. Toby est quelqu'un de perturbé, et il faut que tu t'en souviennes, même si tu l'aimes beaucoup.

Je ne comprends rien à toutes ces histoires de perturbation, d'habit et de moine.

– Je ne comprends pas. Tu as toujours dit que les gens avaient tort d'avoir peur de Toby juste parce qu'il avait l'air effrayant. Et maintenant, tu dis que, moi, je devrais avoir peur de lui juste parce qu'il a l'air comme tout le monde ? Même s'il est descendu dans ce puits pour sauver Betty ?

Ma mère me regarde sans bouger, les mains posées sur ses genoux :

– Je n'ai pas dit que tu devais avoir peur de lui, soupire-t-elle, je suis seulement préoccupée que tu passes autant de temps toute seule avec un homme que nous ne connaissons pas si bien et qui est, de toute évidence, perturbé. On ne peut pas dire le contraire.

– Mais…

– Tu sais, ces trois fusils qu'il transporte tout le temps avec lui ?

– Oui, et alors ?

– Ton père les a examinés. Il n'y en a qu'un qui est en état de marche, Annabelle. Les deux autres sont cassés, ils ne servent à rien. Mais cela fait des années qu'il les transporte quand même, malgré leur poids. Est-ce que ça, ce n'est pas un signe de confusion ?

Je pense aux histoires épouvantables que Toby m'a racontées. Je pense au bébé tout juste né... Je regarde ma mère droit dans les yeux :

– Je ne dirais pas que c'est un signe de confusion. C'est le signe de quelque chose que nous ne comprenons pas. Toby a ses raisons, et je ne pense pas qu'il soit bizarre à cause de cela. Si c'est le cas, alors moi aussi, je suis bizarre, et toi aussi.

Je me lève et je finis de me préparer pour partir à l'école pendant que ma mère, assise sur le lit, me regarde. Puis elle se lève et quitte la pièce sans ajouter un mot.

Ma journée d'école a été bien différente ce jour-là, pour deux raisons.

La première, c'est que, lorsque je suis entrée dans la salle de classe, tout le monde s'est levé pour m'applaudir – y compris mes frères, même s'ils avaient l'air un peu penauds. Personne ne m'avait jamais applaudie ainsi, et j'ai été triste que cela arrive à cause d'une chose que j'aurais pu faire plus vite et mieux.

La seconde raison, c'est que l'école était bien plus agréable sans Betty, et sans Andy, deux absents que je n'ai pas regrettés. Mais elle était aussi beaucoup plus sombre, parce que Ruth était partie et que certains des plus jeunes étaient restés à la maison avec leurs mères qui ne connaissaient pas Toby aussi bien que moi et qui avaient peur qu'il ne rôde dans les bois, prêt à jeter leurs petits dans le premier puits venu.

Comme nous n'étions guère plus de vingt, nous avons passé beaucoup de temps au tableau avec Mrs Taylor, à faire des additions et des exercices de grammaire. C'est pendant une leçon d'arithmétique que j'ai commencé à entrevoir ce que je devais faire. La logique des nombres m'avait apaisée et elle stimulait les rouages de mon cerveau fatigué.

Si le problème consistait à prouver l'innocence de Toby, alors la solution, c'était Andy.

Andy savait tout : il savait qui avait lancé la pierre, qui avait accroché le fil de fer, il savait pourquoi Betty était allée au vallon de Cobb.

Mais si le problème, c'était comment le lui faire avouer, alors je n'avais pas la réponse.

Je me suis alors rappelé combien il était devenu facile de raconter mon propre secret après avoir compris que ma mère le connaissait en partie, qu'elle savait que Jordan était Toby. Et une fois le bouchon sorti de la bouteille, le reste avait coulé librement.

Si donc la solution, c'était d'ôter le bouchon, alors il fallait que je trouve le moyen de convaincre Andy que nous savions déjà ce qu'il n'avait pas encore raconté.

J'ai passé le reste de la journée à y réfléchir. Et à la fin de l'après-midi, j'avais le début d'une idée.

22

J'avais besoin d'un peu de temps pour réfléchir à ma nouvelle idée avant de faire quoi que ce soit. Pendant des jours, j'avais sauté d'un problème à l'autre comme une graine de citrouille dans une poêle, et j'en avais assez.

Quelques semaines auparavant, j'avais tout juste commencé à avoir soif de changement, je m'impatientais de ma vie, que j'aimais pourtant beaucoup. Quelque part, la nouveauté m'attendait, comme un gâteau encore entier.

Mais désormais, je ne voulais plus qu'une seule chose : rester sans bouger, dans le silence, et réfléchir un moment. Le rocher de la Tortue n'était pas loin de l'école. Les cerfs qui traversaient la combe aux Loups avaient tracé d'étroits sentiers menant aux étendues de fougères qu'ils affectionnaient.

J'ai pris le premier de ces sentiers, de nouveau heureuse que Betty ne soit pas là à m'attendre. Je me suis demandé si j'aurais dû me sentir coupable vis-à-vis d'elle, mais ce n'était pas le cas. J'aurais peut-être pu être plus rapide à la retrouver, mais ce n'était pas moi qui l'avais poussée dans ce puits. Elle s'y était mise toute seule.

J'étais vraiment seule dans le bois. Mes frères étaient partis depuis longtemps. Les oiseaux et les petits animaux, cachés en pleine vue, attendaient de voir quelles étaient mes intentions. Je n'en avais aucune.

Le rocher de la Tortue trônait au centre de la clairière, telle une Lune majestueuse au cœur d'une galaxie de feuilles d'érable jaune d'or. Il était de toute beauté, ses veines de quartz profondes et translucides sillonnant sa surface dure et rougeâtre. Il suscitait de nombreuses questions : d'où provenait-il ? Pourquoi était-il le seul rocher de ce genre dans toutes les collines ?

La méchanceté de Betty m'avait souvent mise en colère, mais quand j'ai vu les marques qu'elle avait faites sur la surface de la pierre, quand je me suis rappelé pourquoi, j'ai été submergée par la fureur. J'ai passé la main sur la surface, m'attendant à y déceler un peu de douceur, mais au contraire, la pierre elle-même m'a enseigné quelque chose sur le temps et le courage, une leçon confirmée par les arbres qui bordaient la clairière.

Qui étais-je pour me faire du souci au sujet d'un rocher qui était là depuis bien plus longtemps que chacun d'entre nous ? Et qui serait encore là bien après que nous serions tous morts ?

J'étais venue ici pour réfléchir à des choses sérieuses, pour essayer de comprendre quelle pouvait être ma place dans l'ordre des choses – des choses qui ont de l'importance. Mais la pierre m'a fait comprendre pour la première fois que ma vie, quelle que soit sa durée, ne serait rien d'autre qu'une étincelle. Pas même une étincelle. Pas même un soupir.

En revenant à travers bois, j'ai repensé à ceux qui avaient creusé les pièges aux alentours. Des hommes et peut-être aussi des garçons, guère plus âgés que moi. J'ai imaginé ces puits, les loups piégés, grondant et gémissant pour qu'on les libère. Leurs ossements abandonnés là. Leurs louveteaux à naître, et les pétales rosés de leurs oreilles.

J'ai pensé à Betty, à son père qui était « parti », aux raisons pour lesquelles elle avait voulu faire autant de mal à Toby. Aux histoires terribles qu'il m'avait racontées et à la terrible douceur de ses cicatrices.

Et j'ai décidé que, peut-être, il y avait des choses que je ne comprendrais jamais, quels que soient mes efforts, mais que, pourtant, je ne renoncerais pas. Et qu'il y avait des gens qui n'entendraient jamais ma petite voix, quel que soit mon message.

Mais il m'est venu une pensée plus lumineuse, et c'est elle que j'ai conservée de ce jour : si ma vie ne devait être qu'une seule note dans une symphonie sans fin, pourquoi ne la ferais-je pas résonner aussi fort et aussi longtemps que possible ?

Quand je suis rentrée à la maison, j'ai trouvé ma mère et ma grand-mère assises au salon, leur raccommodage sur les genoux. Je leur ai dit bonjour puis j'ai demandé :

– Où sont les garçons ?

– Dehors dans la grange avec Jordan, m'a répondu ma mère avec un regard entendu.

J'ai failli me décrocher la mâchoire.

– Jordan, a repris ma grand-mère, les yeux fixés sur son travail. C'est vraiment un homme serviable : il est resté pour aider ton père à réparer la grange.

– Je peux aller les aider, moi aussi ?

– Pas trop longtemps, m'a répondu ma mère, puis tu ramèneras tes frères quand tu reviendras.

– Avez-vous donné quelque chose à manger à Jordan à l'heure du déjeuner ?

Ma mère a levé les yeux avec un petit sourire :

– Non, Annabelle. Ton père lui a demandé de l'aider dans la grange pendant toute la journée, mais nous ne l'avons pas invité à déjeuner.

Ma grand-mère s'est mise à rire.

– Je demandais juste, ai-je dit.

– Et je t'ai répondu, a repris ma mère. Vas-y vite et reviens pour préparer le dîner.

Je me laisse guider jusqu'à la grange par le bruit des marteaux et les cris des garçons. Je trouve mon père et Toby, devant les grandes portes du niveau supérieur, qui réparent une cloison où il manque des planches, tandis que mes frères se balancent au bout d'une corde à nœuds. C'est effectivement de la jalousie, je crois, que je ressens, à les voir s'entendre si bien en mon absence.

– Qu'est-ce que tu faisais ? me demande mon père. Les garçons sont ici depuis plus d'une demi-heure.

– Je me suis arrêtée au rocher de la Tortue.

Mon père et Toby lèvent la tête pour me regarder comme le font les chevaux quand je les dérange pendant qu'ils broutent.

– C'est un endroit calme.

L'explication semble les satisfaire. Je jette un coup d'œil aux garçons qui font plus de bruit que des corneilles aux prises avec un faucon.

– Vous avez caché les affaires du grenier ?

Mon père fait signe que oui :

– J'ai enterré les mèches de cheveux dans les bois. Nous avons enveloppé les fusils de Toby dans son imperméable et nous les avons glissés sous le foin, ainsi que les couvertures et l'oreiller. L'appareil photo est dans son chapeau, derrière les bottes de foin, et j'ai dit aux garçons de ne pas monter dans le grenier.

Rien n'aurait pu être plus risqué : dire aux garçons de ne pas faire quelque chose, c'était comme donner un steak à un chien et lui interdire de le manger.

– J'ai une idée, dis-je.

Je suis surprise de voir ces deux adultes poser instantanément leurs marteaux en entendant ces quatre petits mots.

– Allons dehors, dit mon père.

Toby et moi le suivons.

– Quelle idée ?

Je repense un instant aux réflexions dont j'ai suivi le fil cet après-midi à l'école, et à la décision que j'ai prise près du rocher de la Tortue : utiliser ce fil pour réparer ce que je peux réparer.

– Je pense que je sais comment pousser Andy à avouer que vous êtes innocent, Toby. (Ils attendent que je poursuive.) Andy et Betty vous ont vu au-dessus d'eux dans la pente. Ils vous ont vu avec l'appareil photo.

– Et alors ?

– Alors nous allons dire à Andy que vous avez pris une photo de Betty en train de lancer la pierre.

Toby secoue la tête :

– Mais ce n'est pas vrai. Tout s'est déroulé trop vite. Puis ils ont plongé à nouveau dans les buissons et tout ce que j'ai réussi à prendre, c'est la route en contrebas, toi, et Ruth, blessée.

– Nous le savons, Toby, dit mon père. Nous avons vu cette photo. Elle semble vous accuser. Mais Andy ne le sait pas. Il sait simplement que vous étiez sur la colline avec un appareil photo. Nous lui dirons que les photos sont revenues du laboratoire et que l'une d'elles montre Betty lancer la pierre. S'il croit que son mensonge le plus grave a été démasqué, il n'aura plus de raison de mentir au sujet du reste.

– Et vous, vous n'aurez eu aucune raison de pousser Betty dans ce puits, dis-je à Toby. (Puis je me tourne vers mon père :) Il faut aller parler à Andy le plus vite possible, et il faut emmener le constable avec nous pour qu'il entende lui-même ce qui s'est vraiment passé.

Mais c'est là que les garçons ont déboulé et fait s'effondrer notre plan comme un château de cartes. Nous nous retournons en les voyant sortir de la grange et se précipiter vers nous.

– Regardez ce qu'on a trouvé, crient-ils.

James brandit un chapeau noir. Henry, un appareil photo.

Nous les regardons sans dire un mot.

– Toby est venu dans notre grange, dit Henry. Peut-être qu'il est encore dans les environs et qu'il se cache. (Il baisse brusquement la voix :) Peut-être qu'il est toujours là quelque part dans la grange. Dis, papa, tu penses qu'il est toujours là ?

Que devons-nous leur dire ? Nous ne pouvons pas leur dire que Toby est là, juste sous leurs yeux. Les garçons sont incapables de tenir leur langue. Et nous ne pouvons pas non plus leur dire de ne rien raconter au sujet de leur découverte. Ils ne comprendront pas pourquoi il faut cacher cette information à la police alors que la chasse à l'homme se poursuit, quelle que soit leur amitié pour Toby.

– Où avez-vous trouvé tout cela ? demande mon père.

– Dans le grenier, répond James en sautillant sur place. Derrière des bottes de foin.

– Pourquoi Toby aurait-il laissé son chapeau et son appareil photo dans notre grenier ? demande Henry. Ça n'a aucun sens. Sauf s'il est encore tout près d'ici.

– Et si nous laissions le constable s'occuper de ces histoires ? suggère mon père, en prenant l'appareil des mains de Henry. Retournez à la maison et allez faire votre toilette.

– Mais…

– J'ai dit, allez ! répète-t-il, en récupérant aussi le chapeau. On arrive tout de suite.

James fait la grimace :

– Comment ça se fait qu'elle ne vienne pas, elle ?

– Elle vous suit dans deux minutes. Allez, filez maintenant !

Nous les regardons dévaler l'allée vers la ferme. Toby ôte ses gants et frotte sa main couverte de cicatrices.

– Ça, c'est la catastrophe, dit mon père.

– Il vaut mieux que je parte, dit Toby.

Je m'exclame :

– Il faut aller chez les Woodberry tout de suite.

– Annabelle, tout ça commence à ressembler à un nid de frelons, dit mon père. Je crois qu'on devrait tout raconter au constable et le laisser régler le problème avec Andy.

– Si ça ne marche pas ?

Nous réfléchissons un moment, puis il reprend :

– Je pense que vous pouvez continuer à vous cacher, Toby, pendant qu'on tente le coup. Si Andy ne crache pas le morceau, vous pourrez partir.

– Et vous précipiter dans la gueule du loup, dis-je.

– Je marche très silencieusement.

– Oui, mais c'est encore trop tôt, dit mon père.

– Quel risque y a-t-il à aller voir Andy ? dis-je. On y va tout de suite, on lui dit qu'il existe une photo de lui et de Betty sur la colline le jour où Ruth a été blessée, et on voit comment il réagit.

– Ce qui veut dire que tu auras des ennuis s'il n'avoue rien, dit Toby. Vous allez mentir pour le forcer à dire la vérité. Les gens vont se demander pourquoi.

– Laissons-les se poser des questions, réplique mon père. Nous vous avons défendu depuis le début.

C'est logique de penser que nous puissions le faire jusqu'au bout.

– Ce qui pose une autre question, dit Toby lentement. Pourquoi m'avez-vous défendu depuis le début ?

– Parce que vous n'avez rien fait de mal.

Il médite un long moment sur cette réponse, en frottant ses cicatrices, et j'entends, du fond de ma mémoire, ses histoires cogner contre le couvercle de leur boîte.

Quand il se redresse et prend le chapeau des mains de mon père, je comprends ce qui va se passer. Même s'il évite mon regard, c'est surtout à moi qu'il s'adresse :

– Merci pour ce que vous avez fait. Mais c'est un jeu auquel je n'ai plus envie de jouer.

Il remet son chapeau. Instantanément, Jordan disparaît.

Je le suis dans la grange et l'interroge :

– Qu'est-ce que vous allez faire ?

Il ne me répond pas, ni à mon père qui lui demande de rester jusqu'à ce que nous ayons clarifié la situation. Il semble ne plus nous entendre en escaladant l'échelle.

– Cet homme est si têtu qu'on dirait quelqu'un de la famille, dis-je.

– Du côté de ta mère, ajoute mon père.

Nous le regardons redescendre, vêtu de son grand imperméable noir, ses fusils de nouveau dans le dos.

– Toby, vous ne pouvez pas partir comme cela. Ce n'est pas un jeu.

Il se contente de s'arrêter un instant pour me rendre la veste de mon grand-père, et tendre à mon père les gants qu'il a portés.

– Vous partez vraiment ? Comme cela ?

Il ne répond pas.

C'est dur à croire, après tout ce que nous avons essayé de faire, mais je comprends qu'il a vraiment l'intention de partir.

– Votre appareil photo, dit mon père en le lui tendant.

Toby le refuse d'un geste de la main. Ce que j'aperçois de son visage n'a jamais été aussi pâle. Puis il tourne les talons et quitte la grange, traverse le pré et disparaît sous les arbres.

23

L'histoire aurait pu s'arrêter là. Mais tante Lily a voulu mettre son grain de sel :

– Pourquoi n'as-tu pas appelé la police, John ? a-t-elle aboyé quand elle est rentrée du bureau de poste et qu'elle a appris ce que les garçons avaient trouvé dans le grenier. Ou au moins le constable ? Ce fou dangereux est peut-être encore dans les environs, et moi, je ne dormirai pas tranquille tant qu'il n'aura pas été arrêté.

Mon père était assis sur une chaise près du poêle, à ne rien faire, tandis que je mettais le couvert avec ma grand-mère.

– Lily, il a laissé l'appareil photo pour que nous le retrouvions. C'est notre appareil. Cela fait longtemps qu'il est parti.

– Et le chapeau ? (Mon père ne répond pas.) As-tu fouillé le grenier comme il le fallait ? (Il secoue la tête.) John ! Il est peut-être encore là, il se cache, ou alors il est parti aujourd'hui, juste après que les garçons sont montés.

Ma grand-mère, qui jusqu'à présent s'était tenue en marge de toute cette histoire, a fini par dire :

– John, même si nous avons toujours apprécié Toby, je pense que Lily a raison.

– Merci, maman, a dit tante Lily. Je suis sûre que Sarah est du même avis.

Ma mère, occupée près de la cuisinière, n'a pas fait de commentaire. Tante Lily a attendu une réaction de la part de mon père, mais il est resté assis, pensif.

– Bon, si tu ne veux pas téléphoner, je vais aller le faire, a-t-elle fini par dire.

J'ai voulu protester mais mon père a levé la main :

– Laisse, Annabelle.

Nous l'avons entendue demander à Mrs Gribble de transférer son appel. Puis elle a parlé à quelqu'un de la police de Pittsburgh, lui demandant de se dépêcher et d'amener les chiens.

Les chiens ! Je n'y avais pensé que pour retrouver Betty. Je n'avais pas envisagé qu'ils soient utilisés pour traquer Toby.

Mon père et moi avons échangé un regard. Il avait saisi la même chose que moi : il y aurait des pistes toutes fraîches partout – pas seulement autour du puits du vallon de Cobb, pas seulement dans notre grange, mais aussi dans notre camion, jusque dans notre cuisine, et même sur cette chaise, là. Quand tante Lily est revenue dans la cuisine, elle a dit :

– L'officier Coleman sera ici ce soir. Et les renforts dès demain, s'il le juge utile.

Elle avait l'air satisfaite.

– Eh bien, tu les nourriras, Lily, a lancé ma mère d'un ton cinglant. Et tu nettoieras tout, après leur départ.

– Ce que je serais ravie de faire, si je n'avais pas mon propre travail, a répondu tante Lily en s'asseyant à sa place. J'aurais imaginé que tu serais très inquiète quant à la sécurité de tes enfants, Sarah. Plus inquiète que n'importe qui parmi nous.

Ma mère a sorti le rôti du four et l'a déposé un peu trop brusquement sur la cuisinière.

– Pour ce qui est d'être inquiète, je le suis. Ne va pas t'imaginer une seule seconde que je ne le suis pas.

Les garçons étaient arrivés, attirés par la perspective du dîner autant que par la conversation au sujet de la police.

– Est-ce qu'ils vont tuer Toby ? a demandé James, l'air inquiet – ce qui m'a réconfortée.

– Oh, tais-toi, a dit tante Lily en claquant des mains avec impatience. Personne n'a parlé de tuer qui que ce soit.

– Tu es sûre ? a répliqué ma mère. Quand des hommes armés traquent un homme armé, que penses-tu qu'il arrive ?

– Ils vont le capturer ! s'est exclamée tante Lily, comme si elle s'adressait à un groupe de demeurés. Pour l'amour du Ciel, nous ne sommes pas en Allemagne. Personne ne tire sur quelqu'un si c'est inutile.

Mon grand-père, qui était assis sous la véranda où il regardait le coucher du soleil comme tous les soirs, est alors rentré dans la cuisine.

– Pourquoi parlez-vous d'Allemands et de gens qui tirent sur d'autres gens ? a-t-il demandé, en allant s'asseoir à sa place habituelle au bout de la table.

– Pour rien, papa, a dit tante Lily. Des bêtises. L'officier Coleman va revenir pour s'assurer que Toby ne se cache pas dans les environs. C'est tout.

– Parce que les garçons ont trouvé son chapeau dans la grange ?

Elle a hoché la tête.

– Cela me semble bien mince, comme raison. Mais ce n'est pas moi qui ai perdu un œil, et ce n'est pas moi qui suis resté coincé deux jours dans un puits.

– Ce n'est pas juste, ai-je murmuré, tout en sachant que je n'avais rien d'autre à dire.

– J'ai appris que Jordan était resté pour t'aider à réparer la grange, a alors dit tante Lily, d'une voix encore marquée par l'étrange musique de l'autre soir. Mais pas pour le dîner ?

J'ai été surprise que nous ayons si vite oublié cette partie de l'histoire, le fait qu'il y avait eu un personnage nommé Jordan, ne serait-ce que pour quelques heures.

– Il fallait qu'il rentre, a répondu mon père. Mais il m'a demandé de te saluer.

Tante Lily a souri comme une petite fille.

– Il avait l'air de quelqu'un de très sympathique.

– Il l'était, ai-je dit, d'une voix un peu trop forte.

Tous les regards se sont braqués sur moi.

– Eh bien, quoi ? Oui, c'était quelqu'un de très sympathique, ai-je dit en me concentrant sur un bouton de ma manche qui menaçait de tomber.

– Et où est-il donc, ce chapeau ? a demandé tante Lily.

Silence

– Quel chapeau ? a demandé mon père, en déglutissant.

Elle a fixé mon père, puis moi, puis mes frères. Henry a haussé les épaules :

– On l'a donné à papa.

– Oh ! Ce chapeau-là, a-t-il réagi. Je l'ai laissé dans la grange. Il n'est pas particulièrement propre.

– Cela ne m'étonne guère.

– Bon, ça suffit, a coupé ma mère. C'est l'heure du dîner et je ne veux plus entendre un seul mot au sujet de Toby, de ce chapeau, de la police, des chiens ou de quoi que ce soit d'autre. C'est clair ?

C'était clair. Nous nous sommes tous assis. Tante Lily a récité le bénédicité. Nous avons eu un bon repas et j'ai mangé de tout, mais sans que cela me réconforte.

– Quelles sont les nouvelles de Betty ? a demandé tante Lily.

– Elle ne dit toujours pas grand-chose, a répondu ma mère. La gangrène n'était pas étendue au point de lui amputer l'orteil, mais son état est très grave. L'infection de son épaule ne diminue pas, au contraire, les médecins craignent que cela n'empire. Elle a beaucoup de fièvre, et ils vont la garder à l'hôpital.

Ma mère nous avait soignés pendant tant de maladies et d'accidents qu'il n'y avait pas grand-chose qui puisse l'impressionner, mais à l'entendre, j'ai posé ma fourchette.

– Je regrette que nous ne l'ayons pas retrouvée plus tôt.

Ma mère savait ce que j'éprouvais à l'égard de Betty.

– Tu es vraiment une chic fille, Annabelle.

– Et moi ? a demandé James.

– Toi aussi, tu es une chic fille, lui a dit mon père.

– Oh non ! pas ça, papa, a-t-il crié en faisant une grimace.

J'aurais dû éclater de rire, comme Henry, mais j'en étais incapable.

Une fois le dîner et la vaisselle terminés, je suis sortie m'asseoir sur les marches de l'arrière-cuisine, éclairées par la lampe du porche. À cette époque-ci de l'année, il n'y avait ni moustiques pour me harceler ni chauves-souris pour les pourchasser. Rien ne me poussait à rentrer, sauf la pensée que l'officier Coleman allait revenir.

Je ne voulais pas le voir.

Je ne voulais pas lui parler de Toby, ni de Betty, ni de quoi que ce soit d'autre. Je détestais l'idée que mes parents aient à mentir à un policier assis à notre table.

Et je ne voulais absolument pas le regarder fouiller la grange.

Mais en pensant à cela, je me suis souvenue de tout ce que j'y avais apporté, et qui était peut-être encore resté dans le grenier. J'ai fait le compte sur mes doigts : mon père avait récupéré les bocaux, les couvertures et l'oreiller, les ciseaux de ma mère, la serviette et le savon. Il avait caché les vieux habits de Toby dans l'incinérateur, sous une épaisse couche de cendres. Toby nous avait laissé l'appareil photo. Il nous avait rendu la veste de mon grand-père et les gants. Il avait emporté ses fusils. Mais il me manquait quelque chose. Une cuillère ? Un pot de confiture ?

Soudain je me suis souvenue : *L'Île au trésor* était toujours dans la grange. Si on l'y trouvait, je pourrais toujours dire que c'était moi qui l'avais pris pour aller lire au calme dans le grenier. Mais ce serait encore mieux que cela n'arrive pas.

Je connaissais suffisamment bien le chemin pour ne pas avoir besoin d'une lanterne ou d'une torche électrique, et je commençais à avoir l'habitude de courir dans le noir. Je suis donc partie sans y réfléchir à deux fois.

Les chiens dans la remise ont poussé un ou deux aboiements, sans se donner la peine de sortir de leur couche. Les poules dormaient profondément dans le poulailler. Quelques feuilles sont tombées dans l'obscurité, sans me faire peur. Je n'ai pas non plus été ralentie par l'absence de lune.

– Salut, Bill, ai-je murmuré en entrant dans la grange par la porte de l'étable. Salut, Dinah.

En passant devant nos vaches, j'ai poussé un petit meuglement afin qu'elles sachent que c'était bien moi, puis j'ai gravi l'escalier quatre à quatre.

Là, je me suis arrêtée et j'ai entrouvert la bouche afin de mieux entendre.

Un bruit.

La grange craquait comme le font les vieilles granges.

Un autre bruit.

Une souris a couiné dans la paille, tout près.

– Il y a quelqu'un ? ai-je chuchoté.

Dans le grenier, une ombre.

– Toby ? C'est vous ?

J'espérais que c'était lui. J'espérais que ce n'était pas lui. Mais quand il a prononcé mon nom, le soulagement m'a submergée.

– Bon sang, Toby qu'est-ce que vous faites ici ?

J'ai escaladé l'échelle à toute allure et je l'ai éloigné du bord.

– Vous m'avez fait une peur bleue. Vous êtes revenu pour de bon ? Vous allez rester finalement ?

Il portait son grand manteau noir et son chapeau et, dans l'obscurité, il avait de nouveau l'air de sortir d'une histoire à dormir debout.

– Pas pour de bon. Pour une minute seulement.

– Une minute seulement ?

Je me sentais mi-abasourdie, mi-déçue, un mélange qui correspondait bien à mon état d'esprit ces temps-ci. S'il était revenu, pourquoi allait-il repartir ?

– Avez-vous oublié quelque chose ?

– Oui.

– Quoi ? Votre couteau ?

Je me suis rappelé qu'il l'avait confié à mon père pour ne pas le perdre lorsqu'il était descendu dans le puits.

– Non, je l'ai.

– Vous voulez l'appareil photo ? C'est le vôtre, Toby. Je peux aller vous le chercher rapidement avant l'arrivée de la police.

En entendant cela, il a eu un mouvement de recul.

– Vous avez appelé la police ?

– Bien sûr que non, ai-je répliqué d'un ton blessé. Vous pensez que nous aurions fait cela ?

Il a secoué la tête.

– C'est tante Lily qui les a appelés quand mes frères, des vraies pipelettes, lui ont raconté ce qu'ils avaient trouvé.

Toby s'est assis sur une botte de foin et a enlevé son chapeau.

– Donc ils vont venir.

Ce n'était pas une question.

– Seulement l'officier qui est déjà venu. Toby, soit vous redevenez Jordan, soit vous devez partir. Il va venir fouiller la grange avant de décider s'il intensifie les recherches demain avec des renforts, et des chiens.

Il s'est frotté la mauvaise main :

– Et des chiens.

Il a tourné la tête comme pour soulager une douleur dans le cou. J'ai poussé un soupir :

– J'imagine que les chiens vous reconnaîtraient, quel que soit votre nom.

– Oui. Ils peuvent suivre une piste dans un cours d'eau, même en crue. Leur flair leur permet aussi de retrouver quelqu'un qui a été porté.

– Je ne savais pas. De toute façon, je serais bien incapable de vous porter. Mais en admettant qu'ils viennent, ils ne seront pas là avant demain matin, ce qui vous laisse le temps de partir d'ici et de trouver quelqu'un qui vous emmène plus loin en automobile. Je vais aller chercher la veste de mon grand-père et ses gants, quelqu'un vous prendra certainement dans sa voiture.

Toby a levé les deux mains :

– Arrête, Annabelle.

Je me suis tue. Il a laissé ses mains retomber sur ses genoux. Et j'ai réalisé qu'il n'avait pas répondu à ma question.

– Si ce n'est pas pour votre couteau, pourquoi êtes-vous revenu ?

J'aurais voulu pouvoir mieux distinguer son visage dans le noir.

– Quand je suis parti, j'avais l'intention de marcher plein ouest, et c'est ce que j'ai fait sur deux ou trois kilomètres. Mais tout était bien trop précipité.

(Il a appuyé la tête en arrière et il a dégluti avec peine.) Je n'arrêtais pas de penser à ce que j'étais en train d'abandonner. J'ai donc fait demi-tour, je suis retourné au vieux fumoir pour récupérer des photos. Ça n'a pas été facile de les choisir et de les décoller du mur.

Il s'est interrompu brusquement et s'est passé le dos de la main sur le front.

– Puis je suis revenu ici pour dire au revoir, Annabelle. C'était impoli de partir comme je l'ai fait.

J'étais contente qu'il soit revenu pour nous dire au revoir, mais pas qu'il se soit jugé impoli.

– Vous n'avez pas besoin de vous sentir obligé, ai-je dit, les yeux baissés.

Il a levé la main de nouveau.

– Non, non, je ne me sens pas obligé.

Il a soupiré, s'est levé, a remis son chapeau, a remonté ses fusils sur son épaule.

– Annabelle, j'aurais aimé avoir une fille comme toi.

Il m'a tendu la main et je l'ai serrée, comme si nous avions scellé un pacte.

Puis il est redescendu, il a traversé la grange et il est sorti par la grande porte.

Deux choses m'ont frappée alors que j'étais toujours dans le grenier, à essayer de me rappeler pourquoi j'étais venue.

La première, c'est que Toby n'avait finalement pas dit au revoir, ni moi d'ailleurs.

La seconde, c'est qu'il ne portait plus que deux fusils.

Je ne l'avais jamais vu sans ses trois fusils.

Je me suis souvenue de ce que mon père avait découvert : il n'y en avait qu'un seul qui fonctionnait encore, les deux autres étaient depuis longtemps hors d'usage.

Toby n'avait jamais vraiment dit pourquoi il transportait ces trois fusils si lourds, depuis des années et des années.

Mais je le savais. Il les portait précisément parce qu'ils étaient lourds. Ce que j'ignorais, c'était pourquoi il avait soudain choisi d'alléger son fardeau.

L'Île au trésor m'attendait derrière les bottes de foin. J'ai sangloté là jusqu'à ce que je reprenne mon souffle, puis j'ai ouvert en grand les battants de la trappe à foin et je me suis penchée au-dessus du pré.

Je ne pouvais pas voir très loin, mais Toby était une ombre plus sombre que l'herbe du pré et je pense l'avoir aperçu au moment où il entrait dans le bois, ou peut-être pas. De toute façon, il était parti et je n'avais pas d'espoir de le revoir.

J'ai refermé les battants de la trappe, j'ai glissé le livre sous mon bras et j'ai quitté le grenier puis la grange pour rentrer à la maison.

24

– Hé ! s'est exclamé Henry quand il m'a entendue rentrer dans l'arrière-cuisine et qu'il a aperçu ce que j'avais dans la main. C'est mon *Île au trésor* !

– Oui, lui ai-je répondu en lui tendant le livre.

Il l'a examiné sous toutes ses coutures :

– Qu'est-ce que tu faisais avec dehors ? Dans le noir ?

– Je le lisais aux chiens, ai-je répondu en enlevant mes bottes. Ils ont beaucoup aimé le passage où Chien Noir, le pirate, est à la recherche de Billy Vieux-Os.

– Très drôle, Annabelle.

James était arrivé pour voir s'il ne se passait pas quelque chose de plus intéressant dans l'arrière-cuisine que dans le salon où mes parents, pendant les mois d'hiver, avaient l'habitude d'écouter

*Cavalcade of America**. On entendait la radio dans le salon.

– Hé ! C'est mon *Île au trésor*, a-t-il dit.

Ils se sont mis à se disputer pour le livre.

– Il n'y en a pas un pour rattraper l'autre, leur ai-je lancé, en passant derrière eux, mais je me suis arrêtée net en voyant une feuille tomber des pages du livre et atterrir à mes pieds.

– Qu'est-ce que c'est ? a demandé James.

– Un petit mot de la part des chiens, ai-je répliqué, en la glissant dans ma poche. Ils vous disent : « Allez, au lit ! »

– Tordant, Annabelle, a dit Henry.

– Va au lit toi-même, a renchéri James.

– Je pense que c'est ce que je vais faire.

Après m'être brossé les dents et lavé la figure, je me suis regardée dans le miroir de la salle de bains. C'était incroyable, mais j'avais le même visage que d'habitude.

– Bonne nuit, ai-je dit à mes parents, à mes grands-parents et même à tante Lily, qui considérait

* *Cavalcade of America*, un feuilleton radiophonique diffusé de 1935 à 1953 (date à laquelle il devient un feuilleton télévisé), présentait des héros américains, parfois peu connus du grand public, mis à l'honneur pour leur courage, leur esprit d'entreprise, leur sens de la justice et du progrès.

Cavalcade of America comme « un programme de grande qualité », à la différence de *Shadow le détective de l'ombre*, ou des émissions comiques de Red Skelton, ce qui ne l'empêchait pas de rester parfois assise dans la cuisine au bout de la table, le plus près possible du salon, quand nous écoutions « de telles bêtises ».

Au calme dans ma chambre, j'ai tiré de ma poche la photo qui était tombée du livre et je l'ai examinée à la lumière de ma lampe de chevet. Elle était marbrée à force d'avoir été manipulée, mais je voyais encore la surface ensoleillée d'un coin de pêche, comme si je le regardais du haut d'un pont. Je n'ai pas compris tout de suite pourquoi Toby avait photographié une étendue d'eau calme, ni pourquoi il avait laissé ce cliché à un endroit où je le retrouverais. Mais quand je l'ai défroissé sur la table de chevet et que je l'ai incliné un tout petit peu sous la lumière, j'ai distingué le vague reflet dans l'eau d'un homme debout sur le pont, tenant un appareil photo.

C'était un autoportrait. Le genre d'autoportrait que Toby se serait autorisé à faire. C'était son image, mais au deuxième degré, transformée par la surface de l'eau.

Il n'y avait rien au dos de la photo, à part une déchirure qui s'était certainement produite quand il l'avait arrachée du mur du vieux fumoir. Peut-être que s'il avait eu un crayon il aurait écrit quelque chose.

Au moment où j'ai glissé la photo sous mon matelas, j'ai entendu une voiture rouler sur le gravier de l'allée. Puis une portière a claqué et, quelques instants plus tard, quelqu'un a frappé à la porte. L'officier Coleman était arrivé.

La maison a tremblé quand tous ses habitants se sont dirigés vers l'arrière-cuisine, que le policier est entré, que mes frères se sont précipités, ayant certainement oublié, dans l'excitation du moment, que Toby ne leur avait jamais fait de mal. J'espérais qu'ils se le rappelleraient vite.

La fenêtre de ma chambre ne donnant pas sur la grange, j'ai échappé à la tentation de regarder le policier s'y rendre, guidé par le faisceau de sa lampe torche, et certainement accompagné de mon père. Il m'a fallu beaucoup de temps pour m'endormir mais, quand le sommeil est enfin arrivé, ils n'étaient toujours pas revenus.

J'ai dormi si longtemps et si profondément que

lorsque ma mère est venue me réveiller le lendemain matin je ne savais plus qui j'étais. Ce que j'avais rêvé m'avait entraînée si loin hors de ma vie qu'il m'a fallu un bon moment pour y revenir.

– On peut vraiment dire que tu étais épuisée, a dit ma mère lorsque j'ai ouvert des yeux.

J'ai bâillé bruyamment et je me suis étirée :

– Oui, c'est vrai. Est-ce qu'il faut que j'aille à l'école aujourd'hui ?

Elle a ramassé une chaussette qui traînait par terre et l'a jetée dans mon panier à linge.

– J'imagine que tu serais heureuse d'y retourner.

– Oui, quand tout sera fini.

– Annabelle, c'est fini, pour toi. Il n'est pas souhaitable que tu sois mêlée à ce qui va se passer maintenant.

Le ton sur lequel elle a dit cela ne me disait rien qui vaille. Elle s'est assise au bord de mon lit.

– Qu'est-ce qui se passe ? ai-je demandé.

– L'officier Coleman a fouillé la grange. Il n'a rien trouvé.

– Évidemment. Ça fait longtemps que Toby est parti.

Je ne lui avais pas dit qu'il était revenu, et je n'étais pas certaine de le lui dire un jour. Avec sa photo cachée sous mon matelas, je me sentais comme la princesse au petit pois.

– Oui, mais l'officier est allé au vieux fumoir pour y jeter un nouveau coup d'œil. Et là, il a trouvé quelque chose.

Je me suis souvenue que Toby y était retourné pour prendre ses photos.

– Toby a laissé un de ses fusils. Un fusil qui n'était certainement pas là quand l'officier a fouillé le vieux fumoir après la disparition de Betty. (Je me suis assise dans mon lit.) Mais le plus étrange, c'est que ce fusil, encore chargé, c'est celui qui est en état de marche. Son seul bon fusil. Il a emporté les deux autres, qui sont cassés, mais il a laissé celui qui fonctionne. Ce qui est absurde.

Était-ce parce que Toby craignait de l'utiliser s'ils le rattrapaient ? Ou peut-être cherchait-il juste à déposer une partie de son fardeau ? Ni l'une ni l'autre de ces explications ne me paraissait la bonne, mais je n'en avais pas de troisième.

Ma mère me regardait curieusement. Je me suis frotté les yeux pour finir de me réveiller.

– Il a laissé autre chose ?

– Non. En fait, il a pris d'autres choses. Des photos qui étaient collées au mur.

– Ça, c'est logique.

Elle a poursuivi, en tordant nerveusement le bord de la couverture :

– Donc la police sait désormais qu'il est venu dans notre grange, à un moment ou à un autre, parce qu'il y a laissé son chapeau et son appareil photo. Ce qui, au passage, pose un autre problème, parce que le chapeau n'était plus dans la grange quand ils l'ont fouillée hier soir. (Elle a passé ses deux mains dans sa chevelure.) Tout cela est fou, Annabelle. Il devient de plus en plus compliqué de se rappeler ce que nous sommes censés savoir ou pas.

– Pourquoi est-ce que tu crois que je suis allée me coucher hier avant l'arrivée de l'officier Coleman ?

Elle a hoché la tête :

– Je suis très ennuyée pour ton père. Il a été contraint d'accompagner l'officier Coleman et il a dû faire semblant d'être surpris parce que le chapeau n'était pas là où il l'avait laissé. Et donc l'officier est convaincu que Toby est toujours dans les parages. Et qu'il est dérangé, et dangereux.

– Mais nous savons que c'est faux.

– Oui, nous le savons, et c'est pourquoi ton père lui a dit que les deux fusils de Toby sont hors d'usage, pour que les policiers ne le considèrent pas comme un homme armé.

– Et qu'ils ne lui tirent pas dessus. (Je me suis rallongée dans mon lit.) J'espère qu'il est à des kilomètres d'ici.

– Moi aussi. Mais ils vont faire venir des chiens policiers.

Elle n'avait pas besoin d'en dire plus. Je les ai imaginés, tirant sur leur laisse, aboyant frénétiquement, entraînant les maîtres-chiens à travers les bois.

– Tu as raison. J'ai vraiment envie d'aller à l'école.

Ma mère a lâché dans un soupir :

– Annabelle, j'aurais bien aimé que cela soit possible. Mais l'officier Coleman a donné l'ordre que tout le monde reste chez soi, portes verrouillées, tant que Toby n'aura pas été retrouvé.

Je me suis de nouveau redressée :

– Quoi ?

– Ils ne veulent pas que quelqu'un soit blessé, soit par Toby, soit par accident. Et ils ne veulent pas qu'il trouve un endroit où se cacher.

– Ils ne peuvent quand même pas verrouiller tous les poulaillers et tous les vieux abris de la région ?

– Non. D'ailleurs, ce qu'ils craignent, ce n'est pas que Toby prenne des poulets en otage.

– En otage ? (Je suis sortie de mon lit.) Ce sont eux qui sont fous. Maman, tout a commencé parce que Betty a menti, qu'elle a accusé Toby d'avoir blessé Ruth et de l'avoir poussée, elle, dans le puits. Maintenant, tout le monde agit en fonction de ce qu'elle a dit. C'est totalement injuste. Et tu le sais.

– Annabelle, tu peux bien te dresser ici, en chemise de nuit, et faire toutes les déclarations que tu veux, mais je ne sais pas ce que nous pouvons faire. Cela ne dépend plus de nous. Betty ne changera pas sa version des faits. Pourquoi le ferait-elle ? Les gens pensent qu'elle est la victime, et on ne peut pas vraiment leur en vouloir. Elle a tout de la victime idéale, et Toby a tout du méchant, que cela soit vrai ou pas.

– Donc on reste ici sans bouger, dans la maison, les portes verrouillées, en attendant qu'ils le capturent ?

– J'en ai bien peur. Les femmes et les enfants à la maison. Les hommes à la chasse.

Je ne savais pas si j'allais supporter une mauvaise nouvelle de plus.

– Les hommes à la chasse ? Tu veux dire que papa est obligé de traquer Toby ?

– Pas vraiment, mais c'est lui qui leur a affirmé que Toby n'était pas armé. Qu'il est peut-être dangereux, mais pas autant que s'il avait un fusil. Donc la police a demandé à tous les hommes adultes de participer. Nous connaissons les bois aux alentours bien mieux que les policiers, et leurs chiens vont devoir démêler de multiples pistes avant de trouver la bonne. En attendant, les recherches sont menées par quelques policiers et une armée de volontaires munis de sifflets, mais pas de fusils. Personne ne veut déclencher une fusillade. Et personne ne veut que Toby puisse s'emparer d'une arme.

– Des sifflets ?

– Oui, pour pouvoir se prévenir, s'ils l'aperçoivent.

J'ai essayé de me représenter la chose – une armée de fermiers munis de sifflets. J'étais persuadée que certains s'équiperaient plus lourdement, quelles que soient les consignes de l'officier. Chaque année, un chasseur ou un autre tirait accidentellement sur un compagnon. Il n'était donc pas difficile d'imaginer comment pouvait se terminer une telle chasse à l'homme.

– Je suis contente que James et Henry soient trop jeunes pour participer, ou des garçons comme Andy, capable de tirer sur tout ce qui bouge.

– Ou ton grand-père, trop vieux pour faire autre chose que rester assis dans son camion avec un thermos de café.

J'ai enfilé un pantalon et un chandail.

– Peut-être qu'ils devraient mettre tante Lily au bout d'une laisse et lui faire renifler les gants de Toby.

– Chut, Annabelle, a dit ma mère, en essayant de ne pas sourire.

Je me suis tue effectivement, pour écouter l'écho de ce que je venais de dire.

– Tu sais, on devrait cacher la veste de grand-père. Celle que Toby a portée. Et les gants. Ils sont imprégnés de son odeur.

Cette fois-ci, ma mère a souri franchement :

– Tu crois que les chiens vont venir jusque dans notre arrière-cuisine ?

– Qui sait ? Ce n'est pas impossible. Les chiens policiers peuvent suivre une trace dans un cours d'eau, même en crue. Et ils peuvent suivre la piste de quelqu'un qui n'aurait pas mis un pied par terre et qui serait porté sur le dos d'un autre.

– Comment sais-tu cela ?

– C'est Toby qui me l'a dit.

Elle a fait une grimace :

– Je me demande comment il a appris cela.

– Je n'en sais rien, mais il était dans notre cuisine hier. Donc il y a une piste qui mène du vieux fumoir à la grange puis à la maison, et qui repart vers les bois.

Ma mère s'est levée :

– Bon sang ! De mieux en mieux !

Nous n'avons plus rien dit. J'ai fini de m'habiller, je me suis brossé les cheveux et j'ai commencé à faire mon lit :

– Ils finiront par comprendre. Ils finiront par comprendre que Toby était Jordan.

– Tu crois ?

Ma mère, tirant sur mon couvre-lit pour enlever les plis, a ajouté :

– C'est possible. Si les chiens viennent jusqu'à notre porte. Mais la piste la plus fraîche part de la grange et s'éloigne vers les bois. Ils ne devraient pas s'approcher de la maison.

– Je vais quand même cacher la veste de grand-père et les gants ici, dans mon placard.

– D'accord. Je ne pense pas que cela soit un problème.

Puis nous sommes descendues pour entamer l'une des journées les plus étranges de notre vie, enfermées dans notre maison comme des prisonnières.

25

Betty Glengarry est morte à 10 h 18 ce matin-là.

Nous ne l'avons appris qu'une heure plus tard. C'est Henry qui a répondu au téléphone.

– C'est Mrs Gribble, a-t-il dit, en tendant le combiné à ma mère. Elle a posé la main sur le microphone pour demander :

– Qu'est-ce qu'elle veut ?

– Je ne sais pas. Peut-être un appel pour toi, mais elle n'a pas voulu le transférer directement.

Ma mère a approché le combiné près de son oreille :

– Allô, Annie ?

J'entendais la voix de Mrs Gribble, mais pas ce qu'elle disait – un flot de paroles, plus fort qu'à l'ordinaire, plus urgent, sans l'excitation qu'elle mettait d'habitude à annoncer une nouvelle. Ma mère l'a écoutée pendant un moment, puis elle a brusquement sursauté, sa main est venue se poser sur sa joue.

– Oh non ! C'est impossible. Mon Dieu, comment est-ce arrivé ?

Ma mère n'était pas quelqu'un qui pleurait, mais l'expression de son visage était pire que des larmes. J'ai pensé qu'elle venait d'apprendre que Toby avait été tué. Je me suis sentie à la fois brûlante et glacée. Henry était tout près de moi, il sentait le sirop d'érable et le chien, et j'avais désespérément envie d'échanger ma place avec la sienne.

– Je lui dirai, a repris ma mère, d'une voix qui se brisait. Il est avec John quelque part, avec les chiens, mais je lui dirai dès que je le verrai. C'est promis, Annie. Merci de nous avoir appelés. Au revoir.

Elle a lentement raccroché.

– Il est mort ?

– Non, a-t-elle répondu en se tournant vers moi. C'est Betty. Elle est morte de septicémie. L'infection s'est généralisée et ils n'ont pas pu l'arrêter.

Elle s'est assise sur la chaise la plus proche. Henry s'est rapproché de moi, j'entendais sa respiration.

– Hé ! a crié James, en arrivant au galop depuis l'arrière-cuisine où il s'était fabriqué un sabre en carton. Tu veux jouer aux pirates avec moi, Henry ?

– Oui, dans une minute. Mais d'abord, on va aller voir grand-mère. Je crois qu'elle a besoin d'un coup de main.

Il m'a lancé un long regard, comme s'il me voyait pour la première fois, puis il a quitté la pièce, James sur ses talons comme une ombre bruyante.

– Quoi ? Elle a besoin de nous pour porter quelque chose ? Hein, Henry, c'est ça qu'elle veut nous demander ?

Leurs voix se sont éloignées.

Je me suis assise aux pieds de ma mère et j'ai posé ma tête sur ses genoux. Elle m'a caressé les cheveux comme si j'étais un chat. L'une de nous deux tremblait. Ou toutes les deux, peut-être.

– J'aurais pu la retrouver plus vite.

Sa main s'est brusquement immobilisée.

– Comment oses-tu dire cela ? a-t-elle dit d'une voix dure.

Elle a relevé mon visage et s'est penchée vers moi pour me regarder droit dans les yeux :

– Tu crois vraiment que tu es Dieu ? a-t-elle dit avec impatience. Tu crois que tu peux contrôler tout ce qui arrive ? Eh bien, non. C'est de l'orgueil que de croire cela.

J'étais si surprise que je suis restée muette.

– Betty est morte, et c'est horrible. Horrible. Mais ce n'est pas toi qui as fait cela, Annabelle. (Elle s'est appuyée contre son dossier.) En fait, si tu ne les avais pas guidés jusqu'au puits, elle y serait morte, dans la solitude et la terreur. Et peut-être que nous ne l'aurions jamais retrouvée.

Je me suis représenté Betty dans ce puits obscur, glacial, terrifiant, gravement blessée. Agonisant seule.

Je me suis représenté quelqu'un trouvant le puits, des années plus tard, et le comblant de terre, enterrant sans le savoir son squelette dans cette crypte insoupçonnée.

– Viens ici, a dit ma mère, en m'ouvrant les bras.

Je me suis blottie contre sa douce chaleur.

– Parfois les choses s'arrangent, a-t-elle dit. Parfois pas.

J'ai entendu un écho de Toby dans sa voix. Quelque chose qu'il avait dit un jour. Quelque chose au sujet de la culpabilité et de la responsabilité.

Ma grand-mère a pleuré en apprenant la nouvelle. Peu importait qu'elle n'ait pas connu Betty. Je me suis mise à pleurer aussi, en voyant ses larmes couler.

James, lui, n'a pas pleuré. Quand il a appris que Betty était morte, il a éclaté de rire :

– Sois pas bête, a-t-il dit en brandissant son sabre au-dessus de sa tête.

Il a fallu un certain temps à ma mère pour lui faire comprendre la situation, puis il est devenu très sérieux et il est allé avec Henry écrire une carte de condoléances aux Glengarry.

En sortant du salon, Henry s'est retourné vers moi :

– Tu veux venir avec nous ?

La manière dont il avait dit cela et dont il m'avait regardée m'a prise au dépourvu :

– J'arrive dans une minute.

– Annie Gribble m'a demandé de prévenir le constable si je le voyais, a dit ma mère.

– Tu peux être certaine que tout le comté sera au courant avant lui, a répondu ma grand-mère en s'essuyant les yeux. Annie Gribble va s'en charger.

– Elle a parlé de « meurtre », a dit ma mère d'une voix faible.

Ma grand-mère s'est éclairci la voix, enrouée par les larmes :

– C'est exactement ce dont il s'agit. Si Toby a poussé cette pauvre fille dans un puits, c'est exactement cela.

Je me suis raccrochée à ce « si » de toutes mes forces, mais personne ou presque n'aurait la patience de ma grand-mère. Elle était peut-être prête, elle, à attendre d'avoir une certitude, mais je ne pensais pas que ce serait le cas du constable, ni de la police de Pittsburgh, sans même parler des Glengarry. S'il avait été important d'aider Toby auparavant, cela devenait encore plus urgent. Ils allaient l'abattre. S'ils ne l'abattaient pas, ils l'attacheraient à une chaise électrique et ils l'exécuteraient.

J'ai prié pour qu'il ait finalement abandonné ses deux vieux fusils, son chapeau et son imperméable noir, et qu'il ait trouvé de nouveaux habits dans une maison pas fermée à clé. J'ai prié pour qu'il ait rejoint une route où un camionneur serviable l'aurait fait monter pour l'emmener jusqu'en Ohio, peut-être plus loin encore, avant de le déposer pour qu'il se construise une nouvelle vie.

Mais je ne pensais pas que Toby ait fait cela. Je n'étais même pas certaine qu'il ait quitté nos collines. Il n'avait pas eu l'air d'avoir peur du tout. Il était seulement malheureux d'être accusé d'une chose qu'il n'avait pas commise, et épuisé par le poids de ce qu'il avait fait, mais sans vouloir réagir dans les deux cas. Peut-être pensait-il qu'il n'y avait rien à faire.

J'avais l'impression d'étouffer. J'allais d'une fenêtre à l'autre, comme James les soirs de Noël.

Il ne voyait que son propre reflet dans les vitres obscures, mais il était convaincu que le Père Noël se trouvait quelque part, là dehors, en chemin dans les airs vers notre ferme. Je guettais des fermiers munis de sifflets, des policiers armés, mais je n'ai vu personne.

Les deux chevaux dans le pré, telles des sentinelles, ont été les premiers à savoir que quelque chose approchait. Ils ont brusquement relevé la tête ensemble et regardé dans la direction des bois qui descendaient vers le vallon de Cobb. Nous avons ensuite entendu les chiens, à travers les portes et les fenêtres fermées, bien avant de voir quoi que ce soit. Mais il s'agissait de nos chiens, qui faisaient un raffut terrible.

Puis sont apparus les chiens policiers, qui n'étaient que deux, concentrés sur la traque, leur longue tête et leurs oreilles tombantes au ras du sol. L'un venait du potager, l'autre traversait le pré.

– Ils viennent par ici, a dit ma grand-mère, de la fenêtre de l'arrière-cuisine. John est avec eux.

La veste de mon grand-père et ses gants étaient déjà dans mon placard, mais j'ai soudain pensé que je devais avoir leur odeur sur moi. Pour les chiens policiers, je sentirais comme Toby. Du moins je l'espérais, et j'ai failli sourire. Qu'ils viennent! Qui ferait confiance à un chien qui me prendrait pour un homme des bois, un fou dangereux? J'ai quand même été soulagée quand j'ai vu leurs maîtres les attacher aux poteaux qui soutenaient le fil à linge.

– Tu ferais bien de préparer plus de café, Sarah, a dit ma grand-mère. Nous allons avoir de la visite.

Les maîtres-chiens étaient aussi silencieux que leurs animaux. Ils parlaient très peu, et à voix basse. Ils avaient la même attitude qu'eux, balayant du regard la cuisine avec curiosité, du sol au plafond, s'arrêtant pour examiner les détails qui leur paraissaient intéressants. Quand mes frères sont entrés, ils les ont regardés comme s'ils avaient été des lapins. James a plongé sous la table et a tiré Henry par le pantalon en chuchotant: «Viens, matelot», mais ce dernier s'est assis à côté de moi. Je l'ai regardé avec curiosité, et lui m'a regardée, l'air sérieux.

Mon père et le constable Oleska étaient entrés avec les maîtres-chiens.

– Nous avons décidé d'attendre ici que les autres nous rejoignent avant de repartir, a dit le constable. Nous avons déjà ratissé les environs du vieux fumoir. Il y avait tellement de pistes que nous avons tourné en rond jusqu'à ce que les chiens décident de suivre cette direction.

Les hommes ne se sont même pas donné la peine d'enlever leur manteau.

– Asseyez-vous, a dit ma mère, nous avons une nouvelle à vous apprendre.

Quand le constable a appris que Betty était morte, il s'est exclamé : « Dieu tout-puissant ! » puis il s'est pris la tête entre les mains. Les maîtres-chiens ont à peine réagi. C'était une situation qu'ils avaient dû vivre une centaine de fois. Des enfants disparus. Des criminels en fuite. Au bout d'un moment, ils devaient devenir aussi terre à terre que leurs chiens, concentrés uniquement sur la traque. Ils avaient été privés de l'occasion de retrouver une fille qui avait disparu. Ils feraient tout leur possible pour retrouver son meurtrier.

Mon père a regardé ma mère, puis il m'a regardée, nous posant des questions muettes – *Que faire désormais ? Comment savoir ce qu'il fallait faire ?*

Je n'avais aucune certitude moi non plus, mais je savais que je ne pourrais pas rester une minute de plus sans réagir. Je savais que je ne pourrais pas grandir et vivre le reste de mes jours en sachant que je n'avais pas fait ce que je pouvais faire, là, maintenant, avant qu'une fois de plus cela ne serve à rien.

Je suis discrètement sortie de la cuisine pour aller dans le salon, les laissant décider de ce qu'ils allaient faire. Ma décision à moi était claire, mais je suis restée tranquille un moment afin de repasser dans ma tête les différentes étapes, me regardant dire et faire les seules choses que je pouvais imaginer. Je ne voyais pas comment je pourrais aggraver une situation déjà désespérée.

Silencieusement, j'ai fermé la porte entre le salon et la cuisine. J'ai soulevé le combiné du téléphone et j'ai tourné la manivelle le plus doucement possible.

– Mrs Gribble ? ai-je demandé à voix basse dans le microphone

– Sarah ?

– Non, c'est Annabelle, Mrs Gribble. Pourriez-vous me passer les Woodberry, s'il vous plaît ? C'est très important.

Je savais que cela allait lui mettre l'eau à la bouche.

– Ta mère sait-elle que tu utilises le téléphone, Annabelle ?

– Bien sûr. Vous voulez lui parler ? Elle est en train d'aider ma grand-mère, mais je peux aller la chercher si vous le voulez. Seulement, il faut se dépêcher car c'est vraiment important, ai-je dit en retenant mon souffle.

– Non, c'est bon. (Il y avait de la curiosité dans sa voix.) Quelle famille Woodberry veux-tu appeler ?

Je n'avais pas pensé à cette question.

– Celle chez qui il y a un Andy.

– Il y a un Andy dans chaque famille Woodberry, a-t-elle rétorqué, en perdant patience.

– Le jeune Andy. Celui qui est à l'école avec moi.

Pour une fois, j'étais contente que Mrs Gribble se fasse un devoir de tout savoir sur tous les gens des environs. Elle a transféré l'appel. Quand Mrs Woodberry a décroché, j'ai souhaité de toutes mes forces que Mrs Gribble ne raccroche pas.

– Mrs Woodberry, ici Annabelle McBride. Pourrais-je parler à Andy, s'il vous plaît ?

– Si tu appelles pour lui annoncer la mauvaise nouvelle pour Betty, il est déjà au courant. C'était vraiment une fille délicieuse. Quelle histoire atroce !

– Non, ce n'est pas pour cela.

En réalité, si.

– Très bien, je vais le chercher, a-t-elle dit en posant le combiné, qui a cogné contre le téléphone.

Heureusement que les policiers avaient demandé à tout le monde de rester chez soi. Andy n'était certainement pas loin. J'ai entendu sa mère l'appeler une fois, deux fois. Enfin, au bout d'une minute, j'ai entendu un «allô?» d'une voix terne.

J'avais eu l'intention d'aborder le sujet directement, mais en entendant sa tristesse, je me suis ravisée.

– Andy, c'est Annabelle. Je suis vraiment désolée pour Betty.

Après un silence, son «Moi aussi» m'a prise au dépourvu, même si je n'avais jamais douté de son étrange affection pour elle. Son chagrin a failli me faire renoncer.

– Je voulais te demander quelque chose, ai-je dit lentement, afin de me donner le temps de repartir de là où je voulais. Nous venons de recevoir des photos que Toby a prises, et sur l'une d'elles, on voit Betty.

Le fait de prononcer son nom m'a arrêtée net. Cette conversation était plus dure que ce que j'avais anticipé.

– Qu'est-ce que j'ai à voir avec cela? a répliqué Andy.

Il avait l'air à la fois intrigué et inquiet, ce que j'imaginais aisément.

– C'est une photo de toi et de Betty, sur la colline en face de l'école. On voit Betty lancer une pierre sur Mr Ansel en contrebas.

Si Mrs Gribble était en train d'écouter, je savais qu'elle ne raccrocherait plus, quel que soit le nombre de lampes qui s'allumeraient sur son standard.

J'entendais Andy respirer, mais il ne disait rien.

– Dire la vérité ne pourra plus faire de mal à Betty.

– Qu'est-ce que cela peut te faire ? a dit Andy, toujours inquiet, mais en colère également. Tu ne peux pas la punir pour avoir lancé cette pierre. Elle est déjà morte. À quoi ça sert ?

Voilà. C'était la première chose que je voulais que Mrs Gribble entende. J'ai recommencé à respirer.

– C'est parce que les gens pensent que Toby l'a tuée, voilà pourquoi. Toi, tu sais qu'il ne l'a pas poussée dans ce puits.

– Elle a dit que si, a repris Andy, d'une voix plus dure. Elle l'a dit, quand ils l'ont emmenée à l'hôpital.

– Elle avait aussi dit qu'il avait jeté cette pierre et c'était un mensonge, tu viens de le reconnaître.

– C'est parce qu'elle avait peur. Elle n'a jamais voulu blesser Ruth.

J'ai fermé les yeux. *Je vous en supplie*, ai-je pensé, *je vous en supplie, écoutez.*

– Andy, je sais que tu aimais beaucoup Betty. Mais c'est toi qui as dit qu'elle était allée au vieux fumoir pour créer des ennuis à Toby, peut-être même le chasser en mettant le feu à sa cabane. Pourquoi est-ce que tu ne reconnais pas qu'elle est tombée dans ce puits par accident ?

– À quoi ça sert ? et même si c'est vrai ? C'est elle qui est morte, et lui, il va s'en tirer comme ça ?

– Mais maintenant, tout le monde pense que Toby est un assassin ! ai-je dit, en essayant de ne pas élever la voix. Et ils vont le tuer.

– J'espère qu'ils vont le tuer, a-t-il dit calmement. J'espère même qu'ils vont le tuer deux fois.

– Tu ne peux pas dire cela, Andy

Pour toute réponse, il a raccroché.

L'instant d'après, j'ai entendu Mrs Gribble raccrocher, elle aussi. J'ai posé le combiné et je me suis assise sur le sol. Je tremblais d'épuisement. Ma mère est entrée quelques secondes plus tard

– À qui parlais-tu ? Annabelle ? Ça ne va pas ?

– Je ne me sens pas bien. Je peux aller m'allonger ?

Elle a posé sa main sur mon front :

– Tu n'as pas de fièvre.

– Je ne suis pas malade mais je ne me sens pas bien.

– Vas-y alors. (Elle m'a tendu la main pour m'aider à me relever.) Les hommes vont bientôt repartir avec les chiens.

Quand je me suis levée, elle m'a serrée dans ses bras et elle a posé son menton sur le sommet de ma tête en disant doucement :

– Tout sera bientôt fini. D'une manière ou d'une autre.

26

Il n'a pas fallu longtemps pour que Mrs Gribble diffuse à tous les abonnés du téléphone cette deuxième nouvelle de la journée.

Les gens se plaignaient souvent de son indiscrétion et juraient qu'ils n'écoutaient pas ses ragots, mais les histoires qu'elle racontait s'étaient toujours révélées exactes – sauf le jour où, pour lui faire un poisson d'avril, quelqu'un lui avait dit que des chariots conduits par des bohémiens étaient arrivés à Bocktown et qu'ils y avaient établi un campement. On la considérait généralement comme le crieur public du comté.

À l'heure du dîner, tout le monde savait donc que Toby n'était pas responsable de ce qui était arrivé à Ruth, et les gens commençaient à douter qu'il ait poussé Betty dans le puits. Mais les doutes ne suffisaient pas.

– Un juré a le droit de douter, a déclaré le constable. Mais la police doit de toute façon retrouver cet homme.

Il était dans la cuisine avec mon père et mon grand-père et même James qui, pour une fois, était assis à table plutôt que dessous.

Les chiens policiers avaient mené les hommes dans la grange puis ils en étaient ressortis. Ils avaient traversé le pré et fait le tour de la maison. Ils avaient remonté l'allée puis étaient redescendus dans les bois et les vergers, avant de finalement s'éloigner de chez nous pour se diriger vers l'ouest, vers l'Ohio, qui n'était pas si loin d'ici. Ils avaient suivi cette piste sur quelques kilomètres jusqu'à ce que l'officier Coleman déclare que c'était la bonne, et qu'il était fort improbable qu'elle revienne en arrière.

– C'est là qu'il nous a renvoyés chez nous, a dit mon père. Eux vont poursuivre la traque jusqu'à ce qu'ils soient relevés par des hommes et des chiens frais et dispos.

Le constable Oleska, l'air épuisé, ne paraissait pas mécontent d'en avoir fini avec les recherches.

– Ils rattraperont certainement Toby d'ici un jour ou deux, sauf s'il a trouvé le moyen de monter dans une voiture ou un camion.

– Pensez-vous qu'ils le poursuivent jusqu'en Ohio ? a demandé mon père.

– Oui, je pense, à moins qu'ils ne passent le relais à la police de l'Ohio. Mais quand ils prendront connaissance du dernier bulletin d'Annie, ce qui ne saurait tarder si ce n'est déjà fait, ils lèveront sans doute un peu le pied. (Il s'est tourné vers moi.) J'imagine que c'est une bonne chose que Mrs Gribble ait écouté l'appel que tu as passé à Andy.

Le constable ne souriait pas, mais il n'était pas non plus en train de me gronder, et il a ajouté :

– Quand je pense qu'Annie a fait cela !

– Quand je pense que toi, Annabelle, tu as fait cela ! a repris mon père.

– Tu es en colère ? ai-je demandé.

J'étais prête à affronter la colère des gens. D'ailleurs, elle avait beaucoup moins d'importance qu'avant.

– Non, je ne suis pas fâché.

– Pas fâché du tout, a dit mon grand-père. La jugeote, c'est une qualité, si vous voulez mon avis.

– Ainsi que le travail, a ajouté ma mère, en mettant des côtes de porcs dans le four. Ces carottes ne vont pas s'éplucher toutes seules, Annabelle.

– Je vais le faire, a dit Henry en se levant.

Il ne m'a pas regardée tandis qu'il prenait ma place devant l'évier, mais je savais qu'il me voyait quand même. Nous avions les mêmes mains, les mêmes longs doigts, la même façon de tenir notre couteau.

– Et pourquoi Henry a le droit d'aider et pas moi ? a réclamé James.

– Très juste, a répondu ma mère, en lui tendant une casserole. Commence donc par verser une tasse de lait dans cette casserole.

À ce moment précis, tante Lily est entrée et elle a vu Henry et James préparer le dîner alors que j'étais assise avec les hommes.

– Me serais-je trompée de maison ? a-t-elle demandé, en enlevant son manteau pour le suspendre dans le placard de l'arrière-cuisine. Annabelle, as-tu perdu l'usage de tes jambes ?

– Tout doux, Lily, a dit mon père, comme si elle était un cheval nerveux. On a eu une dure journée.

– À qui le dis-tu ! As-tu la moindre idée de la masse de courrier qui passe par mon bureau de poste ? C'est à se demander comment les gens trouvent le temps de faire quoi que ce soit, vu la quantité de lettres qu'ils écrivent.

Elle s'est servi une tasse de café et s'est assise à la place de ma mère. J'ai pensé que, peut-être, elle n'avait pas appris la nouvelle et je lui ai dit :

– Betty Glengarry est morte ce matin, tante Lily.

– C'est ce que m'ont annoncé une douzaine de personnes au moins tout au long de la journée. Je ne travaille pas au bureau de poste de Tombouctou, Annabelle, si tant est qu'il y en ait un.

J'ai eu envie de lui jeter quelque chose à la figure.

– Je pensais que, peut-être, tu ne le savais pas.

– Et pourquoi donc ? Parce que je ne m'exclame pas et que je ne m'évanouis pas comme d'autres âmes sensibles ? (Elle m'a regardée par-dessus ses lunettes.) Les voies du Seigneur sont impénétrables, Annabelle. Il a ses raisons.

Ma grand-mère est arrivée au moment où elle disait cela :

– Des raisons de faire quoi ?

– De rappeler Betty à lui.

Ma grand-mère a secoué la tête :

– Je me demande parfois d'où te vient ce cœur si sec, Lily.

– Je n'ai pas le cœur sec, ni le cœur tendre non plus. Il y en a bien trop, des cœurs tendres, par ici.

Je me suis dit que, si je devais l'écouter une minute de plus, j'allais me transformer en statue de pierre.

– Puisque les garçons aident pour le dîner, est-ce que je peux monter dans ma chambre un moment ?

– Oui, un petit moment, a dit ma mère. Je t'appellerai quand j'aurai besoin de toi.

– Je sais mettre le couvert, a dit James.

– Bien sûr que tu sais, a dit ma grand-mère d'une voix câline, en lui ébouriffant les cheveux. Personne n'a jamais prétendu le contraire.

De ma chambre, j'entendais l'agitation dans la cuisine, le bruit des casseroles et des plats, des assiettes et des couverts, des voix, d'une chaise raclant sur le sol. J'ai eu l'impression de me sentir encore plus seule. Avoir coincé Andy pour lui faire avouer la vérité, savoir que la police serait peut-être moins brutale avec Toby quand elle l'arrêterait, rien de tout cela ne me soulageait.

J'ai sorti du placard la veste de chasse de mon grand-père et je l'ai enfilée. On aurait pu en mettre deux comme moi dedans. Je me suis allongée sur mon lit et je me suis recroquevillée dans la veste, puis je me suis endormie.

Je n'ai pas entendu ma mère m'appeler pour le

dîner. Je ne l'ai pas entendue ouvrir la porte de ma chambre et éteindre la lumière, et je n'ai rien senti lorsqu'elle a remonté le couvre-lit pour le poser sur moi.

Et plus tard dans la soirée, je n'ai pas entendu le téléphone sonner.

Je m'étais couchée si tôt que je me suis réveillée bien avant tout le monde. J'ai trouvé ma mère dans la cuisine, qui préparait du café. Elle était seule. Le monde à l'extérieur était plongé dans la nuit.

Je l'ai regardée un moment. Elle avait l'air différente, ne sachant pas que quelqu'un la regardait, comme si elle était entièrement tournée vers elle-même, comme je l'avais été sur le chemin quand Toby m'avait photographiée. Un pressentiment m'a chuchoté de retourner dans mon lit avant qu'elle ne me voie. Peut-être était-ce son air si triste, même si je ne voyais pas son visage, qui m'a poussée à repartir, vite, afin d'avoir encore une heure ou deux avant d'apprendre la cause de son chagrin.

J'étais encore tout habillée dans mes habits de la veille, et je portais toujours la veste de mon grand-père. J'ai dû avoir l'air bien ridicule quand elle s'est retournée, une tasse de café à la main. Elle s'est immobilisée si brusquement que le café a débordé et il en est tombé un peu sur le sol.

– Tu m'as fait peur, Annabelle, a-t-elle dit, en attrapant un chiffon. Que fais-tu déjà levée ?

– Je n'arrivais plus à dormir. (Je me suis assise à table.) Ils ont retrouvé Toby ?

– Tu as entendu le téléphone sonner ?

J'ai secoué la tête, mon cœur s'est serré.

– Qui a appelé ?

Ma mère a rincé le chiffon et s'est assise en face de moi, en posant sa tasse avec précaution.

– C'était le constable. Il venait d'avoir l'officier Coleman et il a pensé que nous voudrions savoir ce qui était arrivé.

Je n'avais jamais réalisé combien ma mère était belle avant de la voir en cet instant où elle a rassemblé tout son courage pour m'apprendre que Toby était mort.

J'ai gardé mes mains serrées, cachées dans les manches de la veste de mon grand-père, pendant qu'elle me racontait que Toby avait été rattrapé juste avant la frontière de l'Ohio. Il dormait sous le pont de la rivière Mahoning.

Elle m'a dit que, quand les chiens l'avaient rejoint, ils s'étaient couchés dans les feuilles mortes au bord de la rivière, se désintéressant totalement de cet homme qui s'était levé quand les policiers l'avaient appelé par son nom.

Peut-être voulait-il affronter ce qui allait arriver debout, m'a-t-elle dit, parce que lorsqu'ils lui ont ordonné de se coucher à plat ventre et de mettre les mains dans le dos il a refusé. Quand ils ont dégainé leurs pistolets et répété leur ordre, il a fait glisser l'un des fusils de son épaule, et alors ils l'ont abattu.

– Ils ne savaient pas que ses fusils étaient hors d'usage, a-t-elle ajouté à voix basse. Ils ne savaient rien de ce qui s'était passé ici. Ils savaient seulement qu'ils étaient censés arrêter un homme dangereux.

J'ai remonté les manches du manteau et je me suis essuyé le visage avec les mains.

– Pourquoi Toby a-t-il fait ça? Pourquoi a-t-il attrapé son fusil? Il ne fonctionnait même pas. Et de toute façon, il ne leur aurait pas tiré dessus, jamais de la vie.

Ma mère a poussé un soupir:

– Je ne le pense pas non plus. Je ne sais pas pourquoi il a agi ainsi. Sauf qu'il en avait peut-être assez de ce monde, Annabelle.

– Après avoir vécu si longtemps avec toute sa

tristesse ? C'est maintenant qu'il a décidé qu'il ne voulait plus rester ici ? Alors qu'il nous avait, nous ?

Ma mère a secoué la tête.

– Je ne sais pas, Annabelle. Pense à ce que tu ressens quand tu as eu froid aux mains si longtemps qu'elles sont devenues insensibles. C'est quand elles se réchauffent que tu réalises combien c'est douloureux.

J'ai regardé mes propres mains pendant un moment, en pensant à ses mains à lui :

– Il m'avait dit qu'il aurait aimé avoir une fille comme moi.

Ma mère a souri :

– Tout le monde aimerait avoir une fille comme toi.

Je me suis rappelé cette nuit où je l'avais fait entrer dans la grange pour le cacher.

– Tu savais qu'il avait le vertige ? (Elle a fait signe que non.) Mais je lui ai fait honte pour qu'il grimpe à l'échelle du grenier, et après cela il n'a plus jamais hésité. Il l'a fait, comme si de rien n'était.

Ma mère s'est levée et m'a versé une petite tasse de café avec beaucoup de crème et de sucre.

– Tu le connaissais bien mieux que ce que je croyais.

– C’est lui qui me connaissait avant que je le connaisse.

Nous avons bu notre café en silence pendant que le soleil et les couleurs du monde envahissaient la maison.

27

Je suis restée assise dans la cuisine et j'ai attendu que toute la famille se réveille. Un à un, y compris James et tout particulièrement Henry, ils sont venus me dire combien ils étaient désolés que Toby soit mort.

Sauf tante Lily, qui buvait son café dans sa robe de chambre rose et qui m'a dit :

– Je ne comprends pas comment une petite fille comme toi n'a pas été terrorisée par un homme comme lui.

Je n'ai rien répondu. C'est Henry qui a pris la parole :

– Elle était son amie.

Ce à quoi tante Lily a répondu par un grognement.

– Et pourquoi portes-tu cette veste de chasse ?

Elle ressemble à celle que portait Jordan quand il est venu aider à retrouver Betty.

Ma mère a semblé vouloir dire quelque chose, mais elle a regardé mon père, qui lui a fait signe de se taire, et ils ont hoché la tête dans ma direction comme pour me dire « vas-y ».

Mon grand-père s'est penché vers moi :

– Mais c'est ma vieille veste ! Elle te va très bien, Annabelle, même si les manches sont un peu longues.

J'ai sorti les gants de la poche droite et les ai posés sur la table.

– Ma paire préférée, a repris mon grand-père. Je les ai cherchés partout.

– Jordan aussi avait des gants comme ceux-ci, a dit tante Lily lentement. J'ai trouvé bizarre qu'il les garde à table, l'autre soir.

Henry est venu les examiner de près :

– Ce ne sont pas des gants comme les siens, ce sont ses gants à lui. J'avais remarqué cette tache de mûre, sur le pouce, quand il clouait les nouvelles planches dans la grange. Je m'en souviens, parce qu'elle a la forme de l'Afrique.

James était le seul à trouver son petit déjeuner plus intéressant que ces gants posés à côté de mon assiette, qui attendaient patiemment que quelqu'un les porte de nouveau.

– Et pourquoi as-tu les gants de Jordan ? m'a demandé tante Lily. Les a-t-il oubliés ?

– Ce sont mes gants, Lily, a repris mon grand-père. Et c'est ma veste de chasse. Ce que Jordan faisait avec ma veste et mes gants, je n'en ai aucune idée et je m'en fiche. Maintenant passe-moi le sucre, Lily, et toi, Annabelle, passe-moi la crème, ou je vais être obligé de boire du café noir.

Henry me dévisageait. Mes parents regardaient la scène en silence. Ma grand-mère étalait de la confiture sur du pain grillé. James en a profité pour chiper un morceau de bacon dans l'assiette de Henry, sans qu'il s'en aperçoive.

– Mais pourquoi… a commencé tante Lily.

– Ce n'était pas Jordan, l'a coupée Henry, les yeux ronds comme des soucoupes. C'était Toby.

Mon grand-père a posé sa fourchette :

– Qui était Toby ?

– Jordan. Il n'a pas enlevé ses gants au dîner pour que nous ne voyions pas ses cicatrices.

– Ne sois pas ridicule, a dit tante Lily, Jordan est quelqu'un de bien !

– Qui est arrivé de nulle part, a repris ma

grand-mère, pensive. Qui portait cette veste et ces gants. (Elle m'a regardée avec curiosité.) Pourquoi portes-tu cette veste, Annabelle ?

J'ai de nouveau jeté un regard à mes parents, puis j'ai franchi le dernier pas :

– Parce que j'avais froid, hier, dans ma chambre où j'avais caché cette veste pour que les chiens policiers ne la trouvent pas dans l'arrière-cuisine.

Même James écoutait désormais attentivement puisqu'il est intervenu :

– Pourquoi les chiens seraient-ils venus dans l'arrière-cuisine, Annabelle ? C'est idiot.

– Parce qu'ils suivaient l'odeur de Toby, a dit Henry.

– Oh, pour l'amour du Ciel ! s'est écriée tante Lily, Toby n'a jamais mis les pieds dans cette maison. Jamais. Et encore moins dans la veste de ton grand-père.

– Jordan était Toby, n'est-ce pas, Annabelle ? m'a demandé Henry.

J'ai hoché la tête :

– Oui, Henry. Et tu as raison, tante Lily, c'était un homme très bien.

Dans la confusion qui a éclaté, j'ai laissé mon père répondre aux questions tandis que tante Lily devenait toute blanche, puis toute rouge, puis toute blanche de nouveau.

J'ai glissé mes mains dans les poches de la veste et, en regardant tante Lily affronter toutes ces révélations, j'ai fait une nouvelle découverte. Toby, qui avait tellement souffert de la honte, nous avait laissé quelque chose qui aurait le pouvoir de couvrir de honte tante Lily elle-même.

Je l'ai trouvé, ce petit objet dur et froid, au fond de la poche de gauche. J'ai essayé de le sortir, mais il était épinglé à la doublure.

– Il y a quelque chose dans cette poche, ai-je dit en me levant.

J'ai enlevé la veste afin de pouvoir utiliser mes deux mains, et j'ai décroché une étoile dorée, avec un visage gravé en son centre. Elle était entourée d'une couronne et surmontée d'un aigle posé sur une barre où était inscrit le mot VALOR. J'ai retourné la médaille.

– De quoi as-tu traité Toby ? ai-je alors lentement demandé à tante Lily. De monstre ? De fou dangereux ?

J'ai tendu l'étoile à mon père, qui l'a examinée et a lu à haute voix ce qui était gravé au dos : « Le Congrès à Tobias Jordan ». Alors il m'a regardée, le visage aussi blanc que celui de tante Lily :

– Annabelle, c'est une Médaille d'honneur du Congrès*.

– Montrez-la-moi ! s'est exclamée tante Lily, qui l'a examinée sous toutes ses coutures, cherchant une échappatoire là où il n'y en avait pas. Comment étions-nous censés savoir que cet homme était un héros de la Grande Guerre ? a-t-elle demandé, en tendant la médaille à mon grand-père, qui l'a prise comme si elle était en verre.

– Il ne l'était pas, ai-je dit. Il vous l'aurait raconté lui-même si la police ne l'avait pas tué hier soir.

Je suis allée à l'école ce jour-là, mais je n'en ai aucun souvenir. On y a certainement beaucoup parlé de la mort de Betty, et Benjamin a sans doute repris la place qu'Andy s'était attribuée pendant un bon mois. Je ne m'attendais pas à revoir ce dernier de sitôt et je savais que je n'aurais plus jamais peur de lui.

Je me souviens en revanche que Henry m'a attendue dans la cour de l'école à la fin de la journée, au lieu de partir en courant avec James.

* La *Congressional Medal of Honor* est la plus haute distinction que le Congrès des États-Unis puisse décerner à un militaire, pour le récompenser d'avoir accompli une action héroïque « au-delà du devoir ».

– Tu veux revenir avec nous ?

J'ai secoué la tête :

– Non, tout va bien. Je me sens bien. Allez-y tous les deux, je vous retrouve à la maison.

À dire vrai, j'aurais apprécié avoir un peu de compagnie, tout particulièrement celle d'un frère qui semblait désormais me considérer comme une vraie personne. Mais il y avait un endroit où je devais aller, et je voulais y aller seule.

Les journées de novembre sont courtes, et la nuit tomberait dans deux heures. J'avais une certaine distance à parcourir mais je me suis quand même arrêtée sur le sentier, à l'endroit où Betty s'était dressée devant moi pour la première fois, et je lui ai parlé avant de poursuivre mon chemin. Je lui ai dit que j'allais tenter de lui pardonner, et de me pardonner, mais que je ne savais pas si j'y arriverais. De toute façon, elle ne m'a pas répondu.

Puis je suis allée à l'endroit où, autrefois, se trouvaient les pièges à loups et je m'y suis arrêtée un moment. Mais les loups qui étaient morts ici sont, eux aussi, restés silencieux. En m'arrêtant à cet endroit pour les écouter, j'ai soudain compris que cela faisait des semaines que je les entendais, dans un autre langage. J'espérais qu'un jour peut-être ils m'aideraient à comprendre les histoires de Toby, si j'avais le courage de les rouvrir.

Le vieux fumoir commençait déjà à souffrir de son absence. Une araignée avait pondu ; le cocon était suspendu à la toile qu'elle avait tissée au-dessus de l'endroit où Toby dormait, et j'ai imaginé qu'au printemps suivant, quand viendrait le dégel, de minuscules araignées se laisseraient tomber dans les branches de sapin qui lui avaient servi de lit. Il y avait des traces de raton laveur près du trou de ventilation, à l'endroit où il faisait du feu. J'ai compris que je ne pourrais plus revenir ici.

Il m'a fallu du temps pour décoller les photos restantes. La résine de pin qu'il avait utilisée prouvait qu'il n'avait rien eu d'autre à sa disposition, ou bien qu'il avait eu l'intention de rester ici pour toujours – deux explications qui m'ont fait pleurer.

J'avais apporté un couteau à découper pour détacher les photos. J'ai commencé par réchauffer la résine en pressant mes mains sur les photos, une par une, mais j'ai quand même abîmé celles qui étaient les mieux collées. Je n'ai pas réussi à les détacher sans les froisser, ni sans arracher une épaisseur de papier. La plupart sont devenues toutes fines à l'endroit où elles étaient collées, et si je les tenais à la lumière, cette partie de l'image semblait phosphorescente – j'ai trouvé cela très beau.

J'en ai laissé quelques-unes pour pouvoir rentrer à la maison avant la nuit, mais surtout parce qu'elles appartenaient à ce lieu : le cerf somnolant sous les pommes de mai ; un renard roux pourchassant des souris dans la fraiseraie, le bout de la queue blanc comme une pointe de flèche. La dernière photo que j'ai emportée représentait un faucon posé sur le rocher de la Tortue. Elle était si belle que j'ai failli la laisser, si belle que je l'ai finalement prise.

Je m'attendais à me faire gronder en arrivant à la maison ce soir-là, mais ma mère m'a simplement dit bonjour avant de me tendre un tablier.

Quand Henry est arrivé dans la cuisine, l'air rassuré de me voir là, je lui ai tendu le paquet en lui disant :

– Toby a laissé ces photos. Si tu veux, l'appareil est dans ma chambre. J'ai chargé un nouveau rouleau de pellicule. Nous n'avons qu'à le prendre chacun à notre tour, un rouleau pour moi, un rouleau pour toi.

– Et moi ? a demandé James, en bondissant dans la cuisine, coiffé d'un chapeau de trappeur.

Ma grand-mère avait dû commencer à lire un nouveau livre, sans doute sur le Far West.

– Tu pourras prendre des photos toi aussi, lui ai-je proposé.

– Est-ce que Davy Crockett prenait des photos ?

– Je ne pense pas, a répondu Henry.

– Alors je n'en prendrai pas non plus, a rétorqué James, repartant au galop dans les étendues sauvages de son imagination.

Henry s'est tourné vers moi :

– L'appareil sera pour nous deux seulement.

La façon dont il a dit cela m'a fait pressentir que je pourrais bientôt retrouver le bonheur.

Les funérailles de Betty ont été un étrange moment. L'église était pleine, les bancs remplis de gens qui, pour la plupart, ne l'avaient jamais rencontrée mais qui connaissaient ses grands-parents, ou avaient connu son père enfant, ou avaient entendu parler de sa mort brutale et voulaient lui dire adieu comme il le fallait.

J'ai reconnu son père, dont on disait qu'il était « parti » et que j'avais vu en photo dans sa chambre. Il avait choisi de ne pas s'asseoir à côté de sa mère qui était au premier rang et pleurait, le visage caché dans les mains. De là où j'étais assise, je pouvais voir qu'il avait les yeux secs, mais quand nous nous sommes levés pour chanter « Plus près de toi, mon Dieu », il s'est affaissé sur son siège, ses épaules se sont mises à trembler et il n'a plus cessé de se frotter les yeux.

Le grand-père de Betty avait fabriqué le cercueil lui-même et il l'avait peint en blanc. Qu'il était terrible d'enterrer Betty dans ce trou boueux creusé pour elle, et qu'il était cruel de la laisser seule, sans autre compagnie que les fleurs que nous avions posées sur son cercueil, les derniers asters et les dernières gerbes d'or que nous avions pu ramasser dans les prés où la végétation se mourait.

Mais nous avons fini par la quitter, chacun d'entre nous, certains moins rapidement que d'autres, et quand nous sommes passés le lendemain devant le cimetière, il n'y avait plus qu'un petit monticule de terre nue, parsemé de fleurs et de feuilles fanées, à l'endroit où elle reposait désormais.

Maintenant qu'elle avait disparu, Betty me faisait penser à ces gelées tardives du mois d'avril qui forçaient mon père à rester dehors toute la nuit pour alimenter de grands feux dans le verger et, ainsi empêcher les fleurs fragiles de geler. Certaines fleurs survivaient et deviendraient les pêches les plus savoureuses de la terre. D'autres flétrissaient, tuées par le gel, gâchées.

À mes yeux, Betty avait été et la fleur et le gel.

Les funérailles de Toby se déroulèrent de manière toute différente. Nous n'étions pas très riches, mais nous avions suffisamment d'argent pour ramener son corps chez nous et l'enterrer, non pas dans le cimetière, mais au sommet de la colline qui surplombe la combe aux Loups, sous une simple pierre où étaient gravés son nom et les dates de sa naissance et de sa mort.

Il n'avait pas été compliqué de trouver quand il était né : l'armée nous l'avait appris, ainsi que le fait qu'il n'avait aucun parent vivant. C'est nous, en revanche, qui leur avons appris la date de sa mort. Les autorités nous ont transmis beaucoup d'informations sur ce que Toby avait fait pour mériter sa médaille, mais j'avais déjà entendu sa version de l'histoire, et rien n'avait plus d'importance désormais. Du moins, pas à mes yeux.

Nous nous sommes tous rassemblés au sommet de la colline après l'avoir mis en terre. Nous sommes restés en silence, ce qui semblait la juste manière de lui dire adieu. Mais j'ai été surprise par tante Lily :

– Je regrette d'avoir jugé cet homme, a-t-elle dit, les yeux non pas fixés sur sa tombe mais le regard dans le vague, comme s'il était ailleurs, ce qui je suppose était la vérité, même si ce n'était pas ce que je ressentais.

Après un moment, mes grands-parents se sont lentement dirigés vers la maison et tante Lily les a suivis. Mes parents m'ont embrassée et sont partis eux aussi.

– Allez, Annabelle, m'a dit Henry, quand le jour a commencé à baisser.

Mais je n'étais pas tout à fait prête à quitter l'endroit, alors il est resté à mes côtés. James, qui était parti gambader plus loin, est curieusement revenu, les chiens sur les talons, pour s'étendre dans l'herbe à côté de la tombe de Toby et décrire en détail des nuages qui défilaient dans le ciel.

Puis nous sommes rentrés tous les trois.

De temps en temps, au fil des années, je revenais m'asseoir près de la tombe de Toby au sommet de la colline, au-dessus de la combe aux Loups, et je lui parlais de ma vie.

La combe aussi semblait m'écouter et je me suis souvent demandé quelles histoires elle avait entendues au cours des siècles. Le bruit des hommes creusant des pièges. La confusion et le désespoir des loups qui y étaient tombés. Peut-être l'un d'entre eux, n'ayant pas été leurré par l'appât, rôdait tout autour du trou où il plongeait le regard vers ses congénères condamnés. Puis quand les hommes revenaient au petit matin avec leurs fusils, il se réfugiait dans les bois.

Je l'imaginais, déchiré entre le désir de se battre et l'instinct de survie, déchiré au point de se sentir, lui aussi, blessé à mort. Et je ne pouvais m'empêcher de penser que la combe était un lieu sombre, quelle que soit la splendeur de ses frondaisons, quelle que soit la beauté des fleurs qui poussaient dans sa lumière capricieuse.

Mais la combe aux Loups était aussi l'endroit où j'appris à dire la vérité, en cette année qui précéda mon douzième anniversaire – dire la vérité sur des événements contre lesquels il n'y a pas de refuge ; contre lesquels il serait mal de chercher un refuge, quelle que soit la tentation.

Voilà ce que je disais à Toby, et je lui disais aussi que je ne lui reprochais pas d'avoir fui les horreurs qu'il avait vécues. Je le remerciais de m'avoir laissée tenter de réparer un certain nombre de torts, en dépit de ses propres capitulations.

Mais le vent emportait toujours mes mots telle l'ombre des nuages, comme s'il était important que je les dise et non que quelqu'un les entende.

Et j'en étais apaisée.

Remerciements

Nombreux sont ceux qui m'ont soutenue pendant que j'écrivais ce livre et à qui je souhaite témoigner ma gratitude. En tout premier lieu ma mère, Mimi McConnell, qui m'a merveilleusement raconté sa vie dans une ferme de l'ouest de la Pennsylvanie. Les membres de sa famille, et ce lieu, qui ont occupé une place si importante dans ma propre vie pendant de nombreuses années, m'ont permis de créer un cadre authentique pour mon roman. Richard Wolk, mon père, et Suzanne Wolk, ma sœur, ont été parmi mes premiers et mes plus fins lecteurs. Leur acuité et leurs encouragements m'ont été précieux. Ma sœur Cally a toujours été à mes côtés, ainsi que mon mari, Richard, et nos fils, Ryland et Cameron : leur perspicacité et leur soutien sans faille, tout particulièrement quand l'écriture absorbait mon temps et mon énergie, m'ont rendue meilleure.

Qu'il pleuve ou qu'il vente, les membres de mon groupe d'écrivains – les *Bass River Revisionists* – sont toujours prêts à m'aider, et je leur suis pour toujours reconnaissante de leurs conseils avisés et de leur affection, tout particulièrement envers Julie Lariviere et Maureen

Leveroni, qui m'ont invitée à les rejoindre, et Deirdre Callanan, qui consacre autant de temps et de soin à son travail qu'au mien. J'ai la chance d'avoir un extraordinaire collègue en la personne de Robert Nash, un véritable ami qui sait combien j'apprécie le travail que nous faisons en commun tout en comprenant que l'écriture exige de moi du temps et de la concentration.

J'ai aussi une dette envers Dan Green, qui a été mon agent avant de se consacrer à la non-fiction. C'est un grand professionnel, tout comme le sont Jodi Raemer, mon agent chez Writers House, et Julie Strauss-Gabel, une éditrice exceptionnelle. Toute la famille de Penguin Young Readers s'est engagée avec passion et professionnalisme pour ce livre. Je n'aurais pu rêver d'une meilleure équipe. En tout dernier lieu, je suis reconnaissante à Annabelle de m'avoir menée jusqu'au cœur de la combe aux Loups et de m'avoir montré le chemin pour en revenir. J'aimerais être aussi courageuse qu'elle.

De la même autrice à *l'école des loisirs*

Collection MÉDIUM

Longtemps, j'ai rêvé de mon île
La montagne qui m'a sauvée